Julia London
Trampa a un caballero

Editado por Harlequin Ibérica.
Una división de HarperCollins Ibérica, S.A.
Núñez de Balboa, 56
28001 Madrid

© 2015 Dinah Dinwiddie
© 2016 Harlequin Ibérica, una división de HarperCollins Ibérica, S.A.
Trampa a un caballero, n.º 106 - 1.6.16
Título original: The Devil Takes a Bride
Publicada originalmente por HQN™ Books

Todos los derechos están reservados incluidos los de reproducción, total o parcial. Esta edición ha sido publicada con autorización de Harlequin Books S.A.
Esta es una obra de ficción. Nombres, caracteres, lugares, y situaciones son producto de la imaginación del autor o son utilizados ficticiamente, y cualquier parecido con personas, vivas o muertas, establecimientos de negocios (comerciales), hechos o situaciones son pura coincidencia.
® Harlequin, HQN y logotipo Harlequin son marcas registradas por Harlequin Enterprises Limited.
® y ™ son marcas registradas por Harlequin Enterprises Limited y sus filiales, utilizadas con licencia. Las marcas que lleven ® están registradas en la Oficina Española de Patentes y Marcas y en otros países.
Imagen de cubierta utilizada con permiso de Harlequin Enterprises Limited. Todos los derechos están reservados.

I.S.B.N.: 978-84-687-8102-0
Depósito legal: M-8924-2016

En Trampa a un caballero, *Julia London nos muestra que no hace falta ser perfectos para formar una pareja perfecta y nos descubre nuevos caminos para obtener la felicidad.*

Nuestra heroína es una mujer compasiva y sincera, pero para salvar a su familia de la ruina tiende una trampa a un noble, y esa trampa posiblemente sea la salvación de nuestro héroe. El dolor y la soledad del conde de Merryton quizá puedan mitigarse gracias a una mujer que le acepta tal y como es y que está dispuesta a hacer realidad las fantasías sexuales de su marido.

Julia London ha creado unos personajes muy elaborados; una absorbente historia en la que nos va describiendo con su desinhibida prosa como el deseo y la atracción física se convierten en algo más profundo.

Un relato tierno y sensual, lleno de humor y encanto, que queremos recomendar a todos nuestros lectores.

Feliz lectura
Los editores

Para Nitty, quien ha hecho mi vida inmesurablemente fácil

Prólogo

Otoño de 1810

Al final de la temporada de caza, antes de que llegara el invierno, el conde de Clarendon decidió agasajar a las familias de la alta aristocracia que ya habían regresado a la capital. Para ello, organizó una *soirée* en su residencia de Londres y envió las codiciadas invitaciones sin olvidarse de sus mejores amigos, que eran de títulos nobiliarios augustos y contactos sociales impecables.

Entre los invitados estaban el conde de Beckington y su esposa, así como su hijo, Augustine Deveraux, lord Sommerfield, y sus dos hijastras mayores, las señoritas Honor y Grace Cabot. Pero no invitó a las menores, Prudence y Mercy Cabot, lo cual causó un pequeño drama en la mansión londinense de los Beckington.

Mercy Cabot, la más joven, juró que se iría de polizón en un buque mercante y que se marcharía tan lejos como fuera posible. Prudence Cabot, que era tres años mayor y acababa de cumplir los dieciséis, afirmó que, si la tenían en tan poco valor como para excluirla de una fiesta, iría a Covent Garden sin carabina y vendería su cuerpo y su alma al primer hombre que le ofreciera una guinea.

—¿Cómo? —preguntó la veinteañera Grace cuando Prudence anunció sus intenciones—. ¿Es que te has vuelto loca? ¿Te venderías por una simple guinea?

Prudence alzó la barbilla en un gesto orgulloso y contestó, lanzándole una mirada de desafío:

—Sí.

—Querida hermana, deberías ser más ambiciosa. No te vendas por menos de una corona. ¿Qué pensaría la gente si te pones un precio tan bajo? —replicó con ironía—. Seguro que tu cuerpo y tu alma valen más de una guinea.

—¡Mamá! —exclamó Prudence en tono de protesta—. ¿Vas a permitir que se ría de mí?

Lady Beckington no le hizo caso, y Prudence lo encontró tan ofensivo que huyó a toda prisa de la habitación y descargó su ira en las puertas de la casa, que fue cerrando de golpe.

Sin embargo, las hermanas Cabot se llevaban muy bien y, cuando llegó la noche de la *soirée*, Prudence olvidó el agravio y se entusiasmó con la ropa de Honor y Grace. A fin de cuentas eran dos de las damas más elegantes de la ciudad. Y lo eran porque su padrastro, un hombre ciertamente generoso, las mimaba con las mejores telas y las mejores modistas que se podían conseguir.

Honor, que a sus veintiún años era la mayor de las cuatro, optó por un vestido de color azul que combinaba a la perfección con su cabello negro y sus ojos, también azules. Grace eligió una prenda de color dorado oscuro, con filigranas de plata, que enfatizaba su rubio cabello y sus ojos entre marrones y verdes.

Pero su hermanastro las miró con horror cuando bajaron al vestíbulo.

—No pensaréis salir así, ¿verdad?

—¿Así? ¿Cómo? —preguntó Honor.

Augustine, que las iba a acompañar a la fiesta porque el conde estaba enfermo, se ruborizó y apartó la mirada de sus impresionantes escotes.

—Así... —insistió, incómodo.

Honor era perfectamente consciente del motivo de su incomodidad, pero se hizo la tonta y preguntó:

—¿Es por nuestro pelo?

—No.

—¿Por el colorete quizá?

—No, no es por el colorete...

—Será por las perlas —intervino Grace, que guiñó un ojo a su hermana.

Augustine se puso rojo como un tomate.

—¡Lo sabéis de sobra! ¡Vuestros vestidos enseñan demasiado!

—Es la moda de París... —alegó Grace mientras se ponía una capa.

—Me extraña que en París quede moda, teniendo en cuenta que todos los modelos parisinos acaban en vuestras habitaciones —observó Augustine—. Además, ¿cómo es posible que estéis tan bien informadas de lo que pasa en ese lugar? Os recuerdo que estamos en guerra con los franceses.

—Los hombres estáis en guerra. Los hombres, no las mujeres —puntualizó Grace—. ¿Es que no quieres que estemos elegantes?

–Sí, claro, pero...

–Entonces, no hay más que hablar –lo interrumpió Honor, que lo tomó del brazo con una sonrisa–. ¿Nos vamos?

Como de costumbre, Augustine se rindió a la energía y el encanto de sus hermanastras. Se apretó el chaleco para disimular su prominente estómago y, a continuación, tras protestar otra vez por la amplitud de sus escotes, olvidó el asunto y se fue con ellas.

El gran salón de los Clarendon estaba tan abarrotado de gente que casi no se podía caminar. Pero, a pesar de ello, todos los ojos se clavaron en las hermanas Cabot.

–No puedo afirmar que me extrañe en exceso –dijo la señorita Tamryn Collins–, pero todos los caballeros se han quedado en trance al veros a Honor y a ti.

–Permíteme que lo dude –dijo Grace a su amiga–. Los únicos que nos miran son los que han recibido presiones de sus familias para que nos cortejen y, llegado el momento, nos ofrezcan el matrimonio. Saben que nuestro padrastro nos daría una buena dote, y quieren echar mano a su dinero.

–Subestimas el poder de un escote atrevido... –ironizó Tamryn.

Grace rio y pensó que Tamryn tenía razón. Al igual que Honor, quien solo le sacaba un año, hacía todo lo posible por no caer en las redes del matrimonio. Se suponía que iban a las fiestas para encontrar marido, pero las dos habían descubierto que preferían seguir solteras y disfrutar de los halagos y atenciones de los hombres.

Además, todo el mundo sabía que las sensuales hermanas Cabot eran partido excelente para cualquier caballero, lo cual aumentaba su atractivo. Tenían la ventaja de la belleza y la virtud de estar respaldadas por la fortuna del conde de Beckington.

—Oh, no... —dijo Honor de repente—. Grace, tienes que hacer algo.

—¿Qué ocurre? —preguntó Tamryn.

—¡Es el señor Jett! Y viene hacia nosotras...

—Hacia ti, querrás decir —puntualizó Grace, que se giró hacia su amiga—. Será mejor que nos marchemos, Tamryn. De lo contrario, nos veremos atrapadas en una conversación aburrida durante el resto de la noche... Que te diviertas, Honor.

—¡Grace! ¡Vuelve!

Grace y Tamryn se fueron entre risitas, dejándola a solas con el intenso y ardiente interés del señor Jett. Al cabo de unos minutos, Tamryn se alejó para hablar con una amiga y, mientras tanto, Grace se dedicó a bailar con varios hombres.

Todo iba bien hasta que el señor Redmond, a quien odiaba con toda su alma, le lanzó una mirada lasciva y se dirigió hacia ella. Pero, por suerte, lord Amherst apareció de repente y salvó la situación.

—Baile conmigo —dijo con rapidez—. Solo pretendo salvarla de Redmond.

—Es usted mi héroe.

Lord Amherst la tomó de la mano, y empezaron a bailar. Grace le estaba agradecida por lo que había hecho, pero sobre todo estaba encantada de disfrutar de su compañía. Al fin y al cabo, el vizconde era un hombre tan guapo como divertido; un hombre fascinante que, fiel a su reputación de mujeriego, se dedicaba a fascinar a todas las mujeres con su coqueteo audaz y sus sugerentes indirectas.

–La he estado buscando toda la noche –le confesó él–. Pero hay tanta gente que no la encontraba...

–¿Y por qué me buscaba? No me diga que no encontraba damas con quienes bailar.

–No me tome el pelo, señorita Cabot. Sabe perfectamente que, en esta sala, no hay ninguna mujer que esté a su altura.

–¿Ninguna? ¿Ni una sola? –preguntó mientras giraba con él.

–Ni una sola –respondió, guiñándole un ojo.

–Milord, es usted el rey de los cumplidos.

–Creo que tengo excusa. Una mujer tan hermosa y de tanto carácter merece que la halaguen constantemente.

Grace rio.

–Sea sincero conmigo, por favor. Admita que le ha dedicado esa misma frase a todas las mujeres que están en la fiesta.

–Me ofende, señorita Cabot –replicó–. No se lo he dicho a todas. Solo se lo he dicho a las más bellas.

Grace soltó una carcajada y, justo entonces, él clavó la vista en un punto situado a la espalda de ella y frunció el ceño.

Cuando volvieron a girar, Grace vio a la persona que había llamado su atención. Era el hermano de Amherst, lord Merryton. Y se quedó tan sorprendida como su acompañante, porque el serio y un tanto sombrío Merryton no asistía nunca a ese tipo de actos.

–No parece que su hermano se esté divirtiendo mucho...

–No –dijo Amherst–. No le gustan las fiestas.

–¿Que no le gustan? –Grace volvió a reír–. ¿Y qué otra cosa se puede hacer en Londres cuando no para de llover durante días?

–Eso me pregunto yo. Pero mi hermano desaprueba las celebraciones en general y los bailes en particular. Le parecen inútiles.

La respuesta de Amherst aumentó la curiosidad de Grace, que se rindió al deseo de volver a mirar al extraño conde de Merryton.

–No encontrará respuestas en la cara de mi hermano, señorita Cabot. Es un especialista en ocultar sus sentimientos. Cree fervientemente en el decoro.

Grace sonrió.

–A diferencia de usted, milord.

–En efecto. Y, hablando de falta de decoro, me siento en la necesidad de confesarle al mundo lo mucho que aprecio a la más hermosa de las hermanas Cabot. De hecho, creo que lo voy a hacer en sentido literal y a viva voz.

Grace rio de nuevo y se olvidó de Merryton. El mundo era un lugar maravilloso, lleno de caballeros con los que charlar, bailar y coquetear.

Y no volvió a pensar en él hasta dieciocho meses después, cuando su suerte cambió para mal y la vida le ofreció un regalo dudoso: descubrir que lord Merryton era un hombre verdaderamente desagradable.

Capítulo 1

Primavera de 1812

Las hermanas Franklin regentaban un pequeño local de Bath. Eran una viuda y una solterona que servían té y bollería recién hecha a los vecinos y visitantes de la localidad inglesa. Conocían a casi todo el mundo, y abrían sus puertas todos los días del año, sin falta. Pero también eran muy beatas, así que todos los días, a las seis de la tarde, cerraban la tetería y se iban a la iglesia.

La puntualidad de su fervor religioso llegaba a tal extremo que el sacerdote se fijaba en ellas cada vez que tenía que poner los relojes en hora. Y, terminada la misa, las hermanas Franklin regresaban a su establecimiento, se preparaban un té y subían a su casa, que estaba en la planta superior.

Solo cambiaban de rutina en ocasiones excepcionales; por ejemplo, cuando cantaba un coro en la iglesia. Entonces, el reverendo Cumberhill las acompañaba a su domicilio y ellas le ponían un chorrito de brandy en el té.

Grace conocía las costumbres de las hermanas Franklin porque su amiga Diana Mortimer, que vivía cerca de la tetería, la había informado al respecto. Y también fue ella quien le dijo que una famosa soprano rusa iba a cantar en la iglesia.

–Goza del favor del príncipe de Gales –le comentó–. Y, si goza de su favor, es obvio que no habrá ni un banco vacío.

En cuanto Grace lo supo, pensó que era la ocasión perfecta para echar el lazo a lord Amherst. Trazó un plan y se dispuso a ejecutarlo la noche de la soprano, sin saber que las cosas se torcerían por culpa de las hermanas Franklin, que faltarían a su puntualidad en el momento más inoportuno.

Grace estaba muy orgullosa de su plan. Tras enterarse de que Amherst iba a viajar a Bath para disfrutar de sus famosos baños, se le adelantó y se presentó allí con intención de hablar con él y mostrarse cariñosa sin llegar a ser demasiado atrevida. No parecía difícil. Al fin y al cabo contaba con la experiencia de varios años de actos sociales en las mejores casas de la capital británica, y sabía cómo atraer a un hombre.

Sin embargo, Amherst la sorprendió. A pesar de su fama de vividor y mujeriego; a pesar de haberse mostrado interesado en ella en multitud de ocasiones, Grace no consiguió que le concediera una reunión en privado.

Su negativa la dejó desconcertada. Estaba tan segura de que accedería a verla que, cuando llegó a Bath, buscó la forma de verse a solas con él sin que nadie se diera cuenta. Ni siquiera había considerado la posibilidad de que la rechazara. Era el mismo hombre que le había susurrado palabras de amor en la fiesta de los Vickers; el mismo que la había toqueteado mientras paseaban por Royal Crescent.

Y ahora, asombrosamente, se negaba a verla en privado.

Al principio, Grace pensó que quizá desconfiaba de ella y de sus motivos; pero descartó la idea porque, habiendo crecido con tres hermanas y un hermanastro, se había vuelto especialista en ardides y confabulaciones. Solo había una explicación posible: que no había sido suficientemente convincente.

¿Qué podía hacer?

La respuesta llegó una noche, mientras pensaba en la intimidad de la habitación que le había ofrecido Beatrice Brumley, una de las primas de su madre. Nadie se podía resistir a un buen secreto. Ni siquiera Amherst.

Al día siguiente envió una nota a su casa donde afirmaba que tenía algo que contarle, algo de suma importancia que nadie más debía oír. Y él picó el anzuelo. Cambió de actitud y se mostró dispuesto a verla.

Grace no estaba tan obsesionada con Amherst porque quisiera seducirlo, sino por un asunto menos romántico. La reciente muerte de su padrastro, el conde de Beckington, había dejado a su madre y sus hermanas en un trance de lo más difícil. Carecían de fortuna propia, y ahora dependían enteramente de los caprichos o la generosidad del nuevo conde y señor de la casa, Augustine.

Por desgracia, el problema se había complicado por la situación de lady Beckington. La madre de Grace se estaba volviendo loca y, si la gente se llegaba a enterar, no habría ningún caballero que quisiera casarse con ninguna de las hermanas Cabot. Solo serían cuatro pobretonas con una enfermedad mental en la familia.

Honor y Grace lo sabían de sobra, y estaban particularmente preocupadas por sus hermanas pequeñas, a las que aún no las habían presentado en sociedad. Tenían que hacer algo. Debían encontrar la forma de evitarles y evitarse a sí mismas un desastre.

Grace era consciente de que Honor no aprobaba lo que iba a hacer. Era moralmente reprobable desde cualquier punto de vista. Pero también era lo único que se le ocurría: casarse con Amherst antes de que el estado de lady Beckington fuera de dominio público.

Y, por fin, llegó el momento de actuar.

La tetería cerró a las seis en punto, cuando la gente se empezaba a congregar delante de la iglesia para oír a la soprano rusa. Grace sabía que las hermanas Franklin estarían fuera hasta después del acto y, cuando se marcharon, se acercó subrepticiamente a la puerta para asegurarse de que no habían echado la llave. Nunca la echaban. Al fin y al cabo, la iglesia estaba a pocos metros de su establecimiento.

Tras comprobarlo, se mezcló con la multitud y se limitó a disfrutar del espectáculo. Pero, justo antes de que terminara, lanzó una mirada a Amherst. Era la señal que habían acordado.

Grace se levantó y salió del edificio a toda prisa, a sabiendas de que Amherst la seguiría y de que, momentos después, sin que él lo supiera, las hermanas Franklin y el reverendo Cumberhill harían el mismo camino.

Había empezado a llover, y eso la preocupó. Su plan estaba calculado al segundo, con tanta exactitud que cualquier retraso o adelanto podía tener consecuencias desastrosas. Pero solo podía seguir adelante, de modo que, al llegar a la tetería, se quitó la capucha y echó un vistazo a su alrededor.

La plaza estaba vacía.

Giró el pomo, entró en el local y respiró hondo, intentando tranquilizarse. Sin embargo, su nerviosismo aumentó un poco más al reparar en un detalle imprevisto: no había luz, y las brasas del hogar eran tan tenues que no veía ni sus propias manos.

Por fortuna, había visitado tantas veces la tetería que recordaba la distribución de los muebles. Sabía que había dos mesas junto a la puerta, y que el mostrador estaba a la derecha de la entrada. Algo más tranquila, se quitó la capa, se arregló el pelo con manos temblorosas y esperó pacientemente.

Minutos más tarde oyó pasos en el exterior. Tenía que ser Amherst, y Grace sintió pánico cuando la víctima de sus maquinaciones se detuvo ante la puerta y dudó como si se estuviera arrepintiendo de haber ido. Pero fue una duda breve. Entró enseguida y echó un vistazo cauteloso al interior del oscuro local.

—Estoy aquí —dijo ella, con un hilo de voz.

Para entonces, Grace estaba tan asustada que se le echó encima y le pasó los brazos alrededor del cuello. Él se quedó helado, sorprendido por su actitud. Y un segundo después, sin saber cómo, ella encontró su boca en la oscuridad.

Grace pensó que sus labios eran más dulces y cálidos de lo que habría imaginado nunca. Y luego dejó de pensar, porque él respondió con una pasión desenfrenada que tampoco estaba en el plan original. De repente, se sentía como si la sangre le hirviera en las venas. Se sentía extraña y profundamente libre. Había perdido todo su sentido del decoro, y se apretó contra su duro cuerpo sin preocuparse por el efecto que pudiera tener en su reputación.

Tras unos instantes de besos silenciosos, él le puso las manos en el talle, la alzó en vilo y la sentó en el mostrador, tirando una de las sillas en el proceso. Grace soltó un grito ahogado, pero se dejó llevar por sus atenciones. Besaba tan bien que no se podía resistir. Le lamía los labios, se los mordisqueaba, invadía su boca con la lengua.

Era lo más excitante que había experimentado en su vida. Tenía tanto calor que ya no soportaba la ropa, y cada segundo de caricias aumentaba su humedad y adormecía un poco más su ya hechizada razón.

Luego, las cosas se empezaron a torcer. Él llevó la boca a su escote y las manos a la tela que cubría sus senos. Grace se asustó y se dijo que habían ido demasiado lejos, que no quería que los descubrieran haciendo el amor, sino solo en mitad de un abrazo romántico. Pero era incapaz de detenerlo y, peor aún, incapaz de refrenarse.

¿Dónde se habían metido las hermanas Franklin?

Si hubiera podido, si hubiera encontrado un simple hilo de voz, habría protestado. O, más bien, si hubiera querido encontrarlo, porque sentía tanto placer que prefirió cerrar los ojos, echar la cabeza hacia atrás y limitarse a disfrutar del momento.

Estaba completamente abrumada. Lejos de contentarse con los besos, él le metió una mano bajo las faldas y, tras posarla en uno de sus muslos, empezó a subir poco a poco. Después, inclinó la cabeza sobre los pechos de Grace y le mordió un pezón por encima de la tela, volviéndola loca de placer. Pero ni eso era suficiente. Los dos querían más.

Al cabo de unos segundos, él tiró con fuerza del vestido y liberó uno de sus senos, que empezó a succionar. Grace gimió sin reconocerse a sí misma y alzó una pierna para facilitarle el acceso a sus sensibles pliegues.

—No estaba segura de que viniera, milord... —acertó a decir, en un susurro.

Él no dijo nada. Llevó la boca a su otro seno y apretó su erección contra el sexo de Grace, que se alarmó y excitó más al mismo tiempo. Era la primera vez que sentía el deseo de un hombre de esa forma. Era la primera vez que lo veía. Y la tórrida perspectiva de tenerlo dentro le causó una descarga de deseo que sobrecargó sus sentidos y encendió hasta la última de sus terminaciones nerviosas.

Grace ya no se acordaba del plan. Ya no recordaba dónde estaban. Lo había olvidado todo, salvo lo que su contraparte amorosa le hacía sentir y lo que su propio cuerpo anhelaba, queriendo más, necesitando más, ansiando más. Estaba tan fuera de sí que, cuando la luz de un farol rompió la oscuridad de la sala, soltó un grito de genuina sorpresa.

Él se giró y cubrió a Grace con su capa.

—¡Milord! —exclamó el reverendo Cumberhill, entre ofendido y asombrado—. ¡Por los clavos de Cristo! ¿Qué es lo que ha hecho?

Grace bajó la mirada y vio que el corpiño del vestido estaba roto, así que sostuvo la tela con la mano mientras intentaba taparse con la capa.

–¡Milord, esto es inadmisible! –continuó el religioso–. ¡Se ha aprovechado vilmente de esta jovencita!

–¿Se encuentra bien? –preguntó una de las hermanas, mirando a Grace.

–¡Señorita Cabot! –dijo la otra, reconociéndola–. Espere... la ayudaré a cerrarse la capa.

–Por Dios, Merryton... Jamás lo habría creído capaz de violar a una mujer –declaró el reverendo–. Será mejor que llame a las autoridades.

Grace se quedó helada. ¿Merryton?

¿Cómo era posible que hubiera cometido semejante error? En la oscuridad de la tetería había pensado que estaba ofreciendo sus favores al afable lord Amherst y, sin embargo, se había arrojado en brazos de lord Merryton, su hermano, uno de los hombres más desagradables de todo el país.

Grace se sintió como si la Tierra se abriera bajo sus pies.

Pero ahora tenía un problema más grave que su propio desconcierto y su vergüenza. El reverendo Cumberhill había acusado a Merryton de violación, y no podía permitir que la víctima de sus maquinaciones terminara en una situación tan comprometida como injusta a todas luces.

Debía intervenir. Arreglar aquel desaguisado.

–¡No me ha hecho daño! –gritó, al borde de una crisis nerviosa.

–No diga nada, señorita –intervino el reverendo otra vez–. No permitiré que este hombre la intimide.

Los fríos y verdes ojos de lord Merryton se clavaron en Grace, que se estremeció sin poder evitarlo.

–Asumo toda la responsabilidad –dijo él.

–¡Faltaría más! –bramó el sacerdote.

Cumberhill giró el farol hacia Grace y, tras observarla durante unos instantes, volvió a mirar a Merryton.

–¡Esto no quedará sin castigo! ¡Ha destrozado la reputación de esta jovencita! ¡Ha arruinado su vida, y le aseguro que lo pagará! Por favor, señoras... saquen a la joven de aquí, y díganle al señor Botham que venga tan deprisa como pueda.

–Pero no se ha cometido ningún delito... –dijo Grace mientras una de las hermanas le ponía la capucha de la capa–. He sido yo quien...

–¡Silencio! –ordenó el reverendo.

Las hermanas Franklin la sacaron del edificio. Grace no podía creer lo que había pasado. Era un malentendido; un terrible error que, por si fuera poco, se debía enteramente a ella.

Se sentía tan culpable que tuvo ganas de vomitar.

–Valor, señorita Cabot. El reverendo se encargará de que ese hombre pague ante la justicia por lo que ha hecho.

–¡Pero si no ha hecho nada! ¡Ha sido culpa mía! Fui yo quien lo atrajo a su establecimiento... ¡Yo quien lo sedujo!

–Querida, es normal que quiera hacerse cargo de su indiscreción, pero el pecado no es suyo. Ese canalla se ha aprovechado de usted.

Grace pensó que toda la situación era absurda, pero se vio arrastrada hasta el patio de la iglesia, de la que aún salía gente. Al verlas, varias personas se giraron hacia ellas. A fin y al cabo, no era habitual que dos mujeres arrastraran a una tercera.

–Date prisa, Agnes –dijo su hermana, consciente de la curiosidad que habían despertado.

Grace no recordaba bien lo sucedido a continuación. Solo se acordaba de que había terminado en la casa de Beatrice, en Royal Crescent, tras hablar con unos caballeros que la interrogaron. Ella fue sincera y les dijo la verdad; pero, cuando quisieron saber por qué había tramado un ardid tan despreciable, guardó silencio. No les podía contar la situación de su familia. Sencillamente, no podía.

Por desgracia, los caballeros malinterpretaron su actitud y pensaron que no les daba una respuesta porque toda su historia era mentira. De hecho, llegaron a la conclusión de que se lo había inventado por miedo a Merryton.

Y, efectivamente, Merryton le daba miedo. Todo el mundo hablaba mal de él. Decían que era un hombre taciturno, distante y desdeñoso.

Pero no merecía lo que ella le había hecho.

Capítulo 2

Uno, dos, tres, cuatro, cinco, seis, siete y ocho.

Había exactamente ocho pasos entre la salita donde desayunaba y el despacho, en cuyas paredes había ocho paneles de madera. Jeffrey Donovan Merryton lo sabía porque los contaba una y otra vez cuando iba a su casa de Bath. Sin embargo, ya no estaba seguro de nada. El desastre de la noche anterior lo había dejado sumido en el desconcierto. Así que repitió el recorrido y volvió a contar los pasos.

Tenía que hacerlo; debía contar hasta tener la certeza absoluta de que, en efecto, eran ocho. Aunque solo fuera porque no se le ocurría otra forma de dejar de pensar en aquella mujer. De dejar de imaginarse con ella, penetrándola.

Era algo completamente nuevo para él. Sus fantasías sexuales siempre habían tenido como protagonistas a dos mujeres que se daban placer la una a la otra. No sabía por qué. Solo sabía que era una imagen recurrente desde su adolescencia, y que la había constreñido al terreno de la imaginación hasta que, a los veintiún años, se empezó a acostar con mujeres que estaban dispuestas a interpretar ese papel.

Jeffrey había aprendido a esconder aquellas imágenes en lo más profundo de su corazón. Y, por supuesto, su comportamiento público no podía ser más sobrio ni más recatado. Pero sus deseos secretos volvían inevitablemente cuando el cansancio y las responsabilidades de su posición hacían mella en él.

Era el conde de Merryton. Era Jeffrey Donovan, un hombre obligado a seguir el ejemplo de su padre y estar por encima de cualquier escándalo o comportamiento supuestamente inmoral. Era el cabeza de familia de un clan tan grande como poderoso.

Pero Jeffrey no se sentía por encima de nada. Se limitaba a ocultar sus deseos y a fingir ser lo que estaba obligado a ser. Y, ahora, todo había saltado por los aires.

Desesperado, pensó en lo sucedido la noche anterior y cayó en la cuenta de que ni siquiera conocía el nombre de aquella mujer. ¿Cómo se llamaba? Una de las hermanas Franklin se había referido a ella como la señorita Cabot, pero el apellido no le resultaba familiar. Solo sabía que tenía los labios más dulces de la Tierra. Y que la deseaba con toda su alma.

Uno, dos, tres, cuatro, cinco, seis, siete, ocho.

Ocho.

Jeffrey estaba obsesionado con aquel número. Aparecía constantemente en su cabeza desde que su padre falleció y él recibió el título de conde de Merryton con todas sus responsabilidades asociadas. Entonces, solo tenía dieciséis años. Y había pasado tanto tiempo que, al igual que con sus fantasías sexuales, ya no recordaba el motivo que lo había provocado.

Pero su extraña fijación con el número ocho no se convirtió en obsesión hasta dos años más tarde, cuando se dejó seducir por una mujer mayor. Para Jeffrey era su primera experiencia sexual. Y fue una experiencia difícil. Su amante le hizo cosas que no había imaginado nunca; cosas que parecían estar en contradicción con la imagen de hombre sobrio e irreprochable que debía de dar en calidad de conde de Merryton.

Avergonzado, se puso a contar para sus adentros. Fue lo único se le ocurrió. Y desde entonces, cada vez que volvía a sentir el deseo de acostarse con alguien, contaba.

Ahora tenía treinta años, y había aprendido a reprimir sus inquietantes fantasías sexuales y su aún más inquietante obsesión con el número ocho. Pero la experiencia de la noche anterior las había liberado de sus ataduras.

Y todo por culpa de su hermano. John Donovan, vizconde de Amherst.

Jeffrey lo maldijo para sus adentros. John tenía la extraordinaria costumbre de equivocarse constantemente. Iba de escándalo en escándalo. En lugar de casarse y sentar cabeza, se dedicaba a seducir a todas las jovencitas de la alta sociedad que se cruzaban en su camino. Y, por si eso fuera poco, asumía deudas de juego que siempre le tocaba pagar a él.

De hecho, John también era el motivo de que estuviera allí. Jeffrey se había enterado de que tenía intención de pasar unos días en Bath, y había ido a hablar con él tras recibir una carta de su hermana, Sylvia.

Sylvia vivía cerca de Escocia. Jeffrey no la había visto en mucho tiempo, porque ella tenía dos hijos y eran demasiado pequeños para viajar; pero se escribían con frecuencia y, en su última carta, le había informado de que John debía mucho dinero a varios caballeros londinenses, incluido un importante aristócrata.

Por supuesto, la noticia irritó a Jeffrey. Había intentado que John cambiara de vida; le había rogado que buscara algo que hacer, cualquier cosa que lo mantuviera lejos de las apuestas y los escándalos amorosos. Incluso se había ofrecido a conseguirle un puesto en la Marina, pensando que, si dejaba Inglaterra una temporada, podría volver al buen camino y quizá, con suerte, encontrar una mujer que le diera herederos.

Sin embargo, sus consejos habían caído en saco roto, y ahora se encontraba en una situación comprometida por su culpa.

Jeffrey había estado la noche anterior en la gala de la soprano rusa. No tenía intención de ir, pero el doctor Linford insistió en que lo acompañara y, tratándose de un amigo, no tuvo más remedio que aceptar. Cuando faltaba poco para el final del acto, vio que John se levantaba y salía de la iglesia tras los pasos de una mujer. Naturalmente, Jeffrey se enfadó. Sabía que estaba a punto de meterse en otro lío, y no se le ocurrió mejor idea que seguirlo.

Al salir a la plaza, notó un movimiento extraño en la tetería de las hermanas Franklin. No vio a su hermano, pero supuso que sería él y se dirigió a la puerta.

La oscuridad del establecimiento y el hecho de que no se oyera nada le hicieron dudar durante unos instantes. ¿Dónde se habría metido? Echó un vistazo rápido a su alrededor y, tras convencerse de que solo podía estar allí, entró.

Entonces no lo sabía, pero estaba perdido de antemano. Durante los segundos anteriores, su mente se había llenado de escenas a cual más erótica. Imaginaba a John entre las piernas de una mujer, entrando y saliendo de ella. Y, aunque intentó expulsar aquellas imágenes de su cabeza, fracasó.

Aún estaba asombrado con lo sucedido. Evidentemente, no esperaba que una jovencita se abalanzara sobre él y le diera un beso. Pero eso no era excusa. Se había dejado llevar por la pasión. Tenía unos labios tan dulces y una piel tan fragante que no se había podido refrenar. Y ahora, cada vez que cerraba los ojos, veía sus ojos castaños, su rubio cabello y la tela desgarrada de su corpiño.

¿Cómo era posible? Jeffrey era consciente de sus defectos, pero nunca se habría creído capaz de hacer daño a una mujer, bajo ninguna circunstancia. Por eso se escondía en su casa de Blackwood Hall cuando tenía pensamientos indecorosos. Se alejaba del mundo para no caer en la tentación.

–¿Milord?

Jeffrey se sobresaltó al oír la voz de su mayordomo, Tobías.

–¿Sí?

–Acaban de llegar el doctor Linford, el reverendo Cumberhill y los señores Botham y Davis. Dicen que quieren hablar con usted.

Jeffrey respiró hondo y se dijo que, con un poco de suerte, lo enviarían a la cárcel. Al menos, allí estaría a salvo de las mujeres.

–Hazles pasar, por favor.

Tobías se fue, y él se levantó y se empezó a dar

series de ocho golpecitos en el muslo, que interrumpió cuando aparecieron las visitas.

El reverendo Cumberhill no se dignó ni a mirarlo a los ojos; el señor Davis, alcalde de la localidad, escudriñó su cara como si tuviera algo raro y, en cuanto al señor Botham, el juez, parecía esencialmente perplejo. Linford fue el único que lo saludó de forma cortés; quizá porque también era el único ser de la Tierra al que Jeffrey había confesado sus turbulentas emociones.

–Siéntense, caballeros... Tobías, ¿podrías servir el té?

–No se moleste, milord –dijo el señor Botham–. Este desafortunado asunto no nos llevará mucho tiempo. Hemos hablado con la señorita Cabot y la hemos interrogado sobre lo sucedido anoche en la tetería de las hermanas Franklin. No tiene nada contra usted. De hecho, afirma que fue culpa de ella.

Jeffrey se preguntó si habría asumido la responsabilidad porque quería proteger a John o, sencillamente, porque era una mujer honrada.

–Sin embargo –continuó el juez–, tanto la señorita Cabot como el señor Frederick Brumley, esposo de la familiar que la aloja, están de acuerdo en que el caso es demasiado grave como para pasarlo por alto... En consecuencia, solo hay dos opciones posibles: la primera, que se presenten cargos por intento de violación y la segunda, que se case usted con ella para evitar un escándalo.

Jeffrey tragó saliva y contó los botones del chaleco del señor Botham. Pero no tenía ocho, sino seis.

–Le hemos aconsejado que desestime la posibilidad del matrimonio –intervino el reverendo–. Hemos hecho lo posible para que entienda que se condenaría a vivir con el hombre que abusó de su virtud... pero dice que prefiere arriesgarse a una vida de abusos antes que mancillar el buen nombre de su familia y de la familia de usted.

Jeffrey se quedó atónito. No quería contraer matrimonio. No quería saber nada de ella. Pero estaba atrapado.

–¿El buen nombre de su familia? –preguntó–. Discúlpenme, pero no sé de qué familia están hablando.

–La señorita Cabot es hermanastra del conde de Beckington.

Jeffrey no reconoció el título, pero se dijo que eso carecía de importancia. Si su hermanastro era conde, no tenía más remedio que casarse. De lo contrario, lo denunciarían por abusos y terminaría en la horca.

–Les recuerdo que yo también soy conde, y que mi título y responsabilidades familiares me obligan a tener herederos –replicó, antes de lanzar una mirada al doctor Linford–. ¿La han examinado?

–Sí, por supuesto. No parece que haya sufrido daño alguno –respondió el médico.

–Sé que no sufrió daño alguno. Pero necesito saber si es virgen.

–Estamos hablando de la señorita Grace Cabot... –declaró el señor Davis–. Es hijastra del difunto conde de Beckington, y hermanastra del actual. Pertenece a una de las familias más intachables del país, milord.

Jeffrey apretó el puño ocho veces seguidas.

–No lo dudo en absoluto, pero estarán de acuerdo conmigo en que la reputación familiar y la virtud de una dama no son necesariamente lo mismo.

El doctor Linford y los señores Botham y Davis bajaron la cabeza mientras el reverendo se cubría la cara con las manos. Pero ninguno lo contradijo.

—Bueno... La señorita me ha asegurado que sigue intacta, por así decirlo —afirmó el médico.

El señor Davis carraspeó y preguntó:

—¿Se casará entonces con ella?

Jeffrey dudó y se acordó Mary Gastineau, la hija de lord Vicking, uno de sus primos. Mary era una de las pocas jóvenes con las que había salido. No le excitaba en absoluto. No imaginaba su cuerpo desnudo ni se imaginaba a sí mismo entrando en ella. Y, precisamente por eso, siempre había pensado que era la esposa perfecta para él.

Pero no le había pedido el matrimonio. De hecho, había alargado el noviazgo tanto como le fue posible.

—Milord... —dijo el señor Botham—. Si no se casa, no tendremos más opción que acusarlo. No olvidaremos que ha abusado de una joven pura e inocente.

Jeffrey lo miró a los ojos, pensando que la señorita Cabot podía ser sexualmente inexperta, pero no inocente.

—Muy bien. Me casaré con ella.

Todos miraron al reverendo, que apretó los dientes y clavó la mirada en Jeffrey. Parecía a disgusto con lo sucedido y con la decisión que se había tomado. Pero el sacerdote era un hombre astuto y, como no quería actuar contra un hombre tan poderoso como el conde de Merryton, dijo:

—¿Está dispuesto a casarse de inmediato?

—No solo estoy dispuesto, sino que me mudaré inmediatamente con ella a Blackwood Hall –respondió.

–Entonces, trato hecho.

Beatrice creía que Grace se había quedado traumatizada con su experiencia en la tetería de las hermanas Franklin. Además, se sentía indirectamente culpable de lo sucedido y repetía una y otra vez que su madre no la perdonaría nunca. A fin de cuentas, había ocurrido en Bath, estando ella a su cargo y viviendo bajo su techo.

Sin embargo, Grace sabía que se equivocaba. Su madre no se enfadaría con Beatrice, sino con ella. Y, en cuanto al trauma que había sufrido, no era consecuencia de las caricias de Merryton, sino de su propia y deplorable actitud. Había tendido una trampa a un hombre. Había manchado gravemente su reputación, y el hecho de que se hubiera equivocado de persona no cambiaba nada en absoluto.

No podía creer que se hubiera engañado tanto a sí misma. Por lo visto, Honor tenía razón cuando intentó disuadirla de llevar a cabo su plan con el argumento de que era ridículo e indigno de ella. Pero se había negado a escucharla, y ahora estaba a punto de afrontar las consecuencias.

A punto de casarse con el conde de Merryton.

Grace no había tenido más remedio que aceptar la propuesta de matrimonio. Era la única forma de salvar su reputación, y estaba tan asustada ante la perspectiva como avergonzada por lo que había hecho. Sí, al final salvaría a su madre y a sus hermanas de la ruina. Sí, su matrimonio les daría la seguridad económica que necesitaban. Pero no se iba a desposar con el atractivo y encantador lord Amherst, sino con el desagradable, frío y sombrío lord Merryton.

–Tu madre se sentirá muy decepcionada... –dijo Beatrice, frotándose las manos con nerviosismo–. ¿Por qué te has negado a que le enviara una nota? Estoy segura de que tu hermanastro habría intervenido en tu ayuda.

Grace sacudió la cabeza.

–No habría recibido la nota a tiempo. Además, Augustine se va a casar, y no le puedo hacer algo así... destrozaría su felicidad y causaría un dolor innecesario a mi familia cuando apenas ha pasado un mes desde la muerte de mi padrastro –replicó–. No, he hecho lo único que se podía hacer. Como dice el señor Brumley, tengo que asumir las responsabilidades derivadas de mis actos.

–Por Dios, Grace... ¿qué sabe mi esposo de estas cosas? No deberías haberle escuchado. Habría sido mejor que hablaras con tu madre antes de tomar una decisión tan importante.

Grace no dijo nada. No podía. Beatrice no había visto a lady Beckington en mucho tiempo y, en consecuencia, tampoco estaba informada de que su prima estaba perdiendo la razón. A veces no reconocía ni a sus propias hijas. Pero Grace y Honor tenían que guardarlo en secreto porque no se podían arriesgar a que se llegara a saber.

La situación ya era demasiado complicada. Augustine Deveraux, su hermanastro y nuevo conde de Beckington, se iba a casar con Monica Hargrove, quien tenía intención de echarlas de su casa y condenarlas al ostracismo de vivir en Gales.

Definitivamente, aquella era la única solución. Sobre todo ahora, después de que Honor hubiera fracasado en su no menos absurdo plan de echar a Monica Hargrove en brazos de otro hombre para alejarlo de Augustine e impedir que se casara con él. Si no hacía algo pronto, sus hermanas y su madre terminarían expulsadas de la alta sociedad y de la vida a la que se habían acostumbrado.

Por eso había ido a Bath. Por eso había tendido una trampa a lord Amherst. Al igual que Honor, estaba convencida de que las jóvenes sin demasiados recursos no tenían más opción que utilizar su astucia y su belleza para salir adelante. Pero los hechos habían demostrado que no eran tan astutas como pensaban.

Ahora lo veía con claridad. Veía la inconsciencia y la estupidez que la habían empujado al abismo.

Solo quedaba una pregunta sin responder, la que había turbado sus pensamientos durante las dos noches transcurridas desde el incidente: ¿cómo era posible que, en lugar de Amherst, hubiera aparecido su hermano?

Cada vez que se acordaba, se estremecía. Aquellos minutos con Merryton habían sido los más excitantes de su vida. Habían despertado algo en ella, algo que parecía tener la capacidad de consumirla por completo. Pero después, cuando supo que no estaba con Amherst, sintió asco y miedo.

—Oh, querida mía... —dijo Beatrice, notando su turbación—. Ojalá hubiera algo que yo pudiera hacer. Pero no está en mi mano.

—Lo sé. Nadie me puede ayudar.

—Por favor, permíteme que escriba a Beckington...

–¡No puedo! –exclamó Grace, harta de mantener la misma discusión constantemente–. ¿Es que no lo comprendes? La suerte está echada. La noticia se habrá propagado por toda Inglaterra, hundiendo mi reputación... y quién sabe hasta qué punto habrá dañado la de Merryton. No, Beatrice, no se puede hacer nada. Antes de que termine este día, seré su esposa.

A decir verdad, Grace no estaba segura de que se fueran a casar de forma tan inminente. En su desesperación, se había desentendido de las negociaciones con Merryton y las había dejado en manos del esposo de Beatrice, el señor Brumley. Sin embargo, daba por sentado que el matrimonio se celebraría en cuestión de horas.

Por lo demás, solo sabía que Merryton había puesto diez mil libras de su bolsillo en calidad de dote, esperando que el nuevo conde de Beckington se las reembolsara. Era lo habitual en esos casos.

Naturalmente, Grace había tenido que escribir a Augustine para pedirle el dinero. Pero no fue una carta difícil de redactar. Era consciente de que su hermanastro no pondría ninguna objeción; en parte, porque su matrimonio era la única forma de evitar un escándalo y, en parte, porque pagaría la suma con el fondo que la madre de Grace había aportado cuando se casó con el difunto conde.

Escribir a Honor había sido mucho más duro. Le llevó una tarde entera, y no dejó de imaginar la cara de espanto que pondría su hermana cuando leyera esas líneas.

Era una situación especialmente humillante para Grace. Honor le había advertido que su plan no saldría bien, pero ella se había jactado de lo contrario e incluso había dicho que era mucho mejor que el suyo. Tenía el convencimiento de que los halagos de Amherst y sus múltiples insinuaciones escondían un interés sincero hacia ella y de que, cuando todo estuviera hecho y dicho, estaría encantado de ser su esposo.

Había sido una estúpida, una completa y absoluta estúpida. Se había lanzado a un mar proceloso en soledad y sin un vulgar remo.

¡Cuánto habría dado en ese momento por poder volver atrás y escuchar los consejos nunca requeridos de su hermana mayor! ¡Cuánto habría dado por volver a oír las canciones que Prudence tocaba al piano y las historias de terror que tanto divertían a Mercy! Cuánto habría dado por sentarse a los pies de su madre, apoyar la cabeza en su regazo y dejar que le acariciara el pelo.

Pero no podía volver atrás, y estaba a punto de casarse con un hombre terriblemente serio que era la antítesis de sus sueños románticos.

Grace no había sabido nada de él desde el desastre. No había recibido ni una palabra de afecto o desafecto. Pero, por otro lado, ¿qué habría podido decir? ¿Que le estaba muy agradecido por haber tenido el detalle de arruinar su reputación?

En realidad, Grace no esperaba nada de Merryton. E intentó olvidar el asunto cuando subió a su habitación y empezó a guardar sus prendas en un baúl, doblándolas metódicamente.

El problema llegó más tarde, con la elección de su indumentaria.

¿Debía llevar el vestido negro? ¿O era demasiado macabro para la ocasión, por muy sombría que le pareciera? ¿Debía llevar el vestido plateado? ¿O era demasiado alegre para un acontecimiento tan penoso?

Al final, optó por una prenda de color azul pálido que, en opinión de Mercy, conjuntaba muy bien con el castaño de sus ojos y los destellos cobrizos de su pelo; pero no quería enseñar ni un milímetro de piel, de modo que se lo puso sobre una camisola de cuello alto y cerrado. Luego se hizo un moño tan recatado como todo lo demás y combinó el conjunto con un collar de perlas que le había regalado Joan, su madre.

Momentos después, Beatrice llamó a la puerta, entró en la habitación y dijo, con voz temblorosa:

–Es la hora, querida.

Grace pensó que su futuro no era tan terrible como imaginaba. Al menos, se libraría del carácter apocado de Beatrice, que siempre estaba dispuesta a llorar por cualquier cosa. En ese sentido, no podían ser más distintas. Ella no iba a llorar. Asumiría las consecuencias de lo que había hecho y las sobrellevaría con la cabeza bien alta.

–Gracias por todo, Beatrice...

La prima de su madre la miró con tristeza. Justo entonces apareció el mayordomo y preguntó por el equipaje de Grace, y ella señaló el baúl. Mientras el hombre se lo llevaba, Beatrice se acercó a ella y le puso la capa sobre los hombros.

–Estás preciosa –dijo–. Ojalá que tu madre te pudiera ver...

Grace sonrió con debilidad.

–Dudo que esté en el mejor de mis días.

–Te equivocas, Grace. Eres preciosa en cualquier momento y por muy duras que sean las circunstancias.

Has salido a tu madre. Eres una verdadera belleza –afirmó–. Lord Merryton tiene muchísima suerte.

Grace estuvo a punto de reír, pero sin humor alguno. Lo de Merryton no era suerte. Ella le había tendido una trampa y había arruinado su reputación.

–Sobra decir que mi esposo y yo asistiremos a tu boda en calidad de testigos... –continuó Beatrice.

Grace asintió, aunque le daba igual. Solo sabía que se iba a casar con ese hombre y que la iba a arrastrar a Blackwood Hall, donde se iría consumiendo poco a poco. De hecho, jugueteó con la fantasía de abandonarlo y huir en cuanto pudiera.

–¡Ah! ¡Casi lo olvidaba...! Tengo una carta para ti.
–¿Una carta? –preguntó Grace.
–Sí, llegó hace un rato.

Beatrice sacó la carta del bolsillo y se la dio. Grace reconoció la letra de Honor al instante.

–¡Es de mi hermana! –exclamó, perpleja–. ¿Cómo es posible que me haya contestado tan pronto? Si le escribí ayer...

–No puede ser una respuesta a tu misiva, Grace. Se ha recibido esta mañana, lo cual significa que llegó anoche a la oficina de correos.

El entusiasmo de Grace se esfumó. Naturalmente, Beatrice estaba en lo cierto. Era una simple casualidad. Nadie iba a acudir en su rescate.

–Anímate, querida... –Beatrice le dio el sombrero y la llevó hacia la puerta principal–. Tengo entendido que Blackwood Hall es una mansión magnífica, con docenas de habitaciones. Estoy segura de que, cuando las cosas se calmen, te gustará.

Grace pensó que no le gustaría nunca, pero no se

lo dijo. Beatrice le puso entonces el sombrero y, tras llevarla al carruaje que estaba esperando, dijo:

–Mi esposo y yo te seguiremos enseguida...

Beatrice se despidió de ella sacudiendo un pañuelo con naturalidad, como si se tratara de un viaje de placer. Al cabo de unos momentos, Grace sacó la carta de Honor, rompió el sello y leyó su contenido.

Querida Grace:

Espero que te encuentres bien, y que me perdones por haber faltado a la promesa de escribirte con regularidad. Hemos estado muy ocupados en Londres. Lejos de encontrarse mejor, mamá se encierra cada día más en su mundo imaginario. Hannah le ha empezado a dar una poción que compró en Covent Garden y, aunque me disgusta que tome cosas de ingredientes desconocidos, reconozco que la tranquiliza mucho.

Prudence y Mercy están más contentas que de costumbre, porque lady Chatham les ha enviado una invitación a una fiesta. En realidad, ha invitado a todas las jóvenes que no se han presentado todavía en sociedad. Sospecho que quiere estar informada sobre las debutantes del año que viene para tener ventaja sobre los demás en sus maquinaciones futuras.

Tengo una buena noticia que darte: ¡Easton y yo nos hemos casado! Siento no habértelo dicho antes. Me habría encantado que estuvieras presente en la boda, pero se armó un buen revuelo y no tuvimos más remedio que actuar con rapidez para limitar los efectos del escándalo.

La boda se celebró hace quince días, por insisten-

cia de Augustine. Estamos viviendo en Audley Street, en la mansión de Easton, pero mi pobre esposo perdió el barco que había fletado y se encuentra prácticamente en la ruina, así que es posible que nos mudemos a una casa más modesta. No obstante, me ha dado su palabra de que tendrá sitio suficiente para alojar a todas las hermanas Cabot.

Quiero que vengas a vernos cuando vuelvas de Bath. Te extraño mucho y, por otra parte, estoy segura de que ya habrás llegado a la conclusión de que tu plan era descabellado. Vuelve, Grace, por favor. Todas te echamos terriblemente de menos.

Por lo demás, no te preocupes por mí. Estoy muy enamorada de Easton. Lo quiero con todo mi corazón, y no sería más feliz si él fuera rey de Inglaterra.

Grace leyó el resto de la carta con una mezcla de desconcierto y enojo. Honor reiteraba lo contenta que estaba con Easton, y mencionaba una partida de cartas en Southwark que, al parecer, había dado mucho que hablar. Pero ya no le interesaba ni lo que había hecho ni la situación económica o sentimental que tuviera.

El destino había sido extraordinariamente cruel. Mientras ella trazaba un plan para salvar a su familia del escándalo, Honor había tomado sus propias decisiones y las había condenado al escándalo.

Por lo visto, se había sacrificado por nada.

—¡Maldita sea...!

Grace pegó una patada al asiento que estaba frente a ella. Pero no se sintió mejor. Ahora le dolía el alma, y también el pie.

Capítulo 3

El vehículo se detuvo lentamente, y Grace se asomó por la ventanilla para mirar. Estaban junto a un edificio bajo, pero al fondo se veía una iglesia y una pradera donde pastaba un rebaño de ovejas. Al cabo de unos momentos el cochero de los Brumley abrió la portezuela y le ofreció una mano.

Grace la aceptó, bajó del carruaje y preguntó, mirando el edificio:

—¿Dónde estamos?

—En el despacho del juez, milady.

Enseguida apareció un corpulento caballero que la saludó e invitó a entrar.

—Sígame, por favor.

Grace guardó la carta de Honor en el bolso de mano y, tras recogerse un poco los faldones, acompañó al caballero hasta una salita pequeña y oscura.

—Será mejor que se siente, señorita. Alguien pasará a recogerla a su debido momento.

—¿Cómo que...?

El hombre no tuvo ocasión de contestar, porque ya

había salido y cerrado la puerta; así que Grace se sentó a regañadientes.

Solo habían pasado un par de minutos cuando Merryton se presentó en la sala y la miró con perplejidad, como sorprendido de verla allí. Al igual que ella, aún llevaba su capa; pero tenía las botas manchadas de barro, y Grace se preguntó de dónde habría salido.

Los ojos verdes del hombre que estaba a punto de convertirse en su esposo la escrutaron de arriba abajo. Grace se estremeció, recordando el encuentro en la tetería y el contacto de su cuerpo y de sus labios. De hecho, se puso tan nerviosa que bajó la cabeza por miedo a que su expresión traicionara el tórrido carácter de sus pensamientos.

Pero, ¿por qué no decía nada?

Incómoda con el silencio, alzó la barbilla y buscó los ojos del conde.

Merryton la estaba mirando con una intensidad abrumadora, que aumentó la turbación de Grace. Sin embargo, sacó fuerzas de flaqueza y, tras llevarse una mano al cuello de forma inconsciente, declaró:

—Me llamo Grace. Grace Cabot.

En cuanto lo dijo se sintió ridícula. Al fin y al cabo, su identidad estaba fuera de duda: era la mujer con quien Merryton se iba a casar. Pero él la siguió mirando en silencio, aparentemente imperturbable.

—No hemos tenido ocasión de presentarnos como se debe... —continuó, nerviosa—. Y quiero que sepa que estoy profunda y sinceramente avergonzada de lo que he hecho.

Merryton no reaccionó. Sus ojos permanecieron clavados en ella, como si fuera consciente de lo insegura que se sentía. Y Grace no quería mostrar debilidad; tenía la sospecha de que mostrarse débil ante aquel hombre era como agitar un filete delante de un león, así que hizo un esfuerzo y dijo, con una sonrisa:

–¿Cómo debo llamarlo?

Él pareció sorprendido por la pregunta.

–Milord, por supuesto –contestó, como si fuera lo más lógico del mundo–. Pero discúlpeme un momento.

Merryton dio media vuelta, salió de la habitación y cerró la puerta, dejándola tan sola como perpleja.

–¿Milord? –se dijo Grace en voz alta–. ¿Quiere que lo llame así? ¿Milord?

La espera posterior se le hizo eterna. Llevaba tanto tiempo sentada y la sala estaba tan oscura que le empezaron a doler las piernas y la cabeza. Pero no se atrevía a levantarse y subir la persiana.

De vez en cuando sacaba la carta de Honor y la volvía a leer. Y, cada vez que la leía, ardía en deseos de golpear algo. ¡Qué injusta era la vida! Si Honor hubiera escrito antes, si le hubiera explicado antes lo que había pasado, ella no se habría citado con nadie en la tetería de las hermanas Franklin.

Llegó a tal grado de desesperación que, cuando Merryton apareció de nuevo, estuvo a punto de soltar un suspiro de alivio. Él se detuvo en el umbral, dio ocho golpecitos en el marco y dijo, sencillamente:

–Es la hora.

Grace asintió, resignada. La vida que había llevado se esfumaría ante sus ojos en cuanto subieran al altar. Perdería su lujosa existencia en el centro de Londres; diría adiós a las fiestas de la alta sociedad y se alejaría definitivamente de sus queridas hermanas y de su elegante y refinada madre.

Merryton volvió a golpear el marco, del mismo modo y las mismas veces. Grace guardó la carta de su hermana mayor y tragó saliva.

—Nos tenemos que ir —insistió él, hablándola como si fuera una criada.

—Me doy toda la prisa que puedo, teniendo en cuenta las circunstancias —se defendió.

—Pues le ruego que se dé un poco más.

Grace pasó a su lado con cuidado, haciendo lo posible por evitar el roce. Luego, él cerró la puerta y la llevó a una sala de la parte trasera del edificio, donde los esperaba un hombre con aspecto de sacerdote.

—Por aquí, milord —dijo el religioso, tras mirar a Grace con desdén.

Mientras caminaban hacia la salida, Grace reparó en la altura de Merryton y se estremeció. Era un hombre verdaderamente imponente. Pero no supo si su estremecimiento fue de miedo, de repulsión o más bien, aunque estuviera lejos de querer reconocerlo, de excitación ante la perspectiva de la noche de bodas. A fin de cuentas, no había dejado de pensar en sus caricias y besos.

¿Cómo era posible que se hubiera metido en semejante lío? Lo había complicado todo con su maldito plan, y ni siquiera sabía a qué atenerse. Se iba a casar con un hombre que era un enigma para ella; un hombre que cuyo inquietante silencio parecía indicar que estaba decidido a no dirigirle la palabra.

Momentos después, salieron del edificio y se dirigieron a la iglesia. Grace miró entonces a Merryton e intentó romper el hielo con un comentario que pretendía ser optimista.

–Puede que esto no sea tan malo... Puede que nuestro acuerdo no sea tan terrible como parece.

Él entrecerró los ojos.

–Solo pretendía decir que todo tiene una parte buena... –continuó.

Grace pensó que sus palabras habían sonado ridículas, y él también lo debió de pensar, porque no dijo nada.

Al llegar a la iglesia, descubrió que Beatrice y su desagradable marido los estaban esperando. Beatrice parecía a punto de romper a llorar, y Grace cruzó los dedos para que se contuviera. Pero, curiosamente, no había nadie de la familia del conde. Ni siquiera su hermano, lord Amherst.

Ya en el interior, el sacerdote habló en voz baja con Merryton y dio comienzo a la ceremonia, comportándose en todo momento como si Grace no estuviera presente.

–Nos hemos reunido aquí, en la casa de Dios...

Grace apretó sus húmedas manos contra la tela del vestido y fijó la vista en la cristalera del fondo. Pensó en el futuro que tenía por delante; pensó en sus obligaciones como esposa y, cuando el sacerdote llegó a la parte de los votos, todo le parecía ya tan absurdo que sonrió y estuvo a punto de soltar una risa histérica.

–Milord, ¿quiere a esta mujer como...?

Mientras el cura hablaba, Merryton notó la sonrisa de Grace y entrecerró los ojos. Obviamente, no le parecía que la situación fuera graciosa. Y a ella tampoco se lo parecía, pero no pudo dejar de sonreír.

–Sí, quiero.

Grace se sorprendió un poco cuando el sacerdote se giró hacia ella y dijo, sin apartar la vista del libro que sostenía:

—Señorita Cabot, ¿quiere a Jeffrey Thomas Creighton Donovan como esposo y promete serle fiel en la salud y la enfermedad, en la riqueza y la pobreza, hasta que la muerte los separe?

Grace pensó que no estaría con él tanto tiempo. Aún no sabía cómo, pero encontraría la forma de escapar. La vida era demasiado larga, y no tenía intención alguna de malgastarla en una relación sin amor.

Al ver que no respondía, Merryton la tomó de la mano. Grace reaccionó entonces y habló con una voz que sonó extrañamente fuerte incluso a sus propios oídos.

—Oh, sí... Sí, quiero.

Merryton le lanzó una mirada intensa, que la incomodó. ¿Era deseo? ¿Ira? No lo podía saber, así que volvió a clavar la vista en la vidriera y rezó para encontrar la paciencia, la sabiduría y la esperanza que necesitaba.

—En ese caso, yo os declaro marido y mujer.

En lugar de besarla, Merryton le soltó la mano al instante.

—Milord, tienen que firmar en el registro...

—Sí, por supuesto.

Merryton dio media vuelta, pero Grace se quedó junto al altar como si no supiera qué hacer.

—¡Señora! —exclamó el sacerdote.

Tras unos segundos de duda, Grace los siguió a la vicaría, esperó a que su esposo firmara y, a continuación, puso su nombre en el libro. Beatrice y su esposo firmaron después, en calidad de testigos de la boda.

—Felicidades, milord —dijo el señor Brumley.

El marido de Beatrice trató tan mal a Grace como el cura y, al igual que él, ni siquiera se dignó a mirarla. En cuanto a Merryton, se limitó a pedirle que lo siguiera y a salir de la iglesia con rapidez.

Beatrice fue la única persona que le demostró afecto. Con ojos llenos de lágrimas, se acercó a ella y la abrazó.

—Pobrecita... —dijo en voz baja—. Por favor, permite que escriba a tu madre. Sé que será una fuente de consuelo para ti.

Grace se apartó de ella y respiró hondo.

—Ya le he enviado una carta —mintió.

—Sí, naturalmente que sí... —Beatrice le puso las manos en las mejillas—. Sé fuerte, querida mía. A fin de cuentas, las lágrimas no servirían de nada. Te lo has buscado tú misma.

Grace soltó una risita irónica.

—Eso es verdad.

Justo entonces, su esposo la reclamó desde la entrada.

—¿Lady Merryton?

Grace tardó un momento en comprender que se refería a ella. Luego, dejó a la sollozante Beatrice en la iglesia y salió al exterior, donde el sol brillaba como si fuera el mejor y más jubiloso de los días.

Tras ponerse la capucha de la capa, se dirigió hacia el carruaje negro de cuatro caballos que los estaba esperando. No tenía ninguna ornamentación externa, pero Grace no se dejó engañar por su aspecto sobrio; sabía que era un Landau, uno de los más caros y modernos que se podían comprar.

Merryton miró a uno de los criados que esperaban en los pescantes e hizo un gesto para que abriera la portezuela. El criado obedeció y volvió a su sitio mientras Grace hacía esfuerzos por mantener el aplomo. Estaba tan angustiada que casi no podía respirar; pero su angustia se transformó en sorpresa cuando su marido la ayudó a subir y, a continuación, dijo:

–Buen viaje, madame.

–¿Cómo? –preguntó–. ¿Es que no viene conmigo?

–Prefiero ir a caballo.

–Pero...

Grace no terminó la frase. ¿Qué podía decir? ¿Que prefería que viajara con ella y la condenara a varias horas de frío silencio?

En cualquier caso, no tuvo elección. Él cerró la portezuela y, acto seguido, Grace se inclinó hacia la ventanilla y apartó la cortina para mirar. Merryton subió a su montura con un movimiento ágil, intercambió unas palabras con el cochero y se fue al galope, como si tuviera prisa.

Al cabo de unos segundos se pusieron en marcha. El carruaje pegó una pequeña sacudida, y ella se recostó en el sillón de cuero y se quedó mirando el techo, forrado de seda. Su nueva vida acababa de empezar, y no parecía precisamente alentadora. Se había casado con un hombre que la despreciaba.

Estaba tan deprimida que los ojos se le humedecieron. Pero se mordió el labio con fuerza y refrenó las lágrimas.

Beatrice tenía razón. Se lo había buscado ella misma.

Y no iba a llorar.

Capítulo 4

A medida que avanzaban, las dispersas granjas dieron paso a una escena de colinas y bosques que, de vez en cuando, mostraban un claro donde pastaban reses. No había un alma a la vista. Si no hubiera sido por las chimeneas de las mansiones, que sobresalían por encima de los árboles, Grace habría pensado que estaba sola en el mundo.

Empezaba a tener hambre, y se preguntó si debía pedir al cochero que detuviera el carruaje en alguna localidad, para descansar, comer algo y asearse antes de llegar a Blackwood Hall. Había leído la carta de su hermana varias veces; pero no encontraba sosiego alguno en ella, así que la guardó al final, se cruzó de brazos y cerró los ojos intentando no pensar en la vida que le esperaba.

El movimiento rítmico del carruaje terminó por convertir su cansancio en sueño. Grace se dio cuenta de que se estaba quedando dormida, pero no fue consciente de que se había tumbado en el asiento hasta que pasaron sobre un bache y el zarandeo la despertó.

Tras despabilarse, se sentó y apartó la cortinilla. El cielo se había cubierto de nubes y, por si eso fuera poco, estaban atravesando un bosque tan denso que apenas llegaba la luz. Era como estar en un túnel.

Momentos después, el cochero redujo la velocidad y el carruaje pasó por una enorme puerta de piedra, tan alta que Grace no pudo ver la parte superior. Luego, el follaje se volvió menos denso y, de repente, se encontró ante una mansión tan grande como Longmeadow, la propiedad de los Beckington donde había pasado gran parte de su juventud.

Sin embargo, había una diferencia: Longmeadow era alegre y luminosa; Blackwood Hall, amenazadora y oscura. Todo, desde las piedras de las paredes hasta las chimeneas, tenía un aspecto gris. De hecho, no había más nota de color que la verde hiedra que se encaramaba a una de sus esquinas.

Grace pensó que era igual que su dueño. Incluso en la excepción del verde; que, en el caso de Merryton, estaba en sus ojos.

–Oh, Dios mío...

Los criados habían salido al exterior y los estaban esperando en la entrada, puestos en fila. Grace contó quince, con el mayordomo y el ama de llaves en un extremo.

Entonces, el carruaje se detuvo. El cochero bajó del pescante, abrió la portezuela y le ofreció una mano para ayudarla a bajar. Grace la aceptó, descendió del vehículo y buscó a Merryton con la mirada.

Su esposo apareció en el vado un segundo después y, tras detenerse ante ella, se dio ocho golpecitos en la pierna y dijo:

—Señor Cox, señora Garland... les presento a lady Merryton.

Su voz sonó tan natural que cualquiera habría llegado a la conclusión de que los criados estaban al tanto de la boda. Pero no debía de ser así, porque se llevaron una sorpresa. Hasta el mayordomo y el ama de llaves se quedaron helados.

Tras unos instantes de desconcierto, la señora Garland hizo una reverencia y dijo:

—Milady...

Sin embargo, el mayordomo guardó silencio. Y a Merryton no le debió de importar mucho, porque se limitó a apretar los dientes y entrar en el edificio.

Grace se quedó a solas con los criados, e hizo lo único que podía hacer.

—Me alegro de conocerlos —declaró, forzando una sonrisa—. Aunque es evidente que no me esperaban...

Algunos asintieron, y otros cambiaron de posición, incómodos.

—Bueno, es perfectamente lógico. A fin de cuentas, pretendía ser una sorpresa... —mintió Grace.

El señor Cox, que ya se había recuperado del susto, dio un paso adelante e inclinó la cabeza en gesto de respeto.

—Bienvenida a Blackwood Hall, milady.

—Gracias.

—Si le parece bien, la acompañaré al vestíbulo... Señora Garland, ¿podría hacer el favor de preparar las habitaciones de milady?

—Por supuesto —contestó la mujer.

Los criados formaron entonces en dos filas, para dejarles paso. Grace alzó la barbilla, sonrió como si estuviera en uno de los salones de lady Chatham y saludó a todos mientras se dirigía al vestíbulo.

La mansión resultó ser tan imponente por dentro como por fuera. Tenía columnas griegas, suelos de mármol y una gigantesca escalera en espiral. Pero el vestíbulo estaba prácticamente vacío, como si el dueño de la casa se acabara de mudar a ella. No había cuadros ni armaduras ni ninguno de los elementos decorativos que, en opinión de Grace, daban elegancia a las mansiones.

El señor Cox la llevó por una serie de pasillos largos y le enseñó salas pequeñas, salones grandes y varios comedores, incluido uno con capacidad para sesenta personas. También le enseñó una sala de baile y tantas habitaciones para invitados que Grace perdió la cuenta al cabo de unos minutos.

Sin embargo, todo tenía el mismo aire sombrío de la entrada. Las paredes estaban desnudas, sin retratos de familiares, sin huella alguna de los ancestros de Merryton. Y lo único que decoraba las mesitas eran unos jarrones exactamente iguales que contenían rosas cortadas exactamente a la misma altura.

Al llegar al salón principal, Grace se detuvo ante el soberbio hogar de piedra y miró el espejo que pendía sobre él.

—He notado que no hay cuadros...

—No, madame. Su excelencia preferiría que todos los cuadros tengan el mismo marco y, como eso no puede ser, optó por no colgar ninguno.

Grace miró al mayordomo con asombro.

—¿Cómo?

Cox, un hombre sorprendentemente joven para el cargo que ocupaba, la miró a los ojos y explicó:

—A lord Merryton le gusta la uniformidad.

Ella frunció el ceño, volvió a mirar el espejo y echó un vistazo a su alrededor. No se había dado cuenta hasta entonces, pero las sillas que se encontraban junto a la chimenea estaban puestas de dos en dos, y separadas entre sí por la misma distancia.

Era verdaderamente raro.

—¿Quiere que la acompañe a sus habitaciones, milady?

—Sí, por favor.

Grace se llevó una alegría cuando vio que sus habitaciones daban al sur y al oeste, porque eso significaba que tendría mucha luz natural. Las paredes eran de color claro, las contraventanas, blancas y el suelo, de alfombras sobre tarima oscura.

El lugar resultaba de lo más acogedor, salvo por el hecho de que, una vez más, no había ningún elemento decorativo.

—¿Puedo hacer algo más por usted? —preguntó el señor Cox.

Grace se llevó las manos al estómago.

—Sí... A decir verdad, tengo hambre. ¿Me podrían servir algo de comer?

El señor Cox pareció extrañamente incómodo.

—Me temo que no es posible, madame. La cena se sirve exactamente a las ocho en punto.

Grace miró el reloj de pared y frunció el ceño. Eran las cinco menos cuarto.

—¿Me está diciendo que no puedo comer nada hasta dentro de tres horas?

Cox tragó saliva y se ruborizó.

—Su excelencia prefiere que la comida se sirva a horas exactas. El desayuno es a las ocho, el almuerzo, a las doce y el té, a las cuatro.

Grace miró al mayordomo con intensidad, pensando que se traicionaría con una sonrisa y le mostraría su sentido del humor. Pero Cox se limitó a guardar silencio y esperar sus instrucciones.

—¿Y no podemos hacer una excepción?
—Si su excelencia está de acuerdo...

El mayordomo no hizo ademán de ir a buscar al conde. Se quedó donde estaba, como queriéndole decir que él no estaba en posición de pedir semejante cosa. Y Grace, que tampoco tenía ganas de hablar con su marido, optó por olvidar el asunto.

—Está bien, pero ¿puedo darme un baño? ¿O también hay normas estrictas para eso? —preguntó con ironía.

—No, madame, no hay ninguna norma al respecto. Me encargaré de que se lo preparen de inmediato.

Cox inclinó la cabeza y salió de la habitación.

Cuando se quedó a solas, Grace tiró su bolso de mano al suelo y se maldijo para sus adentros. No sabía qué hacer. Estaba hambrienta, y agotada por el viaje. Pero se dijo que un baño la ayudaría a sentirse mejor.

Además, las cosas no eran tan terribles como había supuesto. De momento, no había sufrido más percance que la absurda obligación de esperar hasta las ocho para llevarse algo a la boca. Y, por otra parte, las costumbres de lord Merryton habían despertado su curiosidad.

Las habitaciones de Jeffrey estaban en la planta baja

del edificio, junto al vestíbulo de Blackwood Hall. El señor Cox pensaba que se alojaba allí y no en la suite principal porque no quería dormir en el sitio donde había muerto su padre, pero estaba en un error. En realidad, Jeffrey prefería esas habitaciones porque tenían un total de veinticuatro pasos de largo y dieciséis de ancho, es decir, una diferencia de ocho.

Por desgracia, la tranquilidad que le daba ese número se había esfumado de repente. No había calculado que su alojamiento estaba demasiado cerca de la suite de su esposa, lo cual lo incomodaba sobremanera.

En cuanto llegaron a la mansión se encerró en sus habitaciones, se sirvió una dosis más que generosa de whisky y se quitó las botas de montar. Luego se sentó junto a la chimenea, apoyó la cabeza en el respaldo y cerró los ojos, en busca de sosiego. Pero fue del todo inútil. Su mente volvía una y otra vez a la mujer con quien se había casado. Una mujer de la que no sabía nada en absoluto.

Al cabo de un rato oyó algo en el corredor y abrió los ojos. Era uno de los criados, que hablaba a otro en voz baja.

–No hagas ruido, Willie... Y ten cuidado con los cubos. Si la señora Garland ve una sola gota de agua en el suelo, acabarás limpiando los establos.

Jeffrey parpadeó. Por lo visto llevaban agua a las habitaciones de lady Merryton para que se pudiera bañar.

Se bebió el resto del whisky y cerró los ojos de nuevo, intentando no imaginar su cuerpo desnudo. Pero, cuanto más lo intentaba, mayor era su fracaso. Veía sus senos, veía el agua que la acariciaba entre las piernas y la veía tocarse lentamente, pasando las manos por todos los sitios a los que él deseaba acceder.

Desesperado, se levantó del sillón, se acercó a uno de los balcones y lo abrió de par en par, en busca de un poco de aire fresco. Tenía que encontrar el modo de dominar su imaginación. Tenía que aprender a vivir en la misma casa que aquella criatura preciosa y, por eso mismo, absolutamente traicionera.

Cuando ya se había tranquilizado, alcanzó la bota derecha, contó hasta ocho y se la puso. Luego, repitió la misma operación con la izquierda y salió de sus habitaciones para dirigirse al despacho. Una vez allí, sacó el libro de contabilidad y comprobó gastos e ingresos hasta que, a las siete menos diez, Cox entró en la estancia y preguntó:

—¿Desea vestirse para la cena, milord?

Jeffrey sacudió la cabeza sin apartar la vista del libro.

—No, no... Tengo demasiado trabajo que hacer —respondió—. Por favor, informa a milady del lugar y la hora.

—Sí, milord.

Cox dio media vuelta, y Jeffrey contó los pasos que dio antes de salir.

Seis. Solo había dado seis.

De repente, todo parecía desequilibrado. Y no sabía cómo recuperar la armonía anterior. Evidentemente, no podía echar a su esposa. Se habían casado, y su aroma parecía atravesar las paredes y rodearlo como una niebla.

Su obsesiva y ordenada existencia se estaba derrumbando sin remedio, pero no se le ocurría ninguna solución, de modo que se concentró en los números y en las diversas complicaciones de dirigir una propiedad tan grande como la suya. Luego, cuando solo faltaban unos minutos para las ocho, salió al pasillo y se dirigió al comedor, contando los pasos. Habría dado cualquier cosa por cenar solo.

Grace, que estaba esperando junto al bufé, se sobresaltó tanto al ver a su marido que golpeó inadvertidamente una pila de platos. Por suerte, reaccionó enseguida y la sostuvo. Pero no antes de que él pudiera admirar sus finas y elegantes manos, de dedos largos.

–Buenas noches, milord –dijo ella, intentando dar un tono alegre a sus palabras.

–Buenas noches, lady Merryton.

Ella estaba segura de que su marido recordaba su nombre. Era imposible que no lo recordara, porque lo había visto en el libro de registros de la iglesia y en el permiso de matrimonio: Grace Elizabeth Diana Cabot. Pero, a pesar de ello, dijo:

–Me llamo Grace. Y, francamente, preferiría que nos tuteáramos...

–Discúlpeme, pero aún no la conozco lo suficiente como para llamarla por su nombre de pila, y mucho menos para tutearla.

A decir verdad, Jeffrey solo intentaba ser respetuoso. No le podía hablar como si fueran amigos. No le podía hablar como si la hubiera cortejado. No podía actuar como si hubieran hecho un montón de cosas que no habían hecho.

Pero, por muy buena que fuera su intención, no surtió el efecto deseado. En lugar de agradecérselo, ella apretó los labios y asintió con tristeza.

–Siéntese, por favor –continuó.

El criado que estaba presente se acercó a la mesa y apartó una silla. Grace se sentó con elegancia y respiró hondo mientras Jeffrey la miraba otra vez.

Evidentemente ya no llevaba luto por su padrastro. Se había puesto un vestido de color dorado que reflejaba la luz de las lámparas y enfatizaba las curvas de sus senos, apretados en un *décolletage* de lo más atrevido. Era la viva imagen de la tentación, y lo era hasta por el moño que constreñía su rubia melena, porque dejaba ver su largo y hermoso cuello.

Jeffrey tomó asiento, convencido de estar preparado para lo que, en principio, parecía un compromiso difícil. Solo debía resistirse al deseo de admirar su cuerpo e imaginarlo desnudo. Se había casado con ella y, en consecuencia, tenía derecho a probar sus delicias, pero le asustaba la posibilidad de perder el control y, sobre todo, de hacerle daño.

A fin de cuentas no estaba con una mujer que compartiera sus apetitos o estuviera dispuesta a fingirlos a cambio de una suma razonable. Estaba con una joven que, al parecer, no había probado el amor.

–¿Sirvo la cena, milord? –preguntó Cox a su espalda.

–Sí, por favor.

Jeffrey, que estaba más nervioso de lo que quería admitir, apretó los dientes y dio ocho golpecitos en la mesa. Todo estaba donde debía estar, desde la cristalería hasta los cubiertos. Todo estaba en perfecta simetría, sin más salvedad que las inquietantes e intrincadas flores de lis que decoraban los bordes de los platos.

No sabía por qué, pero le incomodaban.

—Tiene una casa preciosa...

El dulce tono de la voz de Grace lo obligó a mirarla de nuevo. Sus ojos pardos, más verdes que marrones, le recordaron los tonos del final del estío. Eran lo primero que había notado cuando la vio por primera vez bajo la luz. Unos ojos de pestañas largas que le habían pasado desapercibidos en la oscuridad de la tetería, y que ahora encontraba inmensa y peligrosamente bellos.

—Gracias.

Grace tocó su copa de vino y la cambió de posición, para espanto de Jeffrey.

—¿Siempre ha vivido aquí?

Él se maldijo para sus adentros. No le apetecía hablar, pero estaban condenados a mantener una conversación. Y le habría resultado más fácil si Grace no hubiera soltado la copa para llevar la mano al collar de perlas que caía sobre su escote.

Jeffrey se quedó tan hechizado con el paisaje de sus senos que olvidó lo que ella acababa de decir.

—¿Cómo?

—Le preguntaba por Blackwood Hall...

—Ah, sí... Pertenece a mi familia desde que nos concedieron el título —respondió, tenso—. Yo soy el quinto conde de Merryton.

—¿Y vive solo?

Él cambió de posición.

—Casi todo el tiempo.

Grace lo miró como si quisiera preguntar algo más, pero, afortunadamente para él, Cox empezó a servir la cena e interrumpió la conversación. Minutos después el mayordomo y el lacayo se retiraron y Jeffrey empezó a comer.

Al cabo de un rato notó que su esposa jugueteaba con la comida como si no tuviera hambre, aunque se mostraba bastante más interesada en el vino. Extrañado, se echó hacia atrás, dejó la servilleta en la mesa y preguntó:

—¿No le gusta el cordero?

—Al contrario. Está delicioso.

Él la miró con incredulidad, pero no dijo nada.

—Milord...

—¿Sí?

—Me gustaría disculparme por lo que ha pasado.

Jeffrey guardó silencio y se preguntó por qué querría disculparse a esas alturas, cuando ya no podían cambiar las cosas.

—Me refiero a nuestro encuentro en la tetería —continuó ella.

Él sacudió la cabeza.

—No se moleste. No es necesario que se disculpe.

—Pero...

—No es necesario —insistió él, tajante—. Sé que se había citado con Amherst y que me confundió con él. Sin embargo, la responsabilidad es tan mía como suya, madame. Hemos cometido un error de consecuencias muy graves, y ahora estamos unidos para siempre.

—Supongo que tiene razón.

—Olvide el asunto. Lo hecho, hecho está —dijo—. ¿Ha terminado ya de comer?

Grace frunció el ceño.

—Sí.

—Entonces, si me perdona...

Él se levantó, y ella hizo ademán de imitarlo. Pero

Jeffrey era un caballero, de modo que se acercó y le ayudó a apartar la silla. El gesto, absolutamente inocente, los dejó tan cerca que casi se rozaban. Y él sintió la necesidad de tomarla entre sus brazos, asaltar su boca, hundir la cara entre sus senos y, tras saciarse con sus pezones, ponerla contra la mesa, levantarle las faldas y tocarla entre los muslos.

Asustado, dio un paso atrás y apretó los puños con fuerza.

–No se preocupe, lady Merryton. No iré a verla esta noche –dijo, intentando refrenar su deseo–. Le daré tiempo para que se acostumbre a Blackwood Hall.

Ella se ruborizó levemente.

–Hable con el señor Cox –prosiguió él–. Pondrá una doncella a su servicio.

Grace se cruzó de brazos y ladeó la cabeza.

–Siento curiosidad... ¿Es tan dictatorial con todo el mundo? ¿O me está concediendo un tratamiento especial? –preguntó–. Si pretende castigarme por lo que hice, pierde el tiempo. Ya me castigo yo bastante.

Jeffrey se quedó asombrado. No intentaba castigarla. De hecho, se consideraba más culpable que ella.

–Comprendo que esté enfadado conmigo, milord. Yo también lo estaría si estuviera en su caso. He intentado disculparme porque...

–No, por favor, no se disculpe otra vez –la interrumpió.

Ella entrecerró los ojos.

–No iba a reiterar mis disculpas. Soy consciente de que ninguna de mis palabras puede cambiar lo sucedido, y también lo soy de que, seguramente, no podré conseguir su perdón. Pero estamos aquí. Nos hemos casado. Y tendremos que encontrar la forma de sobrellevar nuestro matrimonio.

Jeffrey tardó unos segundos en reaccionar. No estaba acostumbrado a que lo desafiaran. Llevaba una vida solitaria, y la mayoría de la gente mantenía las distancias con él.

–Siento no ser el charlatán que usted preferiría, milady. Soy como soy, y nunca se me ha dado bien el parloteo. Me aburre.

–Sí, ya me he dado cuenta... Lo ha dejado muy claro esta noche –replicó ella, ofendida–. Pero se equivoca al pensar que solo pretendía darle conversación para matar el tiempo. Intentaba conocerlo mejor.

Jeffrey se sintió más expuesto que nunca, y se preguntó si habría estado tan interesada en conocerlo de haber sabido que se había casado con un loco.

–Pues deje de intentarlo. Buenas noches, milady.

Jeffrey dio media vuelta y se dirigió a la salida. Pero, antes de que se pudiera marchar, Grace susurró algo que él no pudo entender.

–¿Qué ha dicho?

–Nada –contestó, sarcástica–. Solo le devolvía las buenas noches.

Él se dijo que estaba preciosa cuando se enfadaba. Tenía fuego en los ojos, y un rubor en la piel que le hizo pensar en largas y tórridas noches de amor.

Jeffrey la miró unos segundos más y salió al pasillo. Después, giró a la izquierda, contó los dieciséis pasos que le separaban del corredor principal y, a continuación, los treinta y dos que había hasta el vestíbulo.

Su obsesión numérica era lo único que lo podía

salvar. Era la única forma de expulsar a Grace de sus pensamientos, y de borrar la imagen que volvía una y otra vez a su mente: Ella, desnuda en la bañera. Él, mirándola.

Capítulo 5

Grace cerró la puerta de su habitación, echó el cerrojo e incluso consideró la posibilidad de poner una silla para estar más segura. No iba a permitir que aquel hombre la tocara. Por lo menos, no esa noche.

Lord Merryton le había asegurado que no tenía intención de visitarla. Pero lo había dicho con una mirada tan intensa, tan ardiente y voraz, que le costaba creerlo.

¿Sería una trampa? ¿Un juego perverso?

Sacudió la cabeza y pensó que estaba sacando las cosas de quicio. No tenía motivos para dudar de él. De hecho, su comentario sobre la conversación de la cena demostraba que era dolorosamente sincero.

¿Cómo se había atrevido à decir que se aburría con su conversación? Era de lo más indignante. Y se sentía peor que nunca, porque ahora sabía que se había casado con una especie de ermitaño.

–Dios mío... –dijo, frustrada.

No, definitivamente no creía que su esposo se fuera a presentar en mitad de la noche. Pero Grace, que nunca había sido una mujer violenta, miró el atizador con intención de usarlo si llegaba el caso.

—Será mejor que no venga, milord.

Nerviosa, retrocedió hasta la cama, se sentó y soltó un suspiro.

¿Qué le pasaba a ese hombre? Tenía fama de esquivo y de preocuparse más por sus propiedades que por su propia familia, pero había algo raro en él. Le había dado la impresión de que mantenía una lucha interna y de que, quizá por ello, se aislaba de los demás y se encerraba en sí mismo.

Lord Merryton era todo un enigma. Apenas le dirigía la palabra, y casi no la miraba a los ojos. Pero, cuando la miraba, sus ojos brillaban con tanta intensidad que a veces le daba un poco de miedo.

—No, serán imaginaciones tuyas... —se dijo.

Fuera como fuera, se había casado con él y no tenía más remedio que ser su mujer en todos los sentidos, incluido el carnal. Y eso también era una fuente de dudas para Grace. La idea de acostarse con Merryton le resultaba odiosa, pero, cada vez que se acordaba de su encuentro en la tetería, ardía en deseos de repetir la experiencia.

Mientras lo pensaba, recordó un detalle que aumentó su incertidumbre. Ella lo había besado en el establecimiento de las hermanas Franklin porque creía que estaba con Amherst, pero él sabía que se había confundido de hombre. Lo sabía y, sin embargo, se había dejado llevar.

Más desconcertada que nunca, se llevó las manos al vestido con intención de quitárselo y de acostarse a continuación. Y, justo entonces, llamaron a la puerta.

Grace corrió al hogar y agarró el atizador.

–¿Quién es? –bramó.

–Hattie Crump, milady... La señora Garland me ha pedido que la ayude.

Grace dejó el atizador en la chimenea, respiró hondo y abrió la puerta, sintiéndose tan aliviada como estúpida.

La mujer que estaba al otro lado era baja y de cabello rojizo, recogido en un moño. Llevaba el uniforme de color azul marino y la camisa blanca de todos los criados de Blackwood Hall. Y tenía tantas ojeras como si no hubiera dormido en varios años.

–Milady... –dijo Hattie, haciendo una reverencia–. El ama de llaves quiere que sea su doncella personal hasta que tenga ocasión de contratar a otra.

Grace estuvo a punto de decirle que se marchara, pero se lo pensó mejor. Necesitaba un poco de compañía.

–Muchas gracias...

–¿En qué la puedo ayudar?

Grace dudó y echó un vistazo a su alrededor.

–Bueno, mi ropa sigue en el baúl... Habría que guardarla.

–Por supuesto, milady.

Hattie se dirigió rápidamente al vestidor, donde abrió el baúl y empezó a sacar las prendas, que fue guardando en armarios y cajones. Grace se quedó en la entrada y, al cabo de unos momentos, preguntó:

–¿Llevas mucho tiempo en Blackwood Hall?

–Sí, milady. Casi toda mi vida –dijo–. Mi madre también sirvió en la casa.

Grace la observó con detenimiento. Parecía de la edad de su esposo.

–Entonces, conocerás a milord desde hace años...

—Sí, desde la infancia. El señor fue un jovencito maravilloso, que siempre tenía una palabra amable para los criados.

Grace pensó que se refería a Amherst y dijo:

—Te preguntaba por lord Merryton.

Hattie miró con sorpresa.

—Lo sé, milady.

Grace parpadeó. Merryton, ¿amable? Al parecer se había equivocado al juzgarlo. Y deseó saber más cosas de su marido.

—Blackwood Hall es un lugar precioso... sin embargo, está lejos de la ciudad más cercana. Supongo que milord pasa mucho tiempo fuera.

—Bueno, eso es cierto en lo referente a lord Amherst, pero su hermano está aquí todo el año... Solo sale cuando viaja a Bath.

Grace maldijo su suerte. Estaba condenada a vivir en mitad de ninguna parte, lejos de su madre y sus hermanas y sin más entretenimiento que algún viaje ocasional a Bath. Deprimida, se acercó a uno de los balcones e intentó ver el exterior, pero era una noche tan cerrada que no se veía nada en absoluto.

—Imagino que el señor tendrá muchos arrendatarios...

—Supongo que sí, aunque no estoy informada al respecto. Solo sé que la iglesia está llena los domingos.

—¿La iglesia? ¿Hay algún pueblo cerca?

—Sí, Ashton Down. Está a tres kilómetros de aquí, al otro lado del bosque.

Grace asintió.

—¿Al otro lado del bosque, dices? Puede que me acerque mañana. Me apetece dar un paseo —declaró.

Hattie sacó el último de los vestidos y se quedó extrañada al ver que era negro. Obviamente, no entendía que una recién casada necesitara una prenda de ese color. Pero se acababan de conocer, así que Grace no se atrevió a decirle que se había casado cuando aún estaba de luto por su padrastro.

Por fin, Hattie cerró el último de los cajones y se dio la vuelta.

–La señora Garland quiere saber si me necesitará mañana, milady.

Grace sonrió.

–No, gracias. Me las arreglaré sola.

–Como quiera, milady. De todas formas, milord le ha pedido al señor Cox que contrate a una doncella para usted.

–¿Una doncella? ¿No puedes ser tú?

Hattie la miró con tanta perplejidad que Grace estuvo a punto de reír.

–¿Yo? No sabría ser la doncella de una dama... Me encargo de las tareas de limpieza –le confesó, incómoda.

–Bueno, no se puede decir que sea muy complicado. Aprenderías enseguida. Consiste en poner vestidos, arreglar el pelo y ese tipo de cosas.

Hattie se ruborizó.

–No sé qué decir, milady.

Grace ya había tomado una decisión. Hattie le caía bien y, por otra parte, tenía la ventaja de que estaba acostumbrada a vivir en Blackwood Hall. Conocía la casa, conocía la propiedad y conocía a su señor, así que se acercó a ella, le puso una mano en el brazo y dijo:

–No te preocupes por nada, Hattie. Serás una gran doncella. Y, en cuanto al señor Cox, hablaré con él personalmente... Tengo habilidad en el arte de imponer mis puntos de vista a los caballeros.

Grace volvió a sonreír, aunque pensó que esa habilidad no era siempre una ventaja. A fin de cuentas estaba en Blackwood Hall porque había convencido a un caballero para que se reuniera con ella.

Cuando Hattie se fue, Grace volvió a echar el cerrojo, se puso la ropa de noche y, tras asearse, se acostó. Era una cama grande y cómoda, con dosel; pero, cada vez que oía un ruido, imaginaba que Merryton estaba a punto de entrar y se desvelaba.

Se había metido en un buen lío. Se había casado con un hombre extraño y silencioso que, por lo visto, estaba lleno de manías. Y, por si eso fuera poco, la había llevado lejos de la civilización y de todos sus amigos y familiares.

Por desgracia, ni siquiera tenía derecho a protestar. Como bien sabía, se lo había buscado ella misma.

Grace se despertó con la sensación de no haber pegado ojo en toda la noche. Estaba cansada y de mal humor, así que se puso un vestido acorde a su estado: de color marrón oscuro y mangas largas. Luego miró el reloj de pared y cayó en la cuenta de que era demasiado pronto para desayunar y demasiado tarde para salir de paseo.

Tras un momento de duda decidió aprovechar la circunstancia para escribir a Honor. Entró en el saloncito adyacente y, tras pasar la vista por la chimenea, las sillas y el sofá, reparó en la mesa que estaba al fondo, junto a uno de los balcones.

Contenta, sacó pluma, tinta y papel y empezó a escribir.

Mi querida señora Easton:

Espero que estés tan bien como la última vez que me escribiste. Tus noticias fueron toda una sorpresa para mí, y sospecho que las mías también lo serán para ti. Me gusta pensar que has encontrado la felicidad en tu locura; especialmente, porque la mía solo me ha dado disgustos. Me he casado con un hombre que detesta el arte de conversar.

Blackwood Hall ha resultado ser un sitio tan sombrío como mi esposo. No puedo hablar con nadie. Mi doncella afirma que el conde viaja muy poco, y creo que no os podré ver a ninguna durante una larga temporada. Nunca me había sentido tan sola ni tan estúpida. Necesito que me aconsejes, Honor. ¿Qué puedo hacer?

Sin darse cuenta, Grace escribió dos páginas enteras, y por las dos caras. Después las dobló, las selló, puso la dirección y el remite y se guardó la carta en el bolsillo para dársela al señor Cox. Para entonces, ya era hora de desayunar; de modo que se levantó y salió a toda prisa.

El mayordomo estaba en el corredor de la planta baja, y le hizo una reverencia al verla.

—¿Quiere que la acompañe, milady?

—Sí, por favor.

Grace lo siguió hasta uno de los salones menores

de la mansión, que Cox abrió con otra reverencia. Era una estancia luminosa y relativamente pequeña, con una mesa redonda en el centro. Pero Merryton no se encontraba allí.

–¿Dónde está milord?

–Su excelencia no va a desayunar esta mañana –dijo–. ¿Le sirvo el té?

–No se moleste. Me lo serviré yo misma.

–Como desee la señora... Si me necesita, llámeme.

–Gracias, Cox.

El mayordomo la dejó a solas. Grace miró el bufé, donde había comida suficiente para toda una familia, y se acercó al balcón. Daba a un jardín enorme, con setos que formaban dibujos geométricos, gran profusión de rosales y una fuente en el centro. Tras el jardín había una laguna adonde se llegaba por un camino que también estaba flanqueado de rosas.

Grace se sirvió un té, una tostada y un plato de huevos revueltos. Pero, a pesar de no haber comido prácticamente nada durante las veinticuatro horas anteriores, no tenía hambre. Y eso la exasperó. Siempre había sido de buen apetito. No podía caer en una depresión. No debía dejarse llevar.

Justo entonces decidió que no deambularía de sala en sala como un alma en pena. Si Merryton la despreciaba, que la despreciara. Como había dicho su madre en cierta ocasión, la felicidad consistía en aprender a afrontar los hechos. Y, aunque lady Beckington no se refería a problemas tan graves como al suyo, sino a una simple disputa entre hermanas, Grace pensó que era perfectamente aplicable a su caso.

Ser feliz implicaba la actitud de ser feliz. Y ella estaba decidida a serlo. No quería vivir de otra manera. No iba a permitir que sus errores pasados y el propio comportamiento de su esposo la arrastraran a la amargura.

El mayordomo regresó al cabo de un rato y Grace, que apenas había probado la comida, se levantó.

–Señor Cox, quiero que Hattie sea mi doncella.

Cox apretó las manos sobre la bandeja que llevaba y la miró con sorpresa.

–Hattie es una simple criada, madame. En mi opinión, debería tener una doncella en condiciones...

–Dudo que en Ashton Down haya ninguna doncella profesional –alegó–. Además, Hattie es una mujer inteligente y conoce bien Blackwood Hall.

Cox tragó saliva, como espantado ante la perspectiva de decírselo a su señor.

–Muy bien. Hablaré con milord.

–¿Es que está aquí?

–No, milady. Ha salido, y no volverá en todo el día.

Grace maldijo a Merryton para sus adentros. ¿Cómo se atrevía a marcharse y dejarla sola? Era de lo más grosero, teniendo en cuenta que se había casado el día anterior. Pero se tragó su orgullo herido y dijo, alzando la barbilla:

–Muy bien. En ese caso, dedicaré el día a conocer mejor la propiedad... Si no le molesta, por supuesto.

–¿Molestarme? ¿A mí? –preguntó, sobresaltado–. No, claro que no, milady. La señora puede hacer lo que desee.

–Me alegro de saberlo –dijo–. Ah, antes de que lo olvide... ¿Podría enviar una carta?

–Naturalmente.

Grace le dio la carta que había escrito.

–¿Necesita algo más, milady?

–No. Gracias, Cox.

Grace sonrió al mayordomo, salió al corredor y se dirigió al vestíbulo, donde vio algo que le llamó la atención: cuatro jarrones con flores, pero con la particularidad de que los cuatro eran iguales, de que formaban un rectángulo perfecto y de que todos contenían, exactamente, ocho rosas rojas.

La curiosidad la empujó a acercarse y a pasar un dedo por los pétalos de una. Estaba mustia, y supuso que llevaba demasiado tiempo sin agua. Pero era tan bonita que no se pudo resistir a la tentación de alcanzarla y llevársela a la nariz.

Mientras aspiraba su aroma, decidió dar una vuelta por la casa e investigar un poco. Ni siquiera se dio cuenta de que había descolocado el jarrón.

Jeffrey lo vio por la tarde, cuando regresó a Blackwood Hall. Alguien había cambiado de sitio uno de los jarrones. Pero se mordió la lengua y no le dijo nada a Cox, que se había acercado para hacerse cargo de su capa, su sombrero y su fusta. Hacía lo posible para que nadie supiera de sus manías. Aunque sospechaba que había fracasado miserablemente con el mayordomo y el ama de llaves.

–¿Milord?

–¿Sí?

–Lady Merryton quiere que Hattie Crump sea su doncella.

Jeffrey pensó en la pelirroja criada, cuya faz le recordaba a las ocas. Se había criado en Blackwood Hall, así que se conocían de toda la vida. Era muy trabajadora, y tenía la ventaja de carecer de atractivo como mujer. No provocaba pensamientos lujuriosos y, precisamente por eso, permitía que limpiara su despacho y sus habitaciones.

–He intentado explicar a milady que Hattie no tiene las habilidades necesarias, pero insiste en que la prefiere a ella. Dice que en el pueblo no habrá nadie mejor.

Jeffrey imaginó a Grace en la bañera, completamente desnuda, mientras Hattie le cepillaba el cabello.

–Está bien, lo pensaré.

Justo entonces, Jeffrey cayó en la cuenta de que el jarrón de la mesita no era lo único que estaba mal.

–Falta una rosa, Cox...

–Ah... Lo siento mucho, milord.

Jeffrey dejó al mayordomo en el vestíbulo, seguro de que buscaría al criado que había cometido el terrible error de contar mal las flores y le daría una buena reprimenda.

Al llegar a su dormitorio se vistió para cenar, se cepilló ocho veces el pelo y se ató y desató el pañuelo del cuello otras tantas veces. Después, se miró en el espejo y buscó algún síntoma visible de su principal obsesión: volverse loco. Pero estaba tan inexpresivo como de costumbre. Al fin y al cabo tenía mucha práctica en el arte de ocultar sus emociones.

Siempre le había aterrorizado la posibilidad de que la gente pudiera ver al verdadero Jeffrey, al hombre atenazado por sus pensamientos obscenos. Estaba convencido de que no eran normales. Estaba convencido de que sufría algún tipo de trastorno.

Sin embargo, lady Merryton era su mujer y él, un

hombre en la flor de la vida. No iba a permitir que sus manías lo dominaran hasta el extremo de olvidar ese detalle.

Decidido a comportarse como el esposo que era, Jeffrey salió del dormitorio y recorrió la distancia que lo separaba del comedor. Ella ya estaba allí. Aquella noche había elegido un vestido de color marrón y cuello alto que, lejos de ocultar su belleza, la acentuaba. Era tan sobrio que invitaba a concentrar la atención en los ojos, los labios y la piel de la preciosa mujer que lo llevaba puesto.

–Buenas noches, lady Merryton.

Ella lo miró por encima de la copa de vino que sostenía. No parecía tan nerviosa como la noche anterior. Como mucho, parecía impaciente.

–Buenas noches. Pero le recuerdo que me llamo Grace.

–Soy consciente de ello –dijo él, mirando su copa–. Veo que le gusta el vino...

Jeffrey lo dijo sin malicia alguna. Solo pretendía demostrar que él también sabía dar conversación. Pero ella alzó la barbilla con orgullo, como si hubiera pensado que la estaba criticando.

–Sí, es cierto... –Grace lo miró a los ojos y echó un buen trago–. Me gusta. A veces mucho y, a veces, mucho más.

Por suerte para Jeffrey, el mayordomo los interrumpió en ese momento para anunciar que iba a servir la cena. Sin embargo, su alivio saltó por los aires cuando el lacayo se acercó a su esposa y le ofreció una silla. Se llamaba Ewan, y era un joven bien parecido, de los que tenían éxito con las mujeres.

Lo que pasó a continuación le habría parecido irrelevante en cualquier circunstancia. Ewan se limitó a ofrecer una mano a lady Merryton, que ella aceptó. Era algo habitual, un simple gesto de cortesía. Pero, por alguna razón, Jeffrey imaginó que Ewan llevaba una mano a los senos de su esposa. Y sufrió un ataque de celos que no desapareció hasta que Cox terminó de servir y se fue en compañía del lacayo.

Durante los minutos siguientes, el silencio del comedor le resultó tan opresivo que se sintió en la necesidad de romperlo.

—Tengo entendido que quiere a Hattie por doncella...

Ella lo miró a los ojos.

—Sí, así es. Me cae bien, y creo que haría un buen trabajo.

—Desgraciadamente, no lo puedo permitir.

—¿Que no puede? ¿Por qué no?

Jeffrey buscó una excusa a toda prisa. Obviamente, no le podía decir que, si Hattie se convertía en su doncella, tendrían que contratar a otra mujer para que limpiara la casa. Una mujer que, con toda probabilidad, sería tan joven como atractiva. Y, en tal caso, él no podría escapar a la tortura de imaginar su cuerpo desnudo e imaginarse dentro de ella.

Nervioso, miró su plato y contestó:

—Porque es una simple criada. No sabría atender a una dama.

Su esposa no quedó satisfecha con la explicación.

—¿Qué les pasa a los hombres? ¿Por qué parecen creer que el trabajo de doncella requiere de habilidades misteriosas? Le aseguro que no es tan difícil, milord.

Hattie es perfectamente capaz de vestirme y desnudarme... Seguro que sabe doblar ropa interior y poner corsés.

Jeffrey alcanzó su copa de vino y echó un buen trago.

—No quiero que contrate a otra —continuó ella—. Quiero a Hattie.

Él habría dado cualquier cosa por poder concederle su deseo, aunque solo fuera para que dejara de mirarlo con ira. Pero no iba a permitir que se quedara con Hattie. La necesitaba para él. La necesitaba porque era fea.

—Lo siento, milady. No es posible.

Ella suspiró, frustrada.

—Por supuesto que lo es. De hecho, me parece extraño que me obligue a discutir por tan poca cosa.

—Tengo la impresión de que está más que acostumbrada a discutir...

Grace parpadeó, desconcertada por el comentario. Y, de repente, sonrió de forma tan encantadora que toda la cara se le iluminó.

—Oh, no sabe hasta qué punto es cierto lo que ha dicho, milord —declaró con sorna—. Tengo tres hermanas y un hermanastro. Nos pasamos la vida discutiendo.

—Sí, ya lo imagino.

Ella soltó una risita que estremeció a Jeffrey.

—Dudo que se lo imagine de verdad. Se quedaría espantado con las discusiones que se mantienen en el comedor de los Beckington —dijo—. Mercy, mi hermana pequeña, se presentó en cierta ocasión con un vestido de Prudence, que ella se acababa de comprar. Honor, la mayor de las cuatro, le soltó una buena reprimenda por lo que había hecho... ¿Y sabe lo que hizo Mercy para vengarse?

—¿Qué hizo?

—Declarar delante de todos que había visto a Honor en Hyde Park, acompañada de lord Rowley —contestó—. Usted no conoce a mis hermanas y, como no las conoce, no alcanzaría a imaginar la cantidad de cosas terribles que se dijeron aquella noche. Pero, volviendo a nuestra conversación anterior... Sí, estoy acostumbrada a discutir.

Jeffrey carraspeó, más incómodo que nunca.

—Me alegra que disfrute tanto con las discusiones, milady. Sin embargo, Hattie no puede ser su doncella. Será mejor que busque otra.

Ella asintió lentamente y dijo, del mismo modo:

—Ah. Comprendo.

—¿Qué es lo que comprende? Lo dice como si yo tuviera un motivo oculto y usted lo hubiera descubierto. Pero no hay nada que descubrir. Sencillamente, la decisión es mía. Yo soy quién contrata a los criados de Blackwood Hall.

—Sí, ya lo sé... Y también sé que muchos caballeros buscan solaz en sus criadas.

Jeffrey se quedó atónito. Su esposa lo estaba acusando de acostarse con Hattie. Era una idea tan absurda que estuvo a punto de reír.

—No podría estar más equivocada, milady.

—No, claro que no —declaró con ironía.

Grace se llevó un pedazo de carne a la boca y lo mascó con toda tranquilidad. Obviamente, estaba convencida de haber acertado al insinuar que se acostaba con Hattie. Y Jeffrey pensó que no se parecía nada a ninguna de las mujeres que había conocido, empezando por Mary Gastineau.

En cualquier caso, ella se abstuvo de hacer más comentarios al respecto y se dedicó a disfrutar de su filete, en demostración de que ya había recuperado el apetito. Jeffrey terminó de comer y empezó a contar los minutos. Ardía en deseos de alejarse de su esposa.

Por fin, Grace se llevó una mano al estómago y dijo:
–Estoy llena...

Él dejó su servilleta en la mesa.

–Si ya ha terminado, se puede marchar.

Grace se levantó de forma abrupta, y estuvo a punto de tirar la silla. Jeffrey también se levantó, y se quedó sin aire cuando ella se le plantó delante, ladeó ligeramente la cabeza y lo miró con intensidad.

Estaban tan cerca que notaba el aroma de su perfume y todos los detalles de la expresión tormentosa de sus ojos. Tan cerca, que el pulso de Jeffrey se aceleró y su mente se llenó de imágenes eróticas. La vio arqueada, gimiendo y suspirando de placer. La vio desnuda, en pleno orgasmo.

Nervioso, se dio ocho golpecitos en el muslo.

–Es evidente que me desprecia y, francamente, no se lo puedo reprochar –dijo ella–. Pero, para bien o para mal, nuestros destinos están unidos. Será mejor que lo asuma de una vez. Y, por favor, no se dirija a mí como si fuera una desconocida... Me llamo Grace.

Sorprendido, él arqueó una ceja y guardó silencio mientras admiraba sus altos pómulos y la impertinente punta de su nariz. Grace no lo podía saber, pero Jeffrey se alegró de que no fuera consciente de la naturaleza lujuriosa de sus pensamientos. La deseaba tanto que casi no se podía refrenar.

–Que tenga buenas noches –continuó ella.

—Espere un momento...

—¿A qué?

Jeffrey tragó saliva.

—Tiene razón. Nuestros destinos están unidos. Y no es lógico que retrasemos lo inevitable.

Grace palideció de repente.

—¿A qué se refiere?

Él clavó la vista en su boca y se acercó un poco más.

—A que esta noche iré a verla a sus habitaciones. A que ejerceré mis deberes como esposo... Grace.

Jeffrey tuvo que hacer tal esfuerzo para pronunciar su nombre que sonó más ronco de la cuenta, más parecido a la brusquedad de un depredador que a la dulzura de un amante. Ella lo miró con horror y abrió la boca como si quisiera decir algo. Pero debió de cambiar de parecer, porque se limitó a asentir y a marcharse rápidamente.

Jeffrey se quedó en el comedor, donde abrió y cerró los puños una y otra vez, mientras intentaba borrar las tórridas imágenes que asaltaban su imaginación.

Había dicho que ejercería sus deberes como marido, y los ejercería.

Pero no haría nada más. No permitiría que el deseo lo dominara.

Capítulo 6

Jeffrey decidió darle tiempo para que se preparara. Y durante la espera se tomó dos vasos de whisky.

Estaba muy asustado. No se podía decir que fuera un principiante en materia de amor, puesto que había mantenido relaciones con muchas mujeres, pero era la primera vez que se enfrentaba a la perspectiva de acostarse con una virgen. Y también era la primera vez que se iba a acostar con alguien por obligación.

A fin de cuentas se trataba de su esposa. Tenía que consumar el matrimonio y dejarla embarazada.

Cuando llegó el momento, se quitó la chaqueta y el pañuelo, se despojó del chaleco y se sacó la camisa de los pantalones. Luego, se dirigió a la suite de Grace y llamo dos veces a la puerta, resistiéndose al deseo de llamar seis veces más.

Ella estaba de pie, junto a la cama, sin más ropa que un camisón de seda. Se había soltado el pelo, y sus rubios rizos le llegaban a la cintura. En cuanto la vio, Jeffrey imaginó la desnudez de sus largas piernas y sus voluptuosos senos y se puso un poco más nervioso.

Pero, aparentemente, Grace compartía su nerviosismo. Respiraba con dificultad, casi jadeando.

Tras cerrar la puerta, se giró y echó el cerrojo en silencio. Tenía miedo de hablar, porque estaba seguro de que su voz traicionaría el sentimiento de lujuria que lo dominaba. Sin embargo, no lo podía evitar. Su esposa era una mujer extraordinariamente bella, y su cuerpo, una maravilla que ahora le pertenecía.

Solo podía hacer una cosa: tomarla de inmediato. De lo contrario, se arriesgaría a perder el control.

–Desnúdese –dijo.

–¿Cómo?

Él señaló el camisón.

–Quíteselo.

En lugar de quitárselo, Grace se cruzó de brazos.

Jeffrey la miró a los ojos y pensó que se comportaba como un animal al que llevaban al matadero. Pero se acercó de todas formas, alcanzó uno de los cordones que cerraban el camisón y tiró de él.

Grace cerró los ojos, y Jeffrey la imaginó cerrándolos en el clímax, cuando alcanzara la cumbre del placer. Por desgracia, sabía que su actitud no era la de una mujer excitada, sino la de una mujer asustada. Y también sabía que, en aquel juego, ella interpretaba el papel de la bella y él, el papel de la bestia.

La tomó del codo y la puso de espaldas. Después, cerró un brazo alrededor de su cintura y le dio un beso en el cuello. Grace se puso tensa, pero Jeffrey insistió y descendió hasta su hombro, que mordió con suavidad mientras recordaba la noche en la tetería de las hermanas Franklin. Todo había pasado tan deprisa que no se pudo contener. Se había visto arrastrado hacia el mismo punto al que se dirigía ahora. Ansioso, le dio la vuelta y le pasó la lengua por los labios. Ella se relajó un poco, y él la besó apasionadamente. Pero su esposa dejó de ser una figura pasiva y, cuando le devolvió el beso, Jeffrey se dio cuenta de que el débil control que mantenía sobre sus emociones empezaba a desintegrarse. Ardía en deseos de rasgarle el camisón, tirarla a la cama, separarle las piernas y penetrarla con un rugido.

En su entusiasmo, le acarició los senos y la apretó contra su erección. Deseaba que la sintiera, que fuera consciente de lo que había desatado en aquella tienda de Bath. Entonces, Grace se estremeció como si le estuviera haciendo daño y él se maldijo para sus adentros, porque no se lo quería hacer.

Era mejor que acelerara las cosas. Mejor para los dos. Así que la tomó en brazos, la tumbó en la cama y, a continuación, se tumbó sobre ella y la miró a los ojos.

Cualquiera habría notado que tenía miedo. Incluso cabía la posibilidad de que lo encontrara repulsivo. Y Jeffrey se dijo que, por mucho que lo odiara, él se odiaba más a sí mismo. Pero, a pesar de ello, le separó las piernas y se empezó a desabrochar los pantalones.

Su esposa gimió y apartó la vista. Tenía el pelo sobre la cara, tapándole parcialmente los ojos.

–No se preocupe –dijo, intentando calmarla.

Desgraciadamente, no sabía qué hacer para tranquilizar a una mujer virgen. Nunca se había encontrado en ese trance. Y su intento debió de fracasar, porque ella se volvió a poner tensa y tembló como una hoja.

–Tendré cuidado –insistió–. Le prometo que no le dolerá.

Jeffrey llevó su duro sexo a los cálidos pliegues

del sexo de Grace. Ella se volvió a estremecer, y él se apartó un poco y empujó suavemente con las caderas, haciendo un esfuerzo sobrehumano por refrenar su lujuria. Pero, ¿cómo cumplir la promesa de no hacerle daño si Grace no ponía nada de su parte? Ahora sabía que le había dicho la verdad al doctor Linford. Efectivamente, era virgen. Y su cuerpo se resistía a la invasión.

Desesperado, se agarró al cabecero de la cama y empujó con más fuerza, hasta atravesar la barrera. Su esposa suspiró, y él esperó unos segundos, entró un poco más en su cuerpo y se volvió a retirar, paciente. Para Jeffrey fue una verdadera tortura. El ritmo parsimonioso de sus movimientos eliminaba gran parte del placer. Sin embargo, mantuvo el control y siguió del mismo modo.

Cuando por fin llegó al orgasmo, se apartó de ella. Era dolorosamente consciente de que Grace no había disfrutado en absoluto, y se odió a sí mismo por no haber sabido tratar a una mujer que se enfrentaba a su primera experiencia sexual.

Se levantó de la cama y se abrochó los pantalones, derrotado.

–¿Necesita algo? –preguntó con incertidumbre.

Grace se sacudió la cabeza y se limitó a decir:

–Márchese, por favor.

Jeffrey caminó hasta la puerta, la abrió y salió al pasillo, donde cerró los ojos.

No pretendía hacerle daño, pero se lo había hecho. Y su mente volvió a la obsesión numérica que le servía de consuelo: Ocho paneles de cristal en las ventanas. Dieciséis establos en las caballerizas. Ocho caballos en total. Sesenta y cuatro millas hasta Londres. Ochenta baldosas en su cuarto de baño.

Grace no había llorado ni una sola vez desde el encuentro en la tetería. Pero aquella noche volvió a llorar, y con tanta desesperación que hundió la cabeza en la almohada para que no la oyeran. Al fin y al cabo, no se le ocurría mayor humillación que estar llorando cuando acababa de perder la virginidad.

Estaba horrorizada con lo sucedido. Y se sentía profundamente frustrada.

Su primera experiencia sexual no se había parecido nada a lo que Ellen Pendleton le había susurrado durante una fiesta. Ellen decía que dolía mucho, pero lord Merryton no le había hecho daño. Y también decía que era algo maravilloso, pero a ella solo le había parecido triste y miserable.

Grace no lo podía creer. ¿Cómo era posible que las mujeres ansiaran semejante situación? ¿Cómo era posible que ella misma la hubiera anhelado? El simple hecho de esperar a su esposo había sido agotador. Y el acto en sí mismo, desconcertante.

Al principio, él la había tratado con ternura; pero luego cambió de actitud y se mostró súbitamente distante. Ni siquiera la había mirado a los ojos mientras hacían el amor. Era como si la estuviera castigando por lo que había hecho, como si se quisiera vengar por haberlos condenado al matrimonio. Y Grace no se lo podía reprochar. Pero no estaba dispuesta a pasar otra vez por ese trance.

A la mañana siguiente tenía tan mal aspecto que

tomó la primera decisión de la jornada: por muy indiferente que fuera su esposo y muy difíciles que fueran las circunstancias, no se dejaría llevar por la tristeza. No sería una de esas mujeres que lloraban todas las noches.

La segunda decisión llegó un poco más tarde, cuando bajó a desayunar y se encontró completamente sola. Por lo visto, lord Merryton pretendía ser un amante distante de noche y un marido ausente de día. Pero no lo iba a permitir. Era su esposa, y estaba obligado a tratarla como tal.

Al cabo de unos minutos apartó el plato que le habían servido y se levantó ante la mirada de desconcierto del lacayo, que evidentemente no sabía qué hacer.

–Lléveselo, por favor. No quiero más.

Grace se marchó y se puso a caminar por la casa, en busca de algo en lo que ocupar su tiempo. Al pasar por el vestíbulo, volvió a mirar los jarrones de rosas. Estaban puestos de un modo tan simétrico que resultaba vagamente irritante. Pero siguió andando y, sin saber cómo, terminó ante el despacho de su marido.

El señor Cox le había comentado el día anterior que lord Merryton tenía la costumbre de cerrar la puerta cuando trabajaba, así que Grace supuso que habría salido y, ni corta ni perezosa, se asomó. No podía imaginar que el origen de todas sus desdichas estaba dentro. Y tampoco podía imaginar que la miraría con recriminación, como si su presencia fuera del todo indeseable o, cuando menos, molesta.

Pero, precisamente por eso, se quedó. ¿Quién se había creído que era?

Decidida a desafiarlo, entró en el despacho y avanzó hacia él. Y, entonces, notó algo curioso: se había ruborizado.

Aquel detalle la dejó momentáneamente perpleja. El rubor no encajaba con su imagen de hombre frío y distante. El rubor era propio de otro tipo de personas y de otro tipo de situaciones, como bien sabía ella por la noche anterior.

—¿Madame?

—Milord... —Grace echó un vistazo rápido a su alrededor—. ¿Este es su despacho?

—Obviamente, sí.

Grace notó que todo estaba tan absolutamente limpio como obsesivamente ordenado, desde las sillas hasta la mesa, que descansaba en perfecta simetría con el balcón. Y al ver cuatro plumas puestas en fila, alcanzó una por simple curiosidad.

Él se puso tenso y clavó la mirada en la pluma, como si hubiera hecho algo terrible. Grace no entendió lo que pasaba, pero la devolvió a su sitio inmediatamente.

—¿Necesita algo, milady?

—Ahora que lo dice, sí. Necesito algo, y con urgencia.

—¿De qué se trata?

—De saber qué puedo hacer con mi tiempo.

Él parpadeó.

—¿Hacer?

—Sí, hacer —Grace se acercó a la mesa—. No puedo estar todo el día de brazos cruzados. Si sigo así, me volveré loca.

Jeffrey se levantó, le puso una mano en la espalda y la llevó hacia la puerta.

—Haga lo que desee, madame. Es la señora de la casa.

—Puede que sea la señora, pero me siento una simple amante a la que abandonan de día –replicó–. Seguro que hay algo que yo pueda hacer.

—Hable con el señor Cox –dijo él con brusquedad–. Y ahora, si me disculpa, tengo que seguir trabajando.

Jeffrey miró la puerta y la miró a ella, por si hubiera alguna duda de que la quería lejos de allí. Pero Grace no se movió. Estaba decidida a conseguir su atención, de modo que se cruzó de brazos y dijo:

—¿Siempre va a ser así?

—¿A qué se refiere?

—A nuestro matrimonio.

Jeffrey frunció el ceño.

—Me temo que no la entiendo...

—¿Siempre va a ser tan formal y distante? ¿No podremos hacer nada juntos? ¿No tendremos vida social?

—Mi familia es toda la vida social que necesito –dijo–. Y, por otra parte, no me siento particularmente cómodo en sociedad.

—¿Cómo lo sabe, si no sale nunca?

Jeffrey se inclinó sobre Grace, y sus ojos verdes se oscurecieron tanto que casi parecían negros.

—Me gusta mi forma de vivir, y no voy a cambiarla más de lo que ya me ha forzado a cambiarla, madame –declaró en voz baja–. ¿Qué creía? ¿Que después de lo que ha pasado, después de habernos casado de esa manera, viviríamos felices en una sucesión interminable de fiestas? Si quiere mitigar el daño que ha hecho, dedíquese a los actos caritativos... Estoy seguro de que el párroco del pueblo le podrá dar alguna idea.

Grace se sintió inmensamente culpable, y eso la enfadó más.

—Hable con el señor Cox —insistió Jeffrey—. Y márchese, por favor.

Ella no pudo evitarlo. Alcanzó una de las plumas perfectamente ordenadas y las descolocó otra vez.

Él se puso tenso.

—Eso ha sido un gesto de lo más pueril, milady.

—Tan pueril como creer que todo se ha de hacer a su manera —replicó—. Que tenga un buen día, lord Merryton.

—Lo mismo digo, lady Merryton.

Grace lo miró con frialdad y, antes de marcharse, dijo:

—¡Me llamo Grace!

Capítulo 7

Grace tardó poco en descubrir que Blackwood Hall funcionaba como una maquinaria perfecta, sin cabos sueltos. Y, como no tenía nada que hacer, se dedicó a asomarse por los balcones y a leer algunos de los polvorientos ejemplares que llenaban la biblioteca. Pero no había ni una obra de ficción entre ellos.

Por la tarde, el señor Cox le presentó a dos chicas de Ashton Down que, desde su punto de vista, podían ser buenas doncellas. Eran jovencitas encantadoras, y Grace se alegró tanto de poder hablar con gente nueva que las interrogó sobre sus familias y sobre los distintos aspectos de la vida en el campo sin más objetivo que el de prolongar la conversación.

Cuando ya se habían marchado, el mayordomo se presentó una vez más ante ella y dijo:

–No pretendo ser impertinente, madame, pero ¿puedo preguntarle si alguna de las jóvenes cuenta con su beneplácito?

–Las dos cuentan con él, señor Cox. Son buenas chicas –contestó–. Sin embargo, prefiero a Hattie.

El pobre Cox se quedó perplejo.

—Claro, claro... Entonces... ¿Quiere que hable con milord?

Ella sonrió.

—Sí, por favor.

Al cabo de unos momentos, Grace volvió a sus habitaciones y entró en el vestidor. Faltaba poco para la cena y, aunque sabía que nadie lo iba a apreciar, se quitó la ropa que llevaba y se puso un vestido de color verde pálido, uno de sus preferidos. Luego, se recogió el pelo tan bien como pudo, se lo fijó con horquillas y lo combinó todo con el collar de perlas.

Llegó al comedor antes que su esposo, y pidió al lacayo que le sirviera un vino. Jeffrey apareció enseguida y, aunque ella seguía enfadada con él, no pudo dejar de admirar su porte y su elegancia. Era un caballero muy atractivo, de hombros anchos y cuerpo atlético. Y lo habría sido todavía más si hubiera habido alguna nota de humor en sus rasgos. Pero, por lo visto no sonreía nunca.

—Buenas noches —dijo Grace con un fondo de sorna.

—Buenas noches.

Jeffrey miró a Cox y asintió para indicarle que podían servir la cena.

El lacayo se acercó a Grace y, al igual que en la noche anterior, le apartó una silla. Grace la aceptó, suspiró y dejó su vino en la mesa, pero el mayordomo intervino y cambió la posición de la copa para que estuviera en perfecta simetría con la de Jeffrey.

A Grace le molestó tanto que extendió un brazo con intención de devolverla al sitio donde la había dejado, y su movimiento fue tan brusco que derramó una gota sin querer.

Merryton se giró hacia ella con cara de pocos amigos, y ella sonrió con inocencia fingida.

—Oh, cuánto lo siento... —dijo.

Cox corrió a limpiar la gota con un paño y, cuando terminó, Grace le ofreció su copa ya vacía para que la rellenara. Casi podía sentir la desaprobación de su marido. De hecho, lo miró a los ojos como desafiándolo a que dijera algo al respecto. Pero guardó silencio.

El lacayo sirvió el primer plato, que Grace comió con irritación, porque Jeffrey daba golpecitos en la mesa de forma aparentemente inconsciente. Y nadie volvió a pronunciar palabra hasta minutos después, cuando él dijo:

—Cox me ha informado de que las muchachas del pueblo no son de su gusto.

—No, no lo son. Prefiero a Hattie.

Merryton la miró a los ojos.

—Tendrá que buscar a otra persona. Hattie no puede ser su doncella.

—Pues, si no lo puede ser, seguiré sin doncella.

Él se inclinó levemente hacia delante.

—Es una mujer muy obstinada, madame. Pero ya he tomado mi decisión. Hattie no será su doncella. Búsquese otra o quédese como está. A mí me da lo mismo.

Grace empezó a perder la paciencia. Que se hubieran casado por su culpa no implicaba que estuviera obligada a someterse a los caprichos de aquel hombre.

—Y usted es sumamente inflexible —replicó.

Jeffrey suspiró.

—Al parecer, también es una impertinente...

Grace soltó una carcajada.

—Gracias por el cumplido.

—No pretendía ser un cumplido.

—Lo sé —dijo ella, sonriendo de oreja a oreja—. Pero, cambiando de conversación, hay un asunto que le quería comentar.

—¿Qué asunto?

—Esta tarde me ha recomendado que dedique mi tiempo a actos caritativos. Y es obvio que no podré hacer ningún acto caritativo si no puedo salir de Blackwood Hall.

Su esposo volvió a fruncir el ceño.

—Hable con el sacerdote, lady Merryton. Tengo la seguridad de que estará encantado de ayudarla a expiar sus pecados.

La réplica de Jeffrey la dejó sumida en un enfado de tal calibre que comió despacio y con desgana. Y, al final, acabaron en la misma situación de todas las noches: con él esperando impacientemente a que terminara de cenar.

Cuando Jeffrey se fue, Grace alcanzó un candelabro y deambuló por la mansión. Sus pasos la llevaron al despacho, que esta vez estaba cerrado; pero echó un vistazo a su alrededor y, tras asegurarse de que nadie la veía, entró con rapidez, se acercó a la mesa y descolocó las plumas con una sonrisa pícara.

Después, volvió al corredor, cerró la puerta y se dirigió a la sala de música, que se encontraba en la parte trasera del edificio. Era una sala agradable, con un piano, un harpa y un par de atriles para partituras. Grace se sentó al piano y pulsó un par de teclas, lo cual le recordó inmediatamente a sus hermanas. Todas habían recibido clases de música, aunque Prudence era la única que tenía verdadero talento.

Mientras estaba allí, pensó que podía aprovechar sus largas y aburridas tardes en Blackwood Hall para practicar un poco y mejorar sus habilidades. A fin de cuentas, no tenía nada mejor que hacer. Así que se inclinó hacia delante y empezó a tocar la única pieza que se sabía de memoria: *Autumnal Melody*.

Su interpretación no fue precisamente buena. Se le escaparon unas cuantas notas discordantes y, en conjunto, sonó forzada y tensa. Pero, si alguno de los criados la oyó, se abstuvo de acercarse a protestar.

Al cabo de un rato se cansó de tocar y se retiró a sus habitaciones, donde descubrió que habían encendido el fuego y preparado la cama. Grace miró la segunda con desagrado, se desnudó y se puso la ropa de noche. Luego, se recogió el pelo en una coleta, se aseó y se dispuso a esperar a su marido.

Pero su marido no parecía tener mucha prisa.

Confusa, se preguntó si habría algún tipo de norma para ese tipo de situaciones. ¿Cuánto tiempo debía esperar? ¿Tenía que quedarse así, al arbitrio de lo que Merryton decidiera? ¿O podían pactar el momento y la forma de sus encuentros amorosos?

Fuera como fuera, esperó tanto que, al final, se quedó dormida. Y siguió durmiendo hasta que el crujido de la puerta la despertó.

Solo quedaba un dedo de la vela que había dejado en la mesilla de noche, así que la luz era bastante tenue. Su marido estaba en el umbral, con una mano en el pomo y otra en el marco, como si no supiera qué hacer. Pero, cuando se dio cuenta de que ella se había despertado, entró en el dormitorio y cerró.

Mientras caminaba hacia la cama, Grace vio el brillo de sus ojos y se acordó de las historias de terror que Mercy contaba constantemente. No podía imaginar que, un segundo después, Jeffrey se detendría ante ella, le acariciaría la mejilla con suavidad y le dedicaría una mirada cargada de ternura.

Grace se llevó una buena sorpresa y, como no las tenía todas consigo, se apartó. Era un gesto tan incongruente, tan alejado de su comportamiento habitual, que no supo qué hacer. Y entonces, él se subió a la cama, se inclinó sobre ella y bajó la cabeza con la intención evidente de darle un beso.

Ella se estremeció al sentir el contacto. Sus labios le parecieron más cálidos que nunca y el peso de su cuerpo, más dulce. Seguía sin entender el cambio de actitud de su esposo, pero cerró los ojos y se dejó llevar por las pequeñas oleadas de placer que la recorrían. Luego ladeó la cabeza y le ofreció su cuello desnudo, que Jeffrey aceptó. Súbitamente, se sentía como si no pesara nada.

Él cubrió su piel de besos y descendió poco a poco, excitándola cada vez más. Para entonces, Grace ya estaba completamente concentrada en el efecto increíblemente provocativo de sus atenciones. Lo demás carecía de importancia y, cuando le mordió un pezón por encima de la tela, dejó escapar un gemido y buscó su boca sin darse cuenta de lo que hacía.

Jeffrey le pasó la lengua por los labios, llevó una mano a su vientre y, a continuación, la metió entre sus piernas. Grace jamás habría imaginado que se pudiera sentir tanto placer. Ni que pudiera desear tanto a nadie.

Al cabo de unos segundos, él le abrió el camisón y le empezó a lamer y a succionar los pezones, sin dejar de acariciar su sexo. Ella le pasó las manos por el pelo, perdida en las gratificantes sensaciones que le provocaba. Eran absolutamente exquisitas, totalmente perfectas. Eran como lo que había experimentado en la tetería de las hermanas Franklin.

De repente, él la tumbó bocabajo, se abrió los pantalones y apretó su dura erección contra el húmedo sexo de Grace, que alzó las caderas y se apoyó en las rodillas para facilitarle la entrada. Ardía en deseos de sentirlo dentro.

Jeffrey cerró las manos sobre su cintura, la penetró y se empezó a mover de forma cada vez más rápida, con acometidas que la habrían arrastrado inexorablemente al orgasmo si entonces no hubiera pasado algo que la dejó perpleja: cuando quiso cambiar de posición y tumbarse boca arriba, él la obligó a seguir como estaban.

El cuerpo de Grace siguió respondiendo al contacto, pero su mente no. Ahora tenía la sospecha de que su esposo no había elegido esa forma de hacer el amor por motivos eróticos, sino para no verle la cara.

Enseguida, él soltó un grito gutural y se deshizo en ella, que aún estaba sumida en el desconcierto. Después, se tumbó a su lado y le acarició el pelo con dulzura durante unos segundos, aparentemente ajeno a las preocupaciones de Grace. Pero debió de notar algo, porque preguntó:

—¿Se encuentra bien?

—Sí.

—¿Le he hecho daño?

Ella suspiró y sacudió la cabeza. A fin de cuentas, el daño que le había hecho no era físico.

—No.

Jeffrey se levantó, se abrochó los pantalones y se quedó de pie durante unos instantes, como si estuviera esperando a que se girara hacia él. Luego, al ver que ella le iba a negar la mirada, le acarició el cabello y se despidió.

—Buenas noches, Grace.

Grace no lo pudo creer. La había llamado por su nombre.

Aquella noche, Grace no lloró. Se quedó tumbada boca arriba, mirando el techo. Estaba tan enfadada con su esposo que consideró la posibilidad de asesinarlo, y se puso a pensar en las macabras historias que tanto gustaban a Mercy. ¿Qué muerte habría elegido su imaginativa hermana pequeña? ¿Que se cayera del caballo y se rompiera el pescuezo? ¿O, tal vez, que se cayera por las escaleras de Blackwood Hall?

El asunto dejó de tener gracia cuando se acordó de su madre, que había sufrido un accidente con el carruaje. Desde entonces, el estado de la hermosa y elegante Joan Cabot, una de las mujeres más inteligentes e ingeniosas de la aristocracia londinense, no había dejado de empeorar. A veces actuaba como si se creyera en algún momento del pasado. Y a veces no reconocía ni a sus propias hijas.

Por alguna razón, Grace se puso a pensar en lo que le había dicho su madre cuando, un año después de la muerte de su esposo, aceptó la oferta de matrimonio del conde de Beckington. A Grace, que solo era una niña de diez años, le parecía extraño que se hubiera enamorado de él después de haber querido tanto a su difunto marido. Y, como no lo entendía, se interesó al respecto.

—Ah, querida mía —respondió Joan—, hay tantas cosas que desconoces...

Grace tuvo miedo de que su madre le estuviera mintiendo y de que, en realidad, se fuera a casar con el conde sin estar enamorada. Desde su punto de vista, no había nada peor que un matrimonio de conveniencia y, con el atrevimiento de la edad, le preguntó:

—¿Seguro que estás enamorada de él?

—Por supuesto que sí. Pero él no lo estaba al principio, así que me lo tuve que ganar.

Grace se quedó perpleja. Siempre había pensado que todos los hombres se enamoraban de su madre a primera vista.

—¿Que no lo estaba?

Su madre sonrió y le acarició la mejilla.

—No, cariño. No podía estar enamorado... apenas me conocía. Pero me las arreglé para que me eligiera a mí y se olvidara del resto de sus pretendientes —dijo—. ¿Y sabes cómo lo hice?

—¿Cómo?

—Logrando que me deseara como a él le gusta que lo deseen.

Hannah, la niñera de la familia, interrumpió su conversación para decir:

—Tiene la habilidad de conseguir que todo parezca increíblemente sencillo, milady.

A Grace no le pareció sencillo en absoluto. De hecho, no lo entendió. Y su madre, que se dio cuenta, soltó una carcajada y dijo:

–No te preocupes. Ya lo comprenderás.

Había pasado mucho tiempo desde entonces, y Grace seguía sin estar segura de haberlo comprendido. Pero el recuerdo de aquella conversación despertó una duda en ella. Cabía la posibilidad de que se hubiera planteado mal su matrimonio. Cabía la posibilidad de que la clave del éxito estuviera en la afirmación de su madre, es decir, en lograr que la deseara como él quería que lo desearan.

–Eso no tiene ni pies ni cabeza –se dijo en voz alta.

Casi pudo oír la voz de Honor, alegando que ella era como era y que tenía derecho a que la quisieran por su forma de ser. Y Grace estaba de acuerdo con su hermana. Pero había provocado esa situación, y tenía que hacer lo posible por mejorar su relación con Merryton.

Como en tantas ocasiones, deseó que su madre recobrara la cordura y volviera a ser la mujer que había sido. Necesitaba hablar con ella; preguntarle qué podía hacer con aquel hombre tan extraño.

Por desgracia, era un deseo imposible. Joan Cabot no se encontraba en condiciones de dar consejos a nadie.

Y ella estaba completamente sola.

Capítulo 8

Jeffrey sentía vergüenza de sí mismo.

Había tratado a su esposa como si fuera un animal, sin delicadeza alguna. Había permitido que el deseo lo dominara y se impusiera a la razón.

Cerró los ojos y se dio ocho golpecitos en la pierna, pero no se sintió mejor. Bien al contrario, su mente se llenó de imágenes de Grace: desnuda, gimiendo, suspirando de placer. Además, aún estaba impregnado de un aroma que conocía perfectamente, el de una mujer excitada. Y era una verdadera tortura.

¿Qué podía hacer? Se había casado con una especie de personificación de la belleza y el erotismo. Si se quedaba allí volvería a caer en la tentación. Tenía que salir de Blackwood Hall y poner distancia entre ellos. Por lo menos hasta recuperar su equilibrio emocional.

A primera hora de la mañana, ensilló un caballo y salió hacia Ashton Down con la esperanza de que el paseo lo tranquilizara y lo liberara de su sentimiento de vergüenza. Fue un trayecto rápido; forzó a su montura hasta que ninguno de los dos pudo más. Y, cuando llegó a su destino, desmontó y se dirigió a The Three Georges, la taberna del pueblo.

—¡Lord Merryton! —exclamó Dawson, el posadero—. Bienvenido, señor...

—Gracias. Sírvame una cerveza, por favor.

Jeffrey se sentó en la mesa que estaba junto a la ventana y se quedó mirando la calle. Justo entonces oyó la voz de una mujer.

—Buenos días, milord.

Era Nell, una de las empleadas del establecimiento. Jeffrey la conocía bien, porque había estado entre sus piernas en más de una ocasión.

—No nos hemos visto en mucho tiempo, milord —continuó—. La habitación de arriba está preparada, como siempre.

Él asintió. Siempre le habían gustado sus caderas anchas y sus generosos senos, pero esta vez no despertaron su apetito. Su mente seguía obsesionada con una joven preciosa de piel clara y ojos que le recordaban el verano.

Grace.

La encontraba tan sensual y apetecible que no se atrevía a decir su nombre en voz alta. Si lo pronunciaba, si la empezaba a tratar con familiaridad, el nombre de su esposa quedaría irremediablemente atado a su lujuria, y ya no habría esperanza para ella.

—Ah, es usted, milord...

Mientras Jeffrey pensaba en su mujer, el señor Paulson había entrado en el local y se había acercado a su mesa. Era uno de los terratenientes de la zona, como su aspecto delataba. Llevaba unos pantalones grises, de buen paño, y un abrigo azul.

–Buenos días, Paulson.

–Tengo entendido que se ha casado...

–Sí, así es.

Jeffrey señaló una de las sillas que estaban libres, y Paulson aceptó el ofrecimiento.

–Espero que sean muy felices. No lo he felicitado antes porque estaba en Londres –se excusó–. Me enteré ayer, cuando llegué.

Jeffrey se limitó a sonreír.

–¿Cómo se encuentra la encantadora lady Merryton? ¿Ha venido con usted?

–No. Está en casa, descansando.

–Lo comprendo perfectamente... Las bodas son de lo más engorrosas.

Jeffrey no supo lo que Paulson había querido decir, pero asintió de nuevo e hizo un esfuerzo por dejar de pensar en el cuerpo desnudo de su mujer. Cuantas más vueltas daba a lo sucedido durante la noche, más miedo tenía de haberle dejado marcas. ¿Habría sido demasiado brusco con ella?

–Es un hombre muy afortunado, milord. Las hermanas Cabot son famosas por su belleza.

Jeffrey arqueó una ceja y lo miró a los ojos.

–Dicen que las dos pequeñas son aún más hermosas que las dos mayores –prosiguió Paulson, sonriendo con picardía–. Si yo fuera más joven y no estuviera casado...

Jeffrey no dijo nada.

–Debo admitir que me llevé una sorpresa cuando me lo dijeron. Sé que siempre le han disgustado los escándalos.

La actitud de Paulson le disgustó. Sabía que, más

tarde o más temprano, alguien mostraría interés por las circunstancias de su matrimonio, pero aquella mañana no estaba de humor para dar explicaciones.

—Su hermana mayor estuvo envuelta en un asunto de lo más curioso. ¿Quién no ha oído hablar de aquella partida de cartas y su declaración de amor al señor Easton?

Jeffrey conocía a George Easton, el famoso hijo bastardo del duque de Gloucester, pero no sabía que la esposa de su mujer se hubiera casado con él tras un escándalo, y se sintió más abrumado que nunca. Él, que siempre había hecho lo posible por llevar una vida de apariencia respetable, lo había tirado todo por la borda en una noche de pasión. Y ahora no tenía más remedio que afrontar las consecuencias.

—Bueno, yo no me preocuparía mucho por lo de Easton —dijo Paulson—. Londres está lejos de aquí y usted, completamente al margen de los cotilleos de la alta sociedad.

Jeffrey hizo lo mismo que había hecho hasta entonces: guardar silencio.

—Tengo una idea... ¿Por qué no vienen a cenar a nuestra casa? —preguntó el terrateniente, cambiando de conversación—. Mi esposa estará encantada de conocer a la suya.

—Gracias por la invitación, Paulson. Y ahora, si me disculpa...

Jeffrey se despidió de él, dejó unas monedas en la mesa y, tras levantarse, se dirigió a la salida del establecimiento.

Consciente de que no encontraría alivio alguno en Ashton Down, optó por recoger su caballo y volver a

Blackwood Hall. Pero, al pasar por delante de una tienda, vio unos guantes en el escaparate y se detuvo. Eran muy bonitos, de piel fina. Y a las mujeres les gustaban ese tipo de cosas.

Entró en la tienda y esperó a que apareciera la dependienta, que quedó asombrada al verlo.

–¡Oh...! Bienvenido, milord...

Jeffrey asintió a modo de saludo e intentó no mirar el generoso escote de la mujer, que se volvió aún más generoso cuando se inclinó para hacerle una reverencia.

–He visto unos guantes en el escaparate.

–Sí, por supuesto... son suizos, y de la mejor calidad. Un complemento verdaderamente exquisito.

La dependienta sacó un par y se los enseñó. Pero a Jeffrey le parecieron tan pequeños que frunció el ceño.

–¿Le quedarán bien a una mujer adulta?

Ella sonrió.

–Naturalmente, milord. A una mujer de manos finas...

–En ese caso, me los llevo.

La dependienta volvió a sonreír y, a continuación, envolvió los guantes en un paño de lino y los metió en una cajita, que cerró con un lazo blanco.

–¿Le puedo ofrecer algo más, milord?

Jeffrey contempló sus ojos brillantes y la imaginó arrodillada ante él, cerrando la boca sobre su sexo. Pero la imagen no le resultó en modo alguno apetecible. Ya no era el mismo. Solo estaba interesado en su esposa, en Grace.

–¿Milord? –repitió ella.

–Ah, sí, es posible que me pueda ser de ayuda...

—Usted dirá...

—Necesito una doncella —dijo, mientras pagaba los guantes—. Pero necesito que sea una mujer adulta.

—Una doncella... —repitió la mujer, pasándose las manos por el corpiño—. Sé de alguien que encaja en la descripción. Julia Barnhill.

—¿Barnhill?

—Fue criada del difunto párroco —explicó—. Pero aún no ha hablado de su situación con el nuevo, y no sabe si seguirá contando con ella.

—¿Dónde la puedo encontrar?

—En la casa del párroco, milord.

—Gracias —dijo Jeffrey mientras se ponía el sombrero—. Por favor, encárguese de que envíen los guantes a Blackwood Hall y se los entreguen a mi mayordomo.

—Por supuesto, milord.

Jeffrey llegó enseguida a la casa del párroco, que se encontraba a poca distancia. Para llegar a la puerta tuvo que abrirse camino entre unas cuantas gallinas y un perro. Y, cuando por fin llamó, se encontró ante una mujer que le pareció perfecta para sus fines. Le sacaba alrededor de veinte años, y era de nariz bulbosa y ojos pequeños.

—¿Sí? —dijo la mujer, limpiándose las manos en el delantal.

Él inclinó la cabeza y la miró con detenimiento antes de presentarse. La ropa le quedaba estrecha, como si hubiera engordado o la hubiera heredado de una persona notablemente más delgada.

—Buenos días, señorita. Soy lord Merryton, de Blackwood Hall.

Ella se quedó asombrada.

–Oh, milord... –dijo, apresurándose a hacer una reverencia–. Me temo que el párroco no está en casa. Ha salido a dar la extremaunción al viejo señor Davidson.

Jeffrey asintió y echó un vistazo al interior del edificio, que parecía limpio y ordenado.

–Tengo entendido que se encarga de limpiar la casa...

Julia Barnhill lo miró con incertidumbre.

–Así es, milord.

–Y también me han dicho que podría perder su empleo actual.

–No sé si le entiendo, milord...

–Verá, necesito una criada que se encargue de limpiar mis habitaciones.

Ella no supo qué decir.

–Soy muy exigente en materia de orden y limpieza. Necesito que limpien todos los días, y que no descoloquen nada –continuó él–. ¿Se siente capaz de hacerlo?

–¿Quien? ¿Yo? –preguntó, atónita.

–Sí, usted. La paga es generosa...

–Se lo agradezco mucho, milord. Pero, ¿por qué ha pensado en mí?

Jeffrey pensó que la contestación a esa pregunta era demasiado complicada, así que se limitó a decir:

–Eso es irrelevante. Le pagaré cincuenta libras al año, además de ofrecerle comida y alojamiento.

Ella debió de pensar que era una suma espléndida, porque sus ojos brillaron como dos pequeños soles.

–¿Cuándo quiere que empiece?

–Tan pronto como se libere de sus obligaciones actuales –contestó–. Gracias por todo, señorita Barnhill.

Jeffrey se llevó una mano al ala del sombrero y se

fue, contento de haber solucionado el problema. Ahora, él tendría la criada que necesitaba y su esposa se podría quedar con Hattie. No era un gran consuelo después de lo que le había hecho la noche anterior, pero supuso que se alegraría.

Al volver a Blackwood Hall, dejó el sombrero a Cox y se giró hacia la sala de música, donde alguien estaba tocando. Y no se podía decir que tocara precisamente bien. Hasta el mayordomo parecía espantado.

–¿Se puede saber qué es eso?

–Es milady... –dijo Cox, incómodo–. Dice que recibió clases de piano en su juventud, aunque ha pasado mucho tiempo desde entonces.

Jeffrey frunció el ceño, pero no dijo nada. Y ya se disponía a marcharse cuando vio que alguien había sustituido los ordenados jarrones de las mesitas por un arreglo floral verdaderamente caótico.

–Ha sido madame, milord –explicó el mayordomo.

Jeffrey se mordió la lengua y se dirigió a sus habitaciones, contando los pasos. Pero, por mucho que lo intentara, no conseguía olvidar el espectáculo floral. Y lo encontraba tan perturbador que, a última hora de la tarde, regresó al vestíbulo para asegurarse de que el capricho botánico de su mujer no había tenido consecuencias funestas.

Evidentemente, Jeffrey sabía que su obsesión por el orden era una manía supersticiosa, y que la colocación de unas flores no cambiaba nada en ningún sentido. Pero se sintió aliviado al ver que todo lo demás seguía como siempre.

Como solo faltaban unos minutos para la cena, entró en el comedor y pidió al mayordomo que le sirviera una copa. Su esposa apareció poco después, y lo miró como si estuviera sorprendida de verlo allí. Se había puesto un vestido de color plateado, y se había recogido el pelo en un moño.

–Madame... –dijo él.

–Milord...

Grace se giró hacia Cox, que le ofreció un vino.

–Gracias, Cox –dijo ella, sonriendo.

Jeffrey pensó que su esposa tenía la sonrisa más bonita de la Tierra. Pero guardó silencio, y no lo rompió hasta que ya se habían sentado.

–Espero que haya tenido un buen día, lady Merryton.

–Ha sido un día tedioso.

Él arqueó una ceja.

–He visto que ha cambiado las flores del vestíbulo...

–Sí, es cierto –dijo, mirándolo con interés–. El invernadero está lleno de flores, y me ha parecido que podíamos cambiar.

–Pues yo prefiero las rosas.

–Y yo, variar un poco.

A Jeffrey no le sorprendió su réplica, de hecho, estaba seguro de que diría algo así. Pero esta vez no le iba a ganar la partida. Tenía un as en la manga.

–Ah, antes de que lo olvide... He estado pensando en lo de Hattie, y he cambiado de opinión. Si quiere, puede ser doncella.

Grace le dedicó una sonrisa tan llena de felicidad que casi contagió al propio Jeffrey.

–¿Puedo tener a Hattie?

–Sí, eso he dicho.

–Oh, muchísimas gracias...

Ella se echó hacia atrás, sin dejar de sonreír. Jeffrey admiró su cuerpo y dijo:

−Hay otro asunto que debemos comentar.

−Se refiere a mis prácticas de piano, ¿verdad? Sí, soy consciente de que molesto a Cox, pero creo que mejoraré con el tiempo.

−Espero que tenga razón. Aunque solo sea por la salud mental de los pobres criados −ironizó él−. Pero no me refería a eso.

−Entonces, ¿de qué se trata?

−De su hermana mayor.

−¿De Honor? ¿Es que le ha pasado algo? −preguntó, sorprendida.

−Me han dicho que se acaba de casar con George Easton.

Ella tragó saliva y bajó un poco la cabeza, como una niña a la que hubieran pillado en alguna travesura.

−No era consciente del escándalo que se organizó −continuó él.

−No, supongo que no...

−Madame, permítame que sea claro con usted. No toleraré que manchen el buen nombre de mi familia. Lo que ha pasado entre nosotros ya es escándalo suficiente... −dijo−. Si me ha ocultado algo más, dígamelo ahora. Porque si me guarda algún secreto como ese y lo descubro por mi cuenta, las consecuencias serán desagradables.

Grace no dijo nada.

−Mi padre se esforzó por conseguir que Merryton fuera un apellido asociado al decoro −prosiguió Jeffrey−. Y yo, como conde actual, tengo la obligación de seguir sus pasos. ¿Me he explicado con claridad?

Ella lo miró a los ojos.

—Sí, y lo comprendo perfectamente. Mi familia también tiene buena reputación, milord. No se preocupe por eso.

Él asintió.

—Espero que me esté diciendo la verdad. Por su bien.

—¿Por mi bien? Yo lo decía por el suyo...

—¿Por el mío?

—Sí, claro. Solo pretendía decir que, si usted se viera envuelto en algún escándalo y dañara el buen nombre de nuestras familias, yo lo comprendería y lo perdonaría.

Jeffrey se quedó helado. No esperaba un comentario como ese, tan distinto a lo que estaba acostumbrado a escuchar. Siempre había estado sometido al escrutinio de la gente y de su propia familia, empezando por su difunto padre. Juzgaban sus actos, sus opiniones, su forma de ser. Y nunca perdonaban.

¿Sería esa la causa de su locura? ¿Lo habían presionado tanto para que fuera perfecto que, al final, su mente se había rebelado?

Mientras lo pensaba, clavó la vista en el *décolletage* de Grace y se excitó tanto que la apartó rápidamente, incómodo. Pero la encontraba tan sensual que deseó llevar las manos a sus pechos y acariciárselos.

—¿Nos vamos? —le preguntó.

Ella lo miró con sorpresa.

—¿Ya?

—Se está haciendo tarde...

Él se levantó y le ofreció una mano. Grace la aceptó con incertidumbre, pero Jeffrey pensó que se mostraba renuente porque le daba asco o, por lo menos, porque le desagradaba la perspectiva de volver a hacer el amor.

Mientras caminaban intentó convencerse de que no se acostaba con ella por un sentimiento de lujuria, sino por la necesidad de tener un heredero. Sin embargo, eso no evitó que se sintiera una especie de depravado sexual. Y se maldijo a sí mismo por no ser capaz de resistirse a la tentación.

Cuando llegaron al dormitorio, él cerró la puerta, se puso detrás de Grace y le quitó el collar, que dejó en la cómoda. Luego llevó las manos a los botones del vestido y, tras desabrochárselos, le bajó la prenda poco a poco. Ella estaba temblando. Pero ni siquiera consideró la posibilidad de que su esposa temblara de deseo. Lo habían convencido de que el deseo era algo malo, y pensó que tenía miedo de él.

Por fin el vestido cayó al suelo. Jeffrey le pasó un dedo por la espalda, desató el lazo del corsé y empezó a tirar de los cordones. Segundos más tarde solo quedaba un obstáculo entre sus manos y la piel desnuda de Grace: una fina camisa que le quitó con la misma ternura que había demostrado hasta entonces.

Ella se quiso dar la vuelta, pero él se lo impidió. Aún faltaban las horquillas de su pelo, que retiró lentamente, hasta liberar su gran cascada de rizos dorados. No tenía prisa, y tampoco la tuvo después, cuando la besó en el cuello, le acarició la espalda y descendió hasta sus caderas, que mordió con dulzura.

Grace se estremeció otra vez, y buscó los postes de la cama para apoyarse en ellos. Jeffrey la imaginó tumbada en la alfombra, y se imaginó a sí mismo acariciándole los pechos mientras lamía entre sus piernas. Estaba tan excitado que su lujuria empezaba a ganar la batalla y, como de costumbre, se negó a dejarse llevar.

Haría el amor con ella, pero sin verle la cara, sin mirarla a los ojos, sin regocijarse en el placer.

Decidido, la inclinó hacia delante.

–No... –dijo ella en voz baja.

Él no le hizo caso. Metió una mano entre sus muslos, acarició su húmedo sexo e introdujo un dedo.

–Sí –replicó, tajante.

Jeffrey la penetró con delicadeza, hundiéndose en la maravillosa tortura de su cuerpo. Una parte de él no deseaba otra cosa que llegar al orgasmo, pero se refrenó, y empezó a salir y a entrar de ella como si tuvieran todo el tiempo del mundo.

Al cabo de un rato, los dos empezaron a perder el control. Y a Jeffrey le desconcertaron sus gemidos. ¿Sería posible que estuviera disfrutando? Si hubiera sido otra mujer no habría tenido ninguna duda al respecto. Pero era su esposa, una joven inocente que había jugado con fuego en aquella tetería y que se había quemado.

Convencido de que Grace lo estaba pasando mal, aceleró el ritmo y buscó el clímax con desesperación. Fueron instantes explosivos, de acometidas feroces que terminaron de un modo igualmente brusco, con él avergonzado por lo que había hecho y ella sumida en un silencio extraño.

Jeffrey tuvo miedo de mirarla a los ojos. Sospechaba que estarían llenos de recriminación, y así fue. Pero se llevó una sorpresa la ver que también estaban llenos de furia.

–¿Le he hecho daño? –preguntó.

–¿Daño? No, no me ha hecho daño –respondió ella–. Y ahora, márchese. Se lo ruego.

Él se sintió inmensamente culpable.
–Grace, yo...
–Márchese, por favor.
Jeffrey dudó un momento y, a continuación, se dirigió a la puerta. Pero antes de salir, dijo:
–Buenas noches.
Grace no respondió.
Durante varios minutos, Jeffrey no hizo otra cosa que contar. Treinta y dos pasos hasta sus habitaciones. Ocho pasos hasta el armario donde guardaba las bebidas. Cuatro dedos de whisky en el vaso que se bebió de un trago, como si fuera agua. Y otros cuatro que apuró del mismo modo.

Siempre había pensado que estaba enfermo. Creía que el deseo era una emoción indigna, y que las tórridas imágenes que llenaban su mente desde la adolescencia no eran sino una manifestación de locura.

Una locura tan mordaz como el whisky que quemaba su garganta.

Capítulo 9

A la mañana siguiente, Grace se sentía física y emocionalmente frustrada. Su esposo insistía en hacer el amor de la misma forma, asaltándola por detrás. Era como si no quisiera verle la cara. Como si la encontrara fea o repulsiva.

Pero su frustración no se debía a ese motivo, sino al hecho de que lo había disfrutado tanto como él hasta que su esposo llegó al orgasmo y se apartó de ella, dejándola insatisfecha y con la amarga sensación de ser un simple objeto.

Aún lo estaba pensando cuando, a las ocho y media, Hattie llamó a la puerta del dormitorio y entró. Grace supuso que la iba a ayudar a vestirse, y frunció el ceño cuando le ofreció una cajita con un lazo blanco.

—El señor me ha pedido que le entregue esto.

—¿A mí?

—Sí, milady.

Grace alcanzó una caja, desató el lazo y, a continuación, sacó unos guantes que estaban envueltos en un paño de lino. Eran muy bonitos, y de la mejor calidad. Pero le extrañó que la caja no contuviera ninguna nota.

–¿No hay ningún mensaje para mí?

–No, milady. Solo me ha dicho que se lo entregara.

Grace lo encontró tan irritante que lanzó los guantes a la cama. ¿Cómo era posible que fuera tan grosero? Ni siquiera se había molestado en escribir un par de líneas.

–¿Quiere que los guarde? –preguntó la doncella con inseguridad.

–Sí, por favor. Guárdalos donde no los pueda ver.

Grace no se llevó ninguna sorpresa cuando fue al comedor y descubrió que solo estaba el mayordomo, quien le sirvió el desayuno. Pero había recuperado el apetito, y comió con tantas ganas que no dejó ni una miga.

–No estaré aquí a la hora del almuerzo, Cox –le informó–. Tengo intención de dar un largo paseo...

A decir verdad, Grace no sabía adónde ir. Si se hubiera dejado llevar por su humor, habría terminado en Londres o al menos en Bath, que estaba más cerca. Solo sabía que necesitaba alejarse de Blackwood Hall.

Al cabo de un rato salió del edificio y cruzó los elegantes jardines, de setos perfectamente cortados y rosales en flor. De hecho, no había otro tipo de flores. Todas eran rosas, y todas eran rojas. Como si el dueño de la propiedad tuviera aversión al resto de los colores.

Al final de los jardines había una puerta de hierro forjado y, tras la puerta, un sendero que bajaba hasta la laguna. Grace lo tomó y descendió por él, cada vez más contenta. Hacía un día primaveral, y la luz era tan clara que echó la cabeza hacia atrás para sentir los rayos del sol. Pero, justo entonces, oyó un chirrido procedente del bosque.

¿Qué sería? ¿Otra puerta?

Se giró hacia el lugar donde había sonado y vio que, efectivamente, era otra puerta de hierro; salvo que aquella no daba a ningún camino, sino a lo que parecía ser una casita semi oculta entre los árboles.

Extrañada, se acercó y echó un vistazo. La puerta formaba parte de un muro rodeado de zarzas que daba a un jardín típicamente inglés, con hortensias, peonías, espuelas de caballero y, por supuesto, rosas. Grace reparó en el gato que descansaba plácidamente a la sombra y se preguntó quién viviría allí. Pero no veía bien la casa, de modo que se encaramó a un tocón que estaba junto al muro para satisfacer su curiosidad.

Era una casita encantadora; tan bonita, que Grace sonrió sin poder evitarlo. La fachada delantera daba a la laguna, y los alféizares de las ventanas cobijaban un montón de tiestos abarrotados de flores.

Aún la estaba admirando cuando una mujer salió de su interior. Grace sintió vergüenza y se escondió detrás del muro, pero no sirvió de nada.

–Puede entrar si quiere –dijo la desconocida–. Pero será mejor que pase por el otro lado, porque esa puerta está atascada por las zarzas.

Grace se asomó otra vez, ruborizada.

–Discúlpeme. Pasaba por aquí y... bueno, supongo que ya sabe el resto –acertó a decir–. He sentido tanta curiosidad que me he subido al tocón. Y, sinceramente, no me arrepiento... tiene una casa preciosa.

La mujer sonrió.

–Muchas gracias...

–En fin, será mejor que me vaya. No la quería molestar.

–¿Molestarme? Ni mucho menos, lady Merryton.

Grace arqueó una ceja.

–¿Sabe quién soy?

–¿Cómo no lo voy a saber? Todo el mundo lo sabe, milady –respondió–. Yo soy Molly Madigan... Pero pase, por favor. Estaré encantada de enseñarle mi casa.

Grace se giró hacia Blackwood Hall, la miró un momento y, acto seguido, bajó del tocón y se dirigió al lugar donde debía de estar la puerta principal del pequeño jardín.

Molly Madigan la estaba esperando. Era una mujer de edad avanzada, algo más baja que Grace. Llevaba un sombrero de ala ancha, un chal sobre los hombros y una cestita con flores en la mano.

–Gracias por invitarme...

–No hay de qué, milady –dijo–. Ha hecho bien al salir a pasear. Hace un día magnífico.

La mujer la acompañó a la casita, donde acababa de entrar el gato que Grace había visto momentos antes. En su interior se veía un pequeño sofá, dos mecedoras, una mesa con una lámpara de aceite y, debajo de la mesa, un cesto con labores de costura.

–No sea tímida, por favor. Pase.

Grace entró, y Molly Madigan sacó dos tazas que puso en una bandeja.

–Acabo de poner la tetera. Supongo que el agua seguirá caliente...

Grace se quitó el sombrero, se sentó en una silla y puso las manos en el regazo. En la pared contraria había tres bocetos enmarcados que llamaron su atención. Eran de una niña y de dos niños que parecían ser hermanos.

Molly Madigan sirvió el té, lo llevó a la mesa y dijo:
—Aquí lo tiene.
—Gracias, señora Madigan.
—No me llame así. Llámeme Molly, como todo el mundo —replicó, sonriendo—. ¿Quiere azúcar con el té?
—Un terrón, por favor...

Molly le sirvió el terrón.
—Bueno, ¿qué le parece Blackwood Hall?
—¿Blackwood Hall? Es un lugar... grandioso —contestó, cauta.

Molly rio.
—Sí, desde luego que sí. Pero está tan lejos de todo que tiene un aire solitario... Y la mansión es tan enorme que abruma. Puedes caminar por ella durante días.
—Eso es verdad.

El gato se acercó a la mesa y se sentó junto a Grace, que lo acarició.
—Sé que no es asunto mío, pero ¿quiénes son los niños de los retratos? ¿Sus hijos?

Molly se giró hacia los bocetos.
—En cierto sentido, se podría decir que lo fueron. Yo fui su institutriz —Molly señaló el retrato de la derecha—. Ese niño es el conde. Y la chica, su hermana... lady Sylvia.
—¿Lord Merryton? —preguntó Grace, sorprendida.

Grace no lo podía creer. Aquel muchacho de ojos alegres y sonrisa encantadora era la antítesis del hombre serio y taciturno con el que se había casado.
—Sí, ya sé que no se parece demasiado. Nunca he sido una gran dibujante —declaró con humor.

—¿Los dibujó usted?

Molly asintió.

—Pero está sonriendo...

—Si lo dice por milord, comprendo su sorpresa. Le cuesta sonreír, ¿verdad?

Grace la miró con interés.

—Se nota que lo conoce desde hace mucho...

—Desde que él tenía seis años —contestó—. Era un buen chico, y se ha convertido en un buen hombre. Me regaló esta casita porque sabe que la jardinería me encanta. ¿A usted también le gusta?

—Sí, pero no sé mucho al respecto. He vivido siempre en Londres. Y tenemos jardineros que se encargan de esas cosas.

—Yo le puedo enseñar —se ofreció—. No hay nada tan satisfactorio como meter las manos en la tierra y ayudar a que crezca algo nuevo.

La jardinería no estaba entre las ambiciones de Grace. Siempre había imaginado que se convertiría en una gran dama de la aristocracia londinense, una mujer cuyas fiestas y bailes serían cita obligada de todas las debutantes. Al fin y al cabo, Honor y ella habían crecido en ese mundo. Habían disfrutado de la libertad y los privilegios que su condición social les ofrecía. Y no tenía motivos para creer que su futuro sería diferente.

Pero el destino se había burlado de ella, y ahora estaba atrapada en Blackwood Hall por culpa de sus propias maquinaciones.

Miró otra vez por la ventana y pensó en la vida que se había buscado, sin más diversión que dedicarse a la jardinería. Y, por si eso fuera poco, con el agravante de que solo podría plantar un tipo de flores: rosas rojas. Las únicas que Merryton toleraba.

–¿Se encuentra bien, madame?

Grace parpadeó al oír la voz de Molly.

–¿Cómo?

–Parece súbitamente triste.

–¿Usted cree?

–Puede que sea cansancio...

Grace no quería dar explicaciones, de modo que asintió.

–Sí, estoy bastante cansada, la verdad. Acabo de descubrir que el matrimonio puede ser agotador.

–Ah, querida mía... Le aseguro que los primeros días de un matrimonio siempre son agotadores –declaró Molly.

–Bueno, unos más que otros...

–Valor, milady. Las cosas mejorarán con el tiempo.

Molly le puso una mano en el brazo y se lo apretó con dulzura. Era el primer gesto puramente cariñoso que recibía Grace desde el aciago encuentro en la tetería, y no se dio cuenta de lo mucho que le había afectado hasta que los ojos se le humedecieron.

Al ver el brillo de sus lágrimas, Molly se levantó y le acarició la cabeza.

–Oh, vamos, no puede ser tan terrible...

–Es peor que terrible –dijo Grace–. Mi esposo no me quiere. Piensa que soy fea.

–¡Eso es imposible! ¿Cómo va a pensar semejante tontería? Tiene una mujer preciosa...

–Pues ni siquiera me mira.

Molly sacudió la cabeza.

–No la mira porque es tímido –afirmó.

—¿Tímido?

—Sí, mucho. Cuando era niño, no se atrevía a mirar a su padre a los ojos... Aunque es comprensible, teniendo en cuenta que era un hombre imponente y que estaba obsesionado con que todo se hiciera a la perfección. El pobre Jeffrey nunca sabía qué decir. Tenía miedo de que su padre le gritara, y eso aumentaba su nerviosismo hasta el punto de que mascullaba las palabras.

Grace la miró con incredulidad.

—¿Jeffrey? ¿Se refiere a lord Merryton?

Molly asintió.

—Sí, al mismo que viste y calza. Tiene un gran corazón, pero nunca se ha sentido cómodo con la gente. Si yo estuviera en el lugar de usted, sería sincera y le diría lo que siento. Puede estar segura de que hará lo posible por enmendarse.

Grace consideró la posibilidad de seguir su consejo. Pero, ¿qué le podía decir? ¿Que estaba descontenta con sus relaciones íntimas? Al final, miró a Molly dijo:

—No, no podría.

—Tiene que intentarlo, querida... Lo conozco bien, y sé que se esforzará por facilitarle las cosas. Además, ¿cómo espera que la comprenda si no habla con él? –le preguntó–. Su esposo no es adivino.

—Usted no lo entiende... Ya lo he intentado. Le dije que necesitaba hacer algo, llevar algún tipo de vida social. Y se limitó a contestar que puedo hacer lo que quiera.

Molly sonrió.

—¿Y de qué se queja?

Grace suspiró.

—No puedo tener una vida social si no me presenta a

nadie. Estoy completamente sola. No tengo amigos ni familiares en Ashton Down.

–Eso no es un problema. Solo tiene que conseguir las presentaciones que necesita.

–Ya, pero... ¿cómo?

–Dígale que quiere invitar a las personas más importantes de la zona. Cox se encargará de todo. Blackwood Hall era un sitio muy animado cuando lady Sylvia vivía aquí... Por desgracia, ahora vive en el norte y no viene tan a menudo como a milord le gustaría.

–¿Por qué no? –preguntó con curiosidad.

–Porque tiene dos niños, y son demasiado pequeños para hacer un viaje tan largo... Hágame caso, milady. Cuando termine el té, vuelva a la mansión y hable con Cox –insistió–. Solo le pido que venga a verme otra vez y me cuente lo que ha pasado.

Grace sonrió. Se sentía mucho mejor que antes.

–¿No le importará a mi esposo que haya hablado con usted?

–¡En modo alguno! Su esposo viene con mucha frecuencia...

–¿En serio? –preguntó, atónita.

–Por supuesto que sí. A milord le encanta la sencillez de este lugar. De hecho, no me sorprendería que apareciera ahora mismo... –Molly soltó una carcajada–. ¿Imagina lo contento que se pondría si la viera aquí?

–No. Francamente, no me lo imagino.

Molly le dio una palmadita.

–Eso es porque no lo conoce tan bien como yo.

Grace se despidió de Molly y salió de la casa. Pero, en lugar de volver inmediatamente a la mansión, tomó el camino que rodeaba la laguna y se dirigió al bosque, donde vio unas casetas que despertaron su curiosidad. Eran unas perreras, con siete u ocho spaniels que movían alegremente el rabo junto a tres hombres que parecían cazadores.

Uno de ellos, que llevaba una escopeta, vio a Grace y se acercó rápidamente.

—Milady... —dijo, quitándose el sombrero—. ¿Se ha perdido?

Ella sonrió.

—No, en absoluto. Estaba dando un paseo.

—Pues es todo un placer... Soy Drake, el montero.

—Encantada de conocerlo, señor Drake —replicó—. Tiene unos perros preciosos... ¿Van a salir a cazar?

—No, milady. Solo estamos enseñando a los más jóvenes.

En ese momento, uno de los hombres silbó a los canes, que corrieron hacia él. Grace adoraba los perros, y soltó una carcajada al contemplar su más que evidente alegría. Pero frunció el ceño cuando vio que un cachorro se había quedado atrás.

—Creo que olvidan al más pequeño...

—No, milady. Él se queda en las perreras.

—¿Por qué?

Drake sacudió la cabeza y se colgó la escopeta al hombro.

—Porque los tiros le asustan. Me temo que no será un buen perro de caza.

Grace miró al cachorro, que estaba gimiendo.

—¿Y qué va a ser entonces?

—¿Ser? —preguntó Drake, confundido—. Un perro que no sirve para cazar no tiene ninguna utilidad en Blackwood Hall..

Grace se dio cuenta de lo que Drake había querido decir. Si no servía para cazar, tendrían que sacrificarlo.

–¿Puedo verlo? –preguntó.

–¿Quiere verlo?

–Sí, eso he dicho...

Drake parecía indeciso y, como Grace ya había tomado una decisión, se acercó a la perrera, se inclinó sobre el cachorro y lo acarició. Su aburrida existencia estaba a punto de cambiar. A partir de entonces, practicaría la jardinería con la encantadora Molly Madigan y criaría a un cachorro que se asustaba con los tiros.

–Buenas tardes, perrito... ¿No te parece fantástico? –dijo con una sonrisa–. Nos hemos encontrado el uno al otro.

Capítulo 10

Jeffrey se sentía tan culpable y avergonzado que tenía el corazón en un puño. Su mente volvía una y otra vez a la noche anterior, y a la mirada que Grace le había lanzado cuando se marchó y la dejó sola en su dormitorio. Pero también se llenaba una y otra vez de pensamientos lujuriosos.

Había hecho lo posible por tratarla con dulzura; se había esforzado por mantener el control y, como siempre, el demonio del deseo se había burlado de sus buenas intenciones. No le extrañaba que su esposa lo mirara con disgusto.

Si hubiera podido habría matado al animal que llevaba dentro. Ansiaba ser como su difunto padre quería que fuera, como todo el mundo quería que fuera. Lo ansiaba y, sin embargo, no encontraba la fuerza necesaria para refrenar unos impulsos que, desde su punto de vista, eran antinaturales y perversos.

Desesperado, soltó un suspiro y se volvió a acordar de aquella fatídica noche en el establecimiento de las hermanas Franklin. Hasta entonces había llevado una vida tranquila, desde entonces, su mente era un caos de imágenes libidinosas que no lograba apaciguar ni con el viejo truco de contar hasta ocho.

No sabía qué hacer. Solo sabía que se había casado y que, por supuesto, debía mantener relaciones íntimas con su esposa. Pero detestaba la idea de hacerle daño, y le angustiaba que Grace tuviera miedo de él.

Bajó la cabeza y contempló los objetos minuciosamente ordenados de la mesa: el tintero, las plumas, el papel secante, el pisapapeles y el sello de los Merryton. Todos, en perfecto equilibrio, todos, en perfecta simetría. Y, durante unos instantes, se sintió algo mejor. Hasta que oyó unos ruidos procedentes del vestíbulo que rompieron su precaria tranquilidad.

Miró el reloj y vio que faltaban quince minutos para las tres. Era demasiado tarde para almorzar y demasiado pronto para tomar el té, de modo que frunció el ceño y salió del despacho. ¿A qué se debería tanto trasiego?

Cuando llegó a su destino, se encontró con una escena del todo inusitada. Uno de los jarrones se había caído al suelo; quizá, porque el cachorro que en ese momento se dedicaba a morder las flores había golpeado la mesita con el rabo. Y el pobre Cox no sabía dónde meterse. Parecía a punto de desmayarse.

Pero su esposa no dejaba de reír.

—Lo siento muchísimo, señor Cox... No sé cómo ha podido ocurrir.

Justo entonces, el perrito levantó una pata como si quisiera marcar su territorio. Grace dejó de reír y gritó:

—¡No! ¡Eso no se hace!

Jeffrey, que ya estaba bastante desconcertado, se

quedó aún más perplejo cuando oyó la voz del señor Drake, al que no había visto.

–No sabe cuánto lo lamento, milord...

–No es culpa suya, señor Drake –dijo Grace, que se giró a continuación hacia su marido–. El caballero ha intentado impedir que me llevara al perrito, pero yo no podía permitir que lo sacrificaran.

El cachorro se acercó a Jeffrey y le puso las patas delanteras en la pierna, como si quisiera trepar.

–¿Sacrificarlo? –preguntó, intentando apartar al perro.

–Es lo único que se puede hacer. No sirve para cazar... –explicó Drake, visiblemente incómodo–. Tiene miedo hasta de su propia sombra.

–He tomado una decisión, y no voy a cambiar de idea –intervino Grace–. El perro se queda conmigo.

De repente, ella se quitó el pañuelo que llevaba, se inclinó sobre el animal y, tras atárselo al cuello como si fuera una correa, sonrió a Jeffrey y dijo:

–No podemos sacrificar a una criatura de Dios por el simple hecho de que sea imperfecta. Yo tampoco lo soy, y no me sacrifican por ello.

–Madame... –empezó a decir Jeffrey.

–¿No dijo acaso que podía hacer lo que quisiera? –lo interrumpió Grace–. Pues bien, ya he encontrado algo que hacer. Y ahora, caballeros, les ruego que me disculpen... Voy a enseñar la casa a nuestro nuevo inquilino.

Grace los miró a todos y les dedicó una sonrisa tan bella y jovial que Jeffrey habría sido incapaz de negarle nada. Pero, en cualquier caso, su esposa no esperó a tener su consentimiento, se fue y los dejó plantados en el vestíbulo.

–No se preocupe, Drake... No ha sido culpa suya –dijo Jeffrey–. Por favor, encárguese de que traigan una correa adecuada para el perro.

–Por supuesto, milord.

El montero inclinó la cabeza y salió de la casa. Cox se quedó mirando a su señor con cara de circunstancias.

–Le permitiré el capricho –anunció Jeffrey–. Por lo menos, de momento.

–Como quiera, señor.

Jeffrey dio media vuelta y se dirigió al santuario de su despacho, donde intentó no pensar en el perrito ni en la preciosa y obstinada mujer con la que se había casado. Y lo consiguió durante un par de horas, hasta que los ladridos del perro, el sonido del piano y la musical risa de Grace interrumpió la tranquilidad de la tarde.

Entonces, sacudió la cabeza e hizo lo único que podía hacer: contar hasta ocho.

Jeffrey temía que el perro estuviera en el comedor cuando bajara a cenar, y se sintió aliviado al ver que no estaba. Pero su alivio se esfumó al reparar en la sonrisa de triunfo de su esposa y en los ramos de flores que había puesto por toda la sala. Eran tan grandes y de tantos colores que se sintió abrumado.

–Espero que no le importe... El invernadero está rebosante de flores primaverales, y sería una lástima que no las aprovecháramos. Pero no se preocupe por el vestíbulo. No he tocado sus rosas –dijo ella, creyendo erróneamente que el vestíbulo le preocupaba en particular–. Son tan bonitas... No había visto tantas flores bonitas en ningún otro sitio.

Jeffrey pensó que, por muy bonitas que fueran, ella lo era mucho más. Su cabello y su piel parecían brillar a la luz de las velas. Si hubiera podido, la habría sentado sobre sus muslos y la habría penetrado allí mismo.

–Adoro la primavera –continuó Grace–. Es el principio de tantas cosas... Por ejemplo, de la temporada de actos sociales, con sus fiestas y reuniones.

Grace miró a Jeffrey para ver si había entendido la indirecta, pero él se limitó a preguntar:

–¿Dónde está el perro?

–En la cocina, junto a la chimenea. El señor Drake ha tenido la amabilidad de traernos un cajón con una manta para que duerma en él –respondió–. Y creo que nos dejará tranquilos durante un rato... Se lo estaba pasando en grande con el hueso y el cuenco de leche que le ha puesto la cocinera.

Jeffrey se alegró de que hubiera alguien en Blackwood Hall que disfrutara, aunque fuera el perro. Pero él no podía decir lo mismo. La cercanía de su esposa y la profusión de flores eran un verdadero atentado contra su estabilidad emocional.

Por suerte, Cox apareció en ese momento y se dispuso a servir la cena.

–¿No podríamos esperar un poco? –preguntó Grace–. Prefiero tomar una copa de vino antes de comer... Además, el vino ayuda a la digestión.

Jeffrey pensó que lo único que podía ayudar a su digestión era marcharse de allí tan pronto como fuera posible. Sin embargo, no se podía negar a una petición tan razonable, así que hizo un gesto al mayordomo para que sirviera dos copas.

Cox asintió y, mientras ella lo miraba, Jeffrey alcanzó el jarrón de flores que estaba en la mesa y lo sacó del comedor. Grace se quedó absolutamente perpleja.

—¿Por qué ha hecho eso? —preguntó segundos después, cuando su esposo volvió—. ¿Por qué se ha llevado las flores?

—Siéntese, milady —se limitó a decir él.

Grace se sentó, pero no se olvidó del asunto.

—Francamente, no entiendo su aversión a las flores.

—No tengo aversión a las flores —se defendió Jeffrey—. Eche un vistazo a su alrededor. El resto de los jarrones siguen donde estaban.

Grace no se quedó satisfecha. Pero la réplica de Jeffrey la había dejado sin argumentos, así que guardó silencio hasta que Cox les empezó a servir el primer plato, una sopa.

—Por cierto... He seguido su consejo, milord.

—¿Mi consejo?

—Esta tarde he dado un paseo con el perro y he ido a la casa del párroco. Quizá recuerde que me recomendó hablar con él para que me diera ideas sobre la posibilidad de organizar actos benéficos, y expiar así mis pecados —respondió con ironía—. Pero, desgraciadamente, el sacerdote está de viaje. Al parecer, su madre se ha puesto enferma.

Jeffrey parpadeó. Había olvidado lo de los actos benéficos, y también había olvidado su comentario sobre los pecados de Grace.

—Sin embargo, se me ha ocurrido una alternativa —continuó ella—. He pensado que me podría presentar a algunos de sus arrendatarios.

Él guardó silencio. Grace le había pillado por sorpresa, y sonreía como si fuera absolutamente consciente de ello.

—El señor Cox me ha informado de que mañana se va a reunir con algunos. Sería una ocasión perfecta para que me los presentara, ¿no cree?

—No será un encuentro de placer, sino de trabajo –replicó Jeffrey–. Además, será bastante corto. Me subiré al caballo y...

—¡Espléndido! –lo interrumpió–. Soy una amazona excelente, como comprobará.

—Pero...

—Solo quiero conocer a sus arrendatarios. Necesito hablar con ellos para que me den consejos sobre los actos caritativos que quiero hacer.

Jeffrey la miró con desconfianza.

—¿Y qué hará con el perro?

—Llevármelo.

Él sacudió la cabeza.

—No, nada de eso.

—Está bien... me encargaré de que cuiden de él durante nuestra ausencia. ¿A qué hora debo estar preparada?

Jeffrey estaba acorralado, y ella lo sabía. Si le negaba ese pequeño capricho, se exponía a que llenara la casa de flores y cachorros.

—A las nueve en punto. Y no se retrase. Detesto esperar.

Ella rio como si Jeffrey hubiera dicho algo de lo más divertido.

—No sé por qué, pero ya me lo imaginaba... Por cierto, voy a cambiar la decoración de la sala de música. Espero que no le moleste. Y, si es posible, me gustaría contratar a un profesor. Me temo que mis aptitudes musicales dejan bastante que desear... Lamentablemente, no presté suficiente atención a las clases que me dieron de niña –dijo, encogiéndose de hombros–. Pero no hay mejor momento que el presente, ¿verdad?

Grace siguió hablando durante la cena, sin abandonar los dos asuntos que más le interesaban aquella noche: la música y los perros, que le preocupaban particularmente porque aún no había elegido un nombre para el cachorro. Sin embargo, Jeffrey no le hizo demasiado caso. Su atención estaba centrada en la exquisita forma de sus labios y en las generosas curvas de sus pechos, apretados bajo el corpiño del vestido.

Por desgracia para él, Grace prolongó los postres tanto como pudo, a sabiendas de que se sentía obligado a esperarla. Y, en cuanto terminó, Jeffrey dejó su servilleta en la mesa y dijo:

–Si me disculpa...
–Por supuesto.

Jeffrey se fue directamente al despacho y cerró la puerta con llave. Estaba tan alterado que no podía ni respirar, así que se quitó el pañuelo que llevaba al cuello. ¿Cómo era posible que aquella mujer hablara tanto? Perros, música, más perros y más música. Y, mientras ella hablaba como una cotorra, él pensaba en cosas como penetrarla, lamer su sexo y meter el pene entre sus senos.

Ansioso por tener un momento de paz, se puso a sumar, dividir, multiplicar y restar. Pero, en lugar de sentirse mejor, terminó preguntándose por el origen de aquella manía absurda que siempre incluía el número ocho.

Tenía la sospecha de que, fuera cual fuera el motivo, su padre también había padecido del mismo mal. El difunto conde estaba obsesionado con el orden, y esperaba lo mismo de sus hijos. Si no actuaban con la precisión de un reloj, se exponían a su ira. Y, como Jeffrey era el mayor, la sufría de un modo particularmente severo.

Una vez, cuando tenía ocho años, cometió el error de no saludar adecuadamente a un caballero que acababa de llamar a la puerta. Su padre lo castigó a quedarse de pie en el vestíbulo durante varias horas, y no se apiadó ni ante el hecho evidente de que tenía hambre ni ante el más evidente de que sus juveniles piernas habían empezado a flaquear.

John y Sylvia también habían sido víctimas de sus castigos, pero en un grado mucho menor. Y no solo porque fueran más pequeños, sino porque Jeffrey intentaba proteger a sus hermanos y asumía culpas que no le correspondían.

Por desgracia, las obsesiones y el retorcido sentido moral de su difunto padre le habían dejado una huella profunda. Y no podía hacer nada al respecto; nada salvo encomendarse a esa especie de superstición con el número ocho, de origen desconocido. Sin embargo, había aprendido a vivir con su aflicción y, hasta la fatídica noche de la tetería, su existencia había sido razonablemente cómoda.

Cuando salió del despacho era tan tarde que Cox ya había encendido los candelabros de las paredes. Jeffrey había tomado la decisión de no entrar en el dormitorio de su esposa, convencido de que las lascivas imágenes que torturaban su mente desaparecerían si mantenían las distancias. Pero, al cabo de unos minutos, se habían vuelto tan abrumadoras que cambió de opinión.

Tras pasar por sus habitaciones para desnudarse y ponerse una bata, volvió al pasillo y llamó a la puerta del objeto de su deseo. Grace, que estaba escribiendo en la mesa, se levantó al verlo y le lanzó una mirada extraña. Jeffrey pensó que tenía miedo de él, y le dolió mucho. Si hubiera podido, se habría marchado al instante. Pero habían ido demasiado lejos, y ahora la ansiaba de tal manera que solo podía encontrar satisfacción en su cuerpo.

Caminó hasta ella, la agarró por el talle y asaltó su boca con pasión, arrancándole un suspiro. Luego, tan avergonzado como excitado, se abrió la bata y la forzó dulcemente a cerrar los dedos sobre su sexo.

Jeffrey supuso que se asustaría y que intentaría apartarse, pero no fue así. Bien al contrario, movió la mano hacia arriba y lo empezó a masturbar con una mezcla apabullante de inocencia y lujuria que él no pudo soportar. Rápidamente, la llevó a la cama y la tumbó con intención de darle la vuelta y tomarla por detrás, como todas las noches; de tomarla de tal manera que no se viera en la desagradable obligación de verle la cara.

–¡No! –exclamó ella, aferrándose a sus hombros.

–Estamos casados. Tengo derecho a...

–Oh, Jeffrey... ¿Tan repulsiva me encuentras?

Él se quedó atónito. En primer lugar, por el hecho de que hubiera usado su nombre pila, en segundo, por el hecho de que lo hubiera tuteado y, en tercero, porque su pregunta no tenía ni pies ni cabeza. ¿Repulsiva? En su opinión, era la mujer más bella del mundo.

–¿Acaso te doy asco? –continuó Grace.

—No, claro que no.

—Pero siempre me das la vuelta –dijo–. ¿Por qué? ¿Es que no me quieres mirar?

Él no supo qué decir, y su desconcierto aumentó cuando ella le puso las manos en la cara y declaró con vehemencia:

—Mírame a los ojos. Cuenta hasta ocho si es necesario, pero mírame a los ojos.

Jeffrey se quedó sin aliento. ¿Cómo era posible que supiera lo del número ocho? ¿Cómo lo había descubierto?

—Mírame, te lo ruego. No me tomes siempre por detrás, como si hacer el amor conmigo fuera una carga. Soy tu esposa. Y tengo un nombre... Me llamo Grace.

Ella le dio un beso en los labios, un beso tímido que, no obstante, avivó el ya inflamado deseo de Jeffrey. Y él se maldijo para sus adentros. Grace no podía saber que se negaba a pronunciar su nombre porque, si rompía esa última barrera, si sobrepasaba los límites que se había marcado, perdería la cabeza y ya no podría vivir sin su amor.

Pero era demasiado tarde.

—Grace... –susurró.

Mientras hablaba, llevó las manos al dobladillo de su camisón y se lo subió, dejándola tan desnuda como en las imágenes que poblaban su mente. Después, se inclinó sobre ella, besó sus labios y, tras entretenerse unos momentos con ellos, volvió a pronunciar su nombre y descendió implacablemente hasta su pubis.

Excitado, le separó las piernas y le pasó la lengua con un movimiento largo y suave. Ella se estremeció y gimió, pero él no se detuvo. La agarró de las caderas con firmeza e insistió en sus atenciones una y otra vez. Lamía, succionaba sus pliegues, se hundía en sus oscuras profundidades y volvía a empezar, cambiando la intensidad y el ritmo en función de su respuesta.

Al cabo de unos momentos, Grace gritó y se arqueó hacia arriba, como si le estuviera pidiendo algo más. Jeffrey asintió, se incorporó lo justo para acceder a ella y la penetró.

Al principio, sus acometidas fueron lentas y cuidadosas, casi caricias. Pero la deseaba tanto y su lujuria era tan arrolladora que perdió el control y se empezó a mover con la urgencia de un animal en celo.

No la dejó de mirar en ningún momento. No apartó la vista de su cara. Siguió adelante del mismo modo y, solo cuando Grace gimió otra vez, anunciando que había llegado al clímax, se dejó arrastrar al abismo del orgasmo y se tumbó sobre ella, sin fuerzas.

–Oh, Grace... –dijo–. Mi querida Grace...

Capítulo 11

Por primera vez en mucho tiempo, Grace despertó con una sonrisa en los labios. Se sentía feliz, satisfecha, renovada. Pero no recordó el motivo hasta que las escenas de la noche anterior asaltaron su mente.

Había sido una noche increíble, absolutamente maravillosa; una noche que había superado todas sus expectativas, porque jamás habría creído que se pudiera sentir tanto placer. Y ahora quería más. Quería volver a sentir lo que ya había experimentado, e iniciarse en todas las cosas que su esposo le podía enseñar.

Mientras pensaba en las mieles del amor, oyó un ruido que le arrancó otra sonrisa, aunque por razones muy distintas.

–Ah, eres tú... Ven aquí, perrito.

El cachorro se presentó en la habitación con un zapato entre las fauces. Y, tras el cachorro, la pobre Hattie, que intentó quitárselo sin éxito.

–¡Suéltalo de una vez! –exclamó–. Oh, milady, no sabe cuánto lo siento... Lo va a destrozar...

–Descuida, no tiene importancia.

Grace se acercó al borde de la cama y silbó al perro, que corrió hacia ella y soltó su pequeño tesoro.

—Sé que tendría que estar en la cocina —dijo la doncella—, pero la cocinera me ha exigido que lo sacara de allí porque le estaba molestando.

—No te preocupes, Hattie. Me alegra que lo hayas traído —Grace subió al cachorro a la cama y apretó la mejilla contra su pelo—. Pero será mejor que prepares mi ropa de montar... No quiero llegar tarde a mi cita con milord.

Mientras Hattie preparaba la ropa, el cachorro alcanzó una de las camisas de Grace y la hizo jirones antes de que la doncella pudiera reaccionar. Sin embargo, a Grace le importó tan poco como el asunto del zapato. Estaba ilusionada con la perspectiva de salir con Jeffrey; entre otras cosas porque suponía que la experiencia de la noche anterior lo había cambiado todo, y que por fin iban a tener una relación razonablemente buena.

Una hora después salió de sus habitaciones y corrió escaleras abajo con el sombrero en una mano y una correa en la otra, al final de la cual marchaba el perro. Pero la única persona que estaba en el vestíbulo era Cox.

—¿Dónde se ha metido mi esposo? —le preguntó.

El mayordomo respondió con su aplomo habitual, como si no fuera consciente de que el cachorro le estaba mordisqueando los cordones de un zapato.

—Está en su despacho, milady. Ha pedido que no lo molesten.

—Ah... —dijo ella, sorprendida.

Grace dio por sentado que la prohibición de molestarlo se refería a los demás y no a ella, así que dio media vuelta y se dirigió al despacho de su marido sin prestar atención al conato de protesta de Cox, que apenas alcanzó a decir:

–Pero madame...

Al llegar a la puerta, dudó un momento y llamó.

–Adelante –dijo Jeffrey.

Grace abrió y entró en la sala, pero el perro se le escapó y salió disparado hacia Jeffrey, que estaba de pie, de espaldas a la puerta.

–¡Perro! ¡Ven aquí...!

El cachorro no le hizo caso, y ella se sintió profundamente aliviada cuando, en lugar de abalanzarse sobre su marido, el animal cambió de dirección y se puso a olfatear la chimenea. Aquella mañana, Jeffrey llevaba unos pantalones de gamuza y una chaqueta negra que enfatizaba la gran anchura de sus hombros.

–Buenos días –dijo Grace.

Él se giró y la miró. Sus verdes ojos brillaron un momento con lascivia. Pero solamente durante un momento.

–Buenos días...

–Ya estoy preparada –anunció.

–Hace un poco de viento. Quizá es mejor que te quedes en casa. No me gustaría que te enfermaras.

Grace sonrió. La estaba tuteando, y eso era un buen síntoma.

–Oh, no te preocupes por mí. Mi madre siempre ha dicho que soy de constitución infatigable –replicó con humor.

Él apretó los dientes.

–En ese caso, ordenaré que traigan el carruaje y...

—¿El carruaje? —lo interrumpió—. Pensaba que íbamos a montar.

—Son muchos kilómetros de terreno abrupto —le advirtió Jeffrey—. No estamos hablando de un paseo fácil.

Grace no entendió que se mostrara tan reacio a montar con ella, pero supo instintivamente que no debía dar su brazo a torcer, y no lo dio.

—Mejor todavía, porque yo no estoy hecha para paseos fáciles.

Él la miró de arriba abajo y asintió.

—Muy bien. Pediré que traigan nuestras monturas.

Grace ladeó la cabeza e intentó interpretar su expresión, sin éxito. Al parecer, estaba tan acostumbrado a fingirse impasible como ella misma.

—Entonces, esperaré aquí.

Ella se inclinó para echar mano al perro, y se quedó horrorizada al ver que había dejado un charquito de orín.

—Oh, vaya... Lo siento mucho. Aún no ha aprendido buenos modales.

Jeffrey arqueó una ceja, en silencio.

—Iré a buscar a Cox.

Grace tomó en brazos al cachorro y se fue rápidamente.

—Eso no se hace, perrito —le dijo al animal, que le lamió la cara—. Debes entender que estás aquí de invitado, y que a mi esposo le disgusta tu presencia.

Tras hablar con Cox y pedirle que limpiara el estropicio, salió de la mansión y se dirigió al domicilio de Molly, con intención de dejarle al perro. Ya no se sentía tan segura como a primera hora de la mañana. Su esposo la había tratado con amabilidad, pero manteniendo las distancias. Aparentemente, no compartía la felicidad ni la sensación de euforia que su experiencia nocturna había causado en ella.

Sin embargo, no estaba dispuesta a permitir que ese pequeño detalle se interpusiera en su camino. Había decidido que aquel iba a ser el primer día de una nueva relación con Jeffrey Donovan.

Tal como esperaba, Molly no puso ninguna objeción a quedarse con el cachorro. La objeción vino de su gato, que arañó al can en el hocico y lo asustó hasta el punto de que se quedó contra una esquina, gimiendo.

–Pobrecito... –dijo Molly

–Se le pasará –declaró Grace, restándole importancia–. Además, solo estaré fuera un rato.

Grace se marchó a toda prisa, consciente de que su esposo odiaba esperar, y se encontró con él en el vado de la mansión. A su lado, un mozo de cuadra sostenía las riendas de dos caballos: uno era el animal negro, de patas blancas, que Jeffrey había llevado a Bath; el otro, de color blanco, llevaba silla de amazona.

Jeffrey miró a su mujer y, a continuación, se giró hacia el mozo.

–¿No hay un caballo más pequeño en los establos? –preguntó–. Creo que este es demasiado grande para una dama.

Grace pensó que Jeffrey estaba buscando una excusa para suspender el paseo, así que sacudió la cabeza y dijo:

—No te preocupes. Me servirá.

–¿Estás segura? La mayoría de las mujeres no...

–Tienes razón, pero yo no soy como la mayoría de

las mujeres. De hecho, me jacto de ser una amazona excelente.

Jeffrey estuvo a punto de sonreír.

–No eres la primera mujer que me asegura eso –replicó–. Y he descubierto que raramente es verdad.

–Entonces, te llevarás una rara sorpresa –dijo ella con descaro.

Grace se acordó de su abuelo y, como tantas veces, se alegró de que hubiera insistido en que sus hermanas y ella recibieran clases de equitación. Siempre decía que montar bien era la mejor forma de ganarse el respeto de un caballero.

Jeffrey la miró con desconfianza, pero asintió e hizo un gesto al mozo de cuadra para que le diera las riendas. Momentos después apareció un criado con un cajón, que puso en el suelo con el evidente propósito de facilitar las cosas a Grace. Desgraciadamente, el caballo era tan alto que ni así conseguía llegar, y tuvo que pegar un brinco para encaramarse a la silla.

–Tenga cuidado con él, milady –le advirtió el mozo–. Es un animal muy obstinado...

El caballo se movió con nerviosismo, confirmando la advertencia del mozo. Pero Grace no se dejó intimidar.

–¿En serio? –dijo–. Bueno, yo también soy obstinada.

Jeffrey la miró con humor, como si hubiera apostado a favor del caballo y ya estuviera calculando sus ganancias.

–¿Nos vamos?

Ella asintió y se puso el sombrero.

–Por supuesto.

Grace no esperó a que Jeffrey se pusiera en marcha. Sacudió la fusta y dio un golpe suave a su montura, que se puso al trote. Sin embargo, Jeffrey la alcanzó segundos después y bajó considerablemente el ritmo.

Para entonces, Grace ya había comprobado que la advertencia del mozo no era en modo alguno exagerada. El caballo tenía mucho carácter, y tiraba de vez en cuando como si quisiera echar a correr. Pero le pareció lo más natural del mundo. Hacía un día genuinamente primaveral, perfecto para un paseo, y hasta ella misma deseaba ponerlo al galope.

–El campo está precioso... –le dijo a Jeffrey, por entablar una conversación.

–Sí, es cierto.

–¿Es muy grande la propiedad?

–Sí, muy grande.

Ella frunció el ceño, pero insistió.

–Supongo que habrá muchas reses...

–Bastantes.

Grace sonrió para sus adentros. Jeffrey podía ser tan lacónico como quisiera, pero no la iba a desanimar con su actitud. Las cosas habían cambiado, y estaba decidida a resolver el enigma de aquel hombre.

–Deberíamos cambiar de ritmo –comentó.

–¿En qué sentido? –preguntó él.

–En el de ir más deprisa. Mi montura lo está deseando tanto como yo.

Jeffrey no se inmutó y, una vez más, ella tomó la iniciativa: salió disparada a medio galope y se detuvo al llegar a lo alto de una colina, donde esperó a su esposo.

–¿Cómo se llama mi caballo?

—Snow —contestó Jeffrey.

—¿Snow? ¿Nieve? Qué original lo de llamar así a un caballo blanco... —ironizó.

—¿Y eso lo dice una mujer que se limita a llamar «perro» a su perro?

Grace rio.

—*Touché*...! Aunque la situación es temporal —dijo—. Lo llamo así porque aún no he encontrado un nombre adecuado para él.

Jeffrey guardó silencio y, cuando llegó a su altura, Grace volvió al trote anterior.

—Supongo que sentirás curiosidad por mis habilidades como amazona...

—No.

—Pues es una lástima, porque aprendí con los mejores instructores de Londres. Mis hermanas y yo solíamos ir a montar por Rotten Row, en Hyde Park. Y siempre echábamos carreras... —declaró Grace, sonriendo—. ¿No te parece escandaloso? Lady Chatham, a quien tal vez conozcas, decía que era impropio de unas jovencitas. Pero he de confesar que lo hacíamos precisamente por eso.

Jeffrey la miró con asombro.

—Solo lo he mencionado para recordarte que soy de Londres —continuó ella—. Imagino que mi vida anterior te interesará...

—Ya sé que eres de Londres.

—¿Y también sabes que pasé gran parte de mi juventud en Longmeadow? Es la casa de campo del conde de Beckington. Está lejos de aquí, a unos dos días de viaje.

Él no dijo nada.

–Mi padre fue sacerdote anglicano. Murió cuando yo tenía ocho años –le explicó–. Mi madre se casó después con el conde, que nos trató a mis hermanas y a mí como si fuéramos hijas suyas de verdad... Su hijo, Augustine, se casará cuando termine el luto. Es el prometido de la señorita Monica Hargrove, a quien no habrás tenido el gusto de conocer.

El comentario de Grace fue una pequeña maldad a cuenta de Monica, que no se había codeado con la aristocracia hasta que conoció a Augustine. Sin embargo, Jeffrey no mostró interés alguno. Se limitó a contemplar los pastos de los alrededores.

–Oh, echo tanto de menos a mi familia... –prosiguió ella, sin desalentarse–. ¿Y tú? ¿Extrañas a la tuya? Nunca había estado tanto tiempo lejos de casa, y es algo terrible. Estoy segura de que me comprendes. A fin de cuentas, tu familia tampoco está contigo.

Jeffrey la miró esta vez a los ojos, pero sin decir nada.

–Por Dios, ¿es que no piensas hablar? –dijo Grace, ya al borde de la desesperación.

Él sonrió.

–¿Cuándo? Hablas tanto que no puedo meter baza...

Grace se quedó tan sorprendida con la sonrisa de su esposo que estuvo a punto de caerse del caballo.

–Hablo tanto porque tú no dices ni pío –se defendió.

Jeffrey sonrió un poco más.

–No lo dudo en absoluto.

–Pero, si lo prefieres, me callaré... Solo espero que no vayas tan despacio por miedo a que yo no pueda estar a tu altura. Como ya te he dicho, soy una buena amazona. Y estaría encantada de correr un rato.

—Pues corre todo lo que quieras.

Grace frunció el ceño. Había salido con muchos caballeros en Londres, y siempre estaban dispuestos a darle satisfacción. Pero su esposo parecía decidido a llevarle la contraria, lo cual era ciertamente irritante.

—¿Sabes una cosa? Me parece ridículo que hayas llamado Snow a un caballo con tanto carácter como este.

Grace sacudió la fusta contra el lomo del caballo, que salió una vez más al galope. No sabía adónde la llevaba; solo sabía que le encantaba la sensación de correr, y que cada vez estaba más lejos de Blackwood Hall y del propio Jeffrey. Incluso se preguntó a qué distancia estaría de Londres. De haber conocido el camino, lo habría tomado.

Poco después, llegó a una pequeña granja donde vio a dos hombres con azadones y una mujer con una cesta. Contenta de haber encontrado algo parecido a la civilización, frenó a su montura y descabalgó tan deprisa que perdió el equilibrio y acabó en el suelo, a cuatro patas. Los tres desconocidos dejaron de trabajar al instante. Uno de los hombres se acercó a ayudarla, pero se incorporó antes y dijo, sonriendo:

—¡Buenos días...!

El hombre se quitó el sombrero que llevaba y la miró con incertidumbre.

—¿Se encuentra bien, milady? ¿Se ha perdido?

—¿Perdido? ¿Yo? —Grace echó un vistazo rápido a su alrededor—. No, en absoluto... Supongo que ustedes son arrendatarios de Blackwood Hall, ¿verdad?

—Supone bien, milady —respondió el segundo hombre, que se había acercado a ellos—. Pero ¿quién es usted?

—Ah, sí... claro. Soy lady Merryton.

Los campesinos se quedaron perplejos, mirando a Grace como si hubiera hablado en un idioma que ninguno de los tres entendía. Justo entonces oyeron ruido de cascos en el camino y se giraron hacia el alto jinete que apareció segundos después.

Naturalmente, era Jeffrey.

El señor de Blackwood Hall desmontó con elegancia y caminó hacia ellos.

—Buenos días, señor Murphy.

—Buenos días, milord.

Jeffrey miró a los demás e inclinó la cabeza a modo de saludo, recibiendo a cambio dos reverencias.

—Veo que están preparando la tierra para sembrar...

—Así es, milord —contestó el señor Murphy—. Si todo va bien, habremos terminado a finales de semana.

Mientras hablaban, Jeffrey se dio unos golpecitos en la pierna, con la fusta. Grace contó hasta ocho, y pensó que estaba tan acostumbrado a hacer esas cosas que, seguramente, ni siquiera se daba cuenta. Pero, al ver que su esposo no tenía intención de presentarle a sus arrendatarios, le puso una mano en el brazo y arqueó una ceja.

—Ah, sí... disculpa mis modales, querida esposa. Te presento al señor Murphy, a su hijo y a su nuera.

Grace sonrió y dijo:

—Encantada de conocerlos.. Espero que tengamos ocasión de vernos en Blackwood Hall. Porque supongo que pasarán de vez en cuando por allí...

—Sí, milady —respondió el señor Murphy, que miró a Jeffrey con incomodidad—. Y felicidades por la boda, milord... Sinceramente, no sabíamos que se hubiera casado.

Jeffrey se puso tenso, y Grace intervino a toda prisa.

−Es que nos casamos hace poco −dijo, tomando a su esposo de la mano−. Teníamos intención de organizar una boda por todo lo alto, pero estábamos tan enamorados que, francamente, no pudimos esperar.

Jeffrey le apretó la mano con fuerza. Grace hizo caso omiso y siguió hablando.

−Sin embargo, sobra decir que lo celebraremos pronto en Blackwood Hall, y que todos ustedes están invitados a la fiesta.

−¡Muchas gracias, milady! −intervino la nuera del señor Murphy−. Esperamos que sean muy felices y que tengan muchos hijos...

Jeffrey carraspeó y miró a Grace.

−En fin, será mejor que nos marchemos. Tenemos que volver a casa.

Grace sonrió a su esposo con picardía y, tras girarse hacia sus arrendatarios, dijo:

−Ha sido un placer...

Momentos más tarde subieron a sus monturas y se alejaron de la granja. Ya la habían perdido de vista cuando Grace rompió el silencio.

−Comprendo que no les informaras de nuestro matrimonio, pero podrías haberte mostrado más comunicativo. Es obvio que sienten curiosidad.

−¿Curiosidad? ¿De qué? ¿De lo enamorados que estamos? −ironizó.

−¿Qué querías que les dijera? ¿La verdad? −se defendió Grace.

−¡Por supuesto que no! −dijo−. Puede que te parezca extraño, pero la prudencia es una virtud... No he dado explicaciones porque no es asunto suyo.

–Oh, vamos... Lo tuyo no tiene nada que ver con la prudencia. Tratas a esas personas como si fueran unos desconocidos, pero resulta que trabajan para ti –le recordó–. Si yo no hubiera forzado la situación, ni siquiera me los habrías presentado.

Jeffrey cerró los puños sobre las riendas.

–No necesito tus lecciones de etiqueta, Grace.

–Pues es una lástima, porque soy una experta en etiqueta y modales. Particularmente en situaciones difíciles –explicó–. Cuando vivía en Londres, siempre me las arreglaba para que me invitaran a las fiestas de las mejores familias. Conozco las normas de ese juego, y sé lo que se debe hacer.

–Me alegro por ti. Pero, por si no lo has notado, esto no es Londres.

–¡Como si eso importara...!

–Claro que importa.

–No, no importa en absoluto –insistió ella–. La gente es igual en todas partes, Jeffrey. Da igual que estén en una sala de baile o en un campo. A todos nos gusta pensar que los demás nos respetan... por lo menos, lo suficiente para informarnos de que se acaban de casar.

Jeffrey apartó la mirada y se sumió en un silencio tenso que molestó a Grace. Pero se acordó de la conversación que había mantenido con Molly y decidió darle otra oportunidad.

–Mira, comprendo que tu timidez te impida...

–¿Mi qué? –rugió Jeffrey.

–Tu timidez.

Jeffrey sacudió la cabeza y la miró con asombro.

–¡Qué tontería! ¿Tímido? ¿Yo?

–Si no eres tímido, entonces hay otra palabra que

define tu comportamiento. Pero soy una dama, y no la voy a pronunciar.

—Confundes la cautela con la timidez —gruñó él.

Grace, que nunca había sido una persona violenta, sintió el deseo de estrangularlo. Pero, en lugar de eso, espoleó a su montura y se alejó de nuevo al galope.

Esta vez, Jeffrey la imitó. Y, cuando ella notó que se estaba acercando, se enfadó más y forzó el ritmo. Sin embargo, su marido era un jinete excelente y se puso a su altura enseguida. Ahora iban tan deprisa que Grace empezó a perder el equilibrio, así que intentó refrenar a Snow. Por desgracia, el caballo no parecía dispuesto a dejar de correr, y seguramente habría sufrido un accidente si Jeffrey no hubiera alcanzado sus riendas y hubiera pegado un tirón.

Por fin, Snow se detuvo. Estaban en mitad de ninguna parte, pero Grace descabalgó y empezó a andar, disgustada.

—¿Adónde vas? —preguntó él.

—¡A casa!

—¡Has olvidado a tu maldito perro!

Ella bufó y dio media vuelta. Jeffrey había desmontado, y la estaba mirando con la fusta en la mano.

—¡Eres un desalmado! —gritó Grace.

—Yo no soy un desalmado. Solo soy un hombre práctico.

—Por supuesto que lo eres. Lo eres conmigo y lo eres con todos los demás... ¿Se puede saber qué te pasa?

—Nada —respondió él.

Jeffrey se empezó a dar golpecitos en la pierna y, al cabo de unos segundos de silencio, suspiró, se quitó el sombrero y se pasó una mano por el pelo.

—No soy un desalmado, Grace —dijo, hablando lentamente—. Pero me cuesta hablar cuando no tengo motivos para ello. Me incomoda.

—¿Lo ves? Yo tenía razón. Eres tímido.

—No... es más complicado que eso.

—¿Más complicado? ¿Qué quieres decir? —preguntó con curiosidad.

—Nada, no tiene importancia... —Jeffrey se volvió a poner el sombrero—. No pretendo ser ni cruel ni insensible. Sencillamente, detesto perder el tiempo con conversaciones irrelevantes.

—¿Conversaciones irrelevantes? Por Dios, Jeffrey... Intento entender lo que te pasa.

—No hay nada que entender.

—Sí, bueno, eso es lo que quieres que yo crea. Pero no te creo.

Grace caminó hacia su montura y, al pasar junto a su esposo, él la tomó del brazo.

—Sé que te esfuerzas por mantener una buena relación conmigo, Grace. Sin embargo, no soy como los caballeros con los que te has cruzado a lo largo de tu vida —dijo—. Te ruego que no mientas a los campesinos sobre nuestro supuesto amor, pues es evidente que no estamos enamorados. Y también te ruego que te abstengas de adoptar más perros.

Grace se soltó con brusquedad.

—¿Qué vas a hacer si no te obedezco? —replicó en tono de desafío—. ¿Ser más desagradable todavía? ¿Retirarme hasta la palabra? Discúlpame, pero hasta ese perrito me muestra más afecto que tú.

Grace se intentó alejar y, cuando Jeffrey la agarró de nuevo, tiró con fuerza para liberarse. Sin embargo, solo consiguió que los dos perdieran el equilibrio y terminaran en el suelo.

—¡Venga! ¡Pégame si quieres! —exclamó ella, fuera de sí—. ¡Haz lo que debas hacer para castigarme!

Jeffrey gimió.

—Por todos los diablos... ¿Me crees realmente capaz de pegar a una mujer?

Él se incorporó y la tomó de la mano para ayudarla a levantarse.

—No sé qué es lo que pretendías hacer, pero es obvio que me querías hacer algo —contestó ella, mientras se quitaba un par de hojas de la falda—. Lo he visto en tus ojos.

—Oh, vamos...

—¿Es que lo niegas?

Jeffrey apretó los labios y llevó su fusta a la cara de Grace, que retrocedió.

—¿Es eso? ¿Me quieres azotar?

Él sacudió la cabeza y bajó lentamente la fusta hasta detenerla sobre uno de los pezones de su esposa.

—Te aseguro que azotarte es lo último que deseo...

Jeffrey le acarició el pezón con la fina vara y, acto seguido, la llevó hasta su pubis.

La actitud de su marido confundió a Grace. Era vagamente amenazadora, pero también muy excitante.

—Si eso es lo último que deseas, ¿qué es lo primero?

Él apretó los dientes y la miró con lujuria. Un segundo después, Grace le quitó la fusta de la mano con un movimiento rápido y llevó la punta a su entrepierna.

—¿Qué quieres, Jeffrey Donovan?

La pregunta de Grace no se refería a lo que su esposo deseaba en ese momento; era de carácter general, y con implicaciones más profundas que el deseo. Y Jeffrey lo debió de entender así, porque le quitó la fusta y dijo:

—Quiero que vuelvas a Blackwood Hall. Ahora mismo.

Él le lanzó una mirada extraña, con un fondo de vulnerabilidad que ocultó enseguida. Pero el truco de mostrarse aparentemente insensible no le sirvió esta vez. Grace había notado el destello de sus ojos, y aún lo estaba observando con detenimiento cuando regresaron al lugar donde estaban los caballos.

¿Qué le había pasado? ¿Por qué se empeñaba en encerrarse en sí mismo? ¿Por qué rechazaba hasta el gesto más leve de afecto?

Fuera cual fuera el motivo, Grace llegó a la inevitable conclusión de que Jeffrey se sentía terriblemente solo. Y le dio tanta pena que se dejó llevar por un impulso y le acarició una mejilla.

Él se estremeció y giró la cabeza un poco, con la evidente intención de desalentarla. Pero Grace no era de las que se rendían con facilidad, así que se puso de puntillas y le dio un casto beso en los labios.

En lugar de apartarse, Jeffrey se quedó inmóvil durante unos segundos y clavó la vista en sus ojos. Grace tuvo la sensación de que, para variar, estaba haciendo un esfuerzo por comprenderla a ella. Luego, le puso las manos en el talle y, sin dejar de mirarla, la alzó en vilo y la sentó en su caballo.

Ninguno de los dos dijo nada durante el trayecto de vuelta. Jeffrey cabalgó por delante de Grace en todo momento, y Grace supo que era su forma de decirle que no estaba de humor para hablar. Pero, al llegar a la entrada de Blackwood Hall, él se giró y dijo:

—Tengo que hacer unas cosas en el pueblo. Supongo que sabrás llegar a la mansión.

—Bueno, había pensado que comeríamos juntos...

Jeffrey no llegó a oír la frase. Antes de que ella abriera la boca, ya había espoleado a su montura para poner tierra de por medio. Y Grace pensó que su marido era un hombre increíblemente grosero.

Al llegar a la mansión desmontó y dio las riendas de Snow a uno de los mozos de cuadra. Después, aún con su fusta en la mano, cruzó los inmaculados jardines y tomó el sendero de la casa de Molly. El gato, que estaba tumbado en el alféizar de la ventana, se levantó bruscamente y la miró con los ojos entrecerrados.

Grace llamó a la puerta y abrió. Al cabo de un segundo, el perrito se abalanzó sobre ella con lo que parecía ser una lengüeta de bota entre las fauces.

—Oh, no... ¿Qué has hecho esta vez? —preguntó Grace.

—¡Lady Merryton! Cuánto me alegro de verla —dijo Molly, que apareció enseguida.

Grace quitó la lengüeta al perro y se la dio.

—No me llame así, por favor. Con Grace bastará —replicó—. ¿Qué tal se ha portado el perro? Espero que no haya sido una molestia.

Molly sonrió.

—Bueno, ahora que lo dice...

Grace reparó entonces en la bota que estaba en el suelo. Al parecer, el perro había hecho bastante más que arrancarle la lengüeta.

—Lo siento muchísimo —se disculpó.

—No se preocupe. No es para tanto.

Molly cerró la puerta. Pero, al ver la expresión de Grace, frunció el ceño.

—¿Se encuentra bien?

—Sí... Por supuesto que sí.

—¿Seguro?

Grace suspiró.

—No, a decir verdad, no estoy bien.

—Vaya por Dios... Venga, siéntese y descanse un poco. Le prepararé un té.

—¿Y qué hago con el perro? No quiero que destroce nada más...

—Déjelo a su aire. A fin de cuentas, no hay muchas más cosas que pueda destruir.

Grace asintió y se sentó junto al fuego. El perro se tumbó a su lado y soltó un gemido de cansancio, como si el esfuerzo de despedazar la bota lo hubiera dejado sin energías.

—No sé qué hacer, querida Molly...

—¿Con el perrito? Es un poco travieso, pero...

—No, me refería a mi esposo –la interrumpió–. No sé qué hacer para ganarme su afecto. Creo que me desprecia.

—Lo dudo mucho.

—Pues no lo dude. Si yo no lo hubiera presionado, ni siquiera me habría presentado a sus arrendatarios.

—Oh, vaya...

Molly dejó un servicio de té en la mesita y, tras servir dos tazas, se sentó. Grace le narró lo sucedido con los Murphy y, cuando ya había terminado, dijo:

—Mi marido se avergüenza de mí.

—No diga tonterías. Es cierto que se iba a casar con

Mary Gastineau, pero al final se casó con usted. Y eso significa algo.

Grace la miró con desconcierto.

—¿Mary Gastineau? ¿De qué me está hablando?

—Pensé que lo sabía...

Grace sacudió la cabeza.

—No, no sabía nada. Y, en cuanto a mi relación con Jeffrey, me temo que no nos casamos por amor.

—Ah...

Molly no parecía ni sorprendida ni escandalizada, y Grace se sintió peor porque supuso que la naturalidad con la que había encajado la noticia se debía a que ya estaba sobre aviso. Al parecer, todo el país se había enterado de su indiscreción en la tetería de las hermanas Franklin.

—Bueno, eso carece de importancia —continuó su amiga—. Estoy segura de que el amor llegará con el tiempo.

Grace soltó un bufido.

—¿Cómo, si apenas me dirige la palabra?

Molly la miró a los ojos.

—Muéstrese comprensiva y cariñosa —le aconsejó—. Conociéndolo como lo conozco, sospecho que se está esforzando por mejorar las cosas. Pero le cuesta mucho más que a usted.

—¿Por qué le cuesta tanto? No se puede decir que el matrimonio sea tan difícil... La gente se casa desde que el mundo es mundo.

—Sí, claro, pero no todas las relaciones son iguales —dijo Molly—. Además, milord tuvo una infancia complicada. Sus padres no se llevaban bien, y es posible que no asocie el matrimonio con la felicidad.

–Oh, no lo sabía.

–Ya me lo imagino. No es un tema del que su esposo le guste hablar. Pero no se desanime, querida... Sé que encontrará la forma de llegar a su corazón.

Molly se levantó de repente y añadió, con una sonrisa:

–¿Qué le parece si dejamos los problemas para otro momento y tomamos unos bizcochos? Los acabo de preparar.

Grace asintió y soltó un suspiro triste. A decir verdad, tenía hambre; pero no de comida, sino de conocimiento. Quería entender a su esposo. Quería comprender sus motivos. Quería saber por qué mantenía las distancias con ella y, por lo visto, con el resto del mundo.

Capítulo 12

Jeffrey bajó a cenar cuando faltaban exactamente ocho minutos para las ocho. Llevaba toda la tarde en un estado de extraña agitación. Era como si estuviera a punto de pasar algo importante, algo definitivo. Y siempre había odiado la incertidumbre.

Cuando entró en el comedor estaba seguro de que Grace ya habría llegado y de que seguiría enfadada por lo sucedido horas antes. La imaginaba con una copa de vino en la mano y un destello de ira en los ojos. Pero se equivocó en casi todo. Aunque efectivamente estaba allí, no sostenía ninguna copa, sino la correa del perrito. Y, lejos de parecer enfadada, lo saludó con una gran sonrisa.

–Buenas noches...

El perro corrió hacia él y le plantó las patas en la pernera del pantalón, mientras ella tiraba de la correa inútilmente.

–Oh, lo siento mucho –se disculpó Grace–. ¡Eso no se hace, Latoso!

–¿Latoso? –preguntó Jeffrey, que se inclinó para acariciar al animal.

–Sí, me ha parecido un buen nombre para él. Como parece molestar a todo el mundo...

Jeffrey la miró de arriba abajo. Aquella noche su esposa se había puesto un collar de diamantes y un vestido de color amarillo que, en otras circunstancias, lo habría dejado perplejo. A fin de cuentas, la costumbre dictaba que siguiera de luto por el fallecimiento de su padrastro. Pero, evidentemente, Grace era una mujer de costumbres propias.

–Espero que no te moleste su presencia –continuó ella–. La cocinera se ha negado a que se quedara en la cocina mientras ella preparaba la cena... Por lo visto, tiene la fea costumbre de robar comida.

–Qué sorpresa –dijo Jeffrey con sorna.

–Bueno, no te preocupes por él. El señor Drake lo solucionará.

Jeffrey frunció el ceño.

–¿Drake? ¿Es que has renunciado a quedarte con el perro?

–¿Cómo? ¡No, por supuesto que no! –exclamó–. ¡Eso, jamás!

–¿Entonces?

–Voy a hablar con Drake para que me haga el favor de instruir a Latoso. Así no robará cosas de la cocina –explicó.

–Ah...

Grace miró al perro, que lo estaba olisqueando todo, y preguntó:

–¿Te apetece una copa de vino?

–Sí, gracias.

Ella se acercó al bufé y, tras servir dos copas, le ofreció una. Jeffrey la aceptó, pero le rozó la mano inadvertidamente y se puso tan nervioso que no fue capaz de llevársela a los labios.

—Ah, casi lo olvidaba... —dijo Grace—. Le he pedido a la cocinera que prepare uno de mis platos preferidos. Espero que no te moleste.

—¿Qué plato? —preguntó él, temiendo que fuera algo indigesto.

—Caldereta de pescado —respondió—. ¿Te gusta?

Él se encogió de hombros.

—Ni me gusta ni me deja de gustar. No tengo ninguna opinión al respecto.

—Sorprendente —dijo ella, arqueando una ceja—. Debes de ser el único hombre de Gran Bretaña que no tiene opiniones de carácter culinario.

Jeffrey se estremeció sin saber por qué. Aquella noche había algo extraño en el comedor. Parecía distinto. Más ligero. Y más desordenado.

—¿Dónde está Cox? —le preguntó.

—Supongo que habrá ido a buscar al señor Drake, como le pedí —dijo ella—. Pero no puedo decir que lo eche en falta... Me cuesta hablar sin tapujos cuando estamos delante de los criados. ¿A ti no te pasa lo mismo?

Jeffrey contraatacó con otra pregunta:

—¿Significa eso que tienes necesidad de hablar sin tapujos?

Grace sonrió.

—No, ahora mismo, no.

Él se quedó desconcertado. Desde su punto de vista, no tenía sentido que provocara una situación para hablar con franqueza y luego no tuviera nada que decir.

Justo entonces llamaron a la puerta. Era Miller, uno de los criados.

–Ah, Miller... –dijo Grace–. ¿Ha llegado el señor Drake?

–Sí, milady.

Ella le dio la correa del perro y acarició al animal.

–Pórtate bien, Latoso. El señor Drake te enseñará a ser un buen perro.

Miller se fue segundos después, dejándolos a solas. Jeffrey invitó a Grace a sentarse y, como no había ningún criado en el comedor, le apartó él mismo la silla. Pero se arrepintió de haberse mostrado tan caballeroso, porque cuando su esposa tomó asiento le ofreció una vista terriblemente provocadora de su escote.

Jeffrey sintió el deseo de inclinarse sobre ella y hundir las manos en el corpiño de su vestido. De hecho, no se pudo resistir a la tentación de acariciarle ligeramente el cuello. Y si Cox y Ewan no hubieran entrado en ese momento habría seguido bajando.

Incómodo, se sentó al otro lado de la mesa y guardó silencio mientras el mayordomo les servía la caldereta y el lacayo se ocupaba del pan. Pero observó que Ewan parecía tan interesado en el escote de su esposa como él mismo, y le molestó hasta el punto de que tomó la decisión de retirarlo del servicio de cocina e imponerle otro tipo de menesteres. Por ejemplo, la limpieza de las chimeneas.

Por fin, los dos hombres se marcharon y Jeffrey se volvió a quedar a solas con Grace, quien lo observó detenidamente mientras él probaba la caldereta.

–¿Y bien? –preguntó ella.

–¿Bien qué?

–La comida... Si no te gusta, lo puedes decir tranquilamente. No te voy a morder.

Jeffrey se quedó sin habla. De repente, había imaginado que la lasciva boca de Grace se cerraba suavemente sobre su piel.

—¿Qué te parece entonces? —prosiguió ella, mirándolo con curiosidad.

—¿La caldereta? Está... buena.

Grace soltó una carcajada.

—Pues si pones una cara tan seria cuando algo te gusta, no quiero imaginar la que pondrás cuando no te guste.

Jeffrey pensó que ponía la misma cara en cualquier circunstancia, pero no lo dijo. Y Grace cambió de conversación.

—Quería darte las gracias por haber permitido que saliera a montar contigo. He disfrutado mucho del sol y del encuentro con tus arrendatarios... Aunque sospecho que la mayoría de las personas que trabajan en tus tierras no saben que te has casado.

Él se limitó a encogerse de hombros.

—Ahora que lo pienso, deberíamos invitar a algunos de tus amigos y anunciar oficialmente nuestro matrimonio.

Jeffrey frunció el ceño. En Blackwood Hall se habían celebrado montones de fiestas, bailes y cenas, pero siempre bajo supervisión de Sylvia, su hermana. Y, como ahora vivía en el norte, ya no se pasaba por allí. De hecho, ninguno de sus familiares iba tan a menudo como antes. Quizá, porque Blackwood Hall estaba lejos de sus casas. O quizá, aunque no quería ni planteárselo, porque no querían estar con él.

Al fin y al cabo, no se podía decir que fuera un buen anfitrión. Las fiestas lo incomodaban, y siempre tenía miedo de decir o hacer algo terriblemente inconveniente.

–No creo que sea necesario –replicó–. Las noticias vuelan, y estoy seguro de que ya lo saben.

–Sería una buena idea de todas formas –insistió Grace–. Pero no estaba pensando en algo grande, sino en una cena íntima, solo con tus amigos más cercanos.

–¿Mis amigos más cercanos?

Ella lo miró con intensidad.

–No me digas que no tienes amigos...

Él respiró hondo y dejó su cuchara en el plato.

–Como ya he dicho, no es necesario.

–Puede que no lo sea para ti, pero lo es para mí. Necesito hablar con gente, y hacer algo con mi tiempo. De lo contrario, me iré marchitando poco a poco... Además, tú no tendrías que preocuparte por los detalles. Cox y yo nos encargaremos de todo. Tengo mucha experiencia en ese tipo de cosas.

Durante los minutos siguientes, Grace se dedicó a hablar sobre las veladas de la mansión de los Beckington, en Londres. Le dio todo tipo de detalles, y añadió que hasta su madre, quien siempre había sido una mujer extraordinariamente minuciosa, confiaba en sus habilidades como anfitriona. Pero Jeffrey no parecía convencido, así que optó por una estrategia más personal y directa:

–Por favor –dijo–. Permíteme que organice esa cena. Me gustaría tener alguna amiga...

Jeffrey la miró a los ojos y supo que no se podía negar. Era un deseo tan comprensible como razonable. Incluso se dijo que, si hacía amistades nuevas, pasaría menos tiempo con él y le evitaría la tentación constante de su presencia. Solo esperaba que sus nuevas amigas no fueran tan sensuales como ella. La perspectiva de estar en una casa llena de mujeres le ponía los pelos de punta.

—Entonces, las tendrás.

La cara de Grace se iluminó al instante.

—Gracias, Jeffrey...

—No me des las gracias todavía. Me parece bien que tengas amigas y que las invites a cenar si quieres. Pero no esperes que cene con vosotras.

Ella frunció el ceño.

—Eso no tiene sentido. Precisamente lo he dicho porque me pareció que, si tú y yo tuviéramos amigos en común... bueno, quizá podríamos ser amigos.

Él pensó que su esposa no entendía lo que pasaba. ¿Amigos? No podían ser amigos. La deseaba demasiado. La deseaba tanto que mantenía las distancias con ella por miedo a que el deseo destrozara su ya frágil unión.

—Mira, Grace...

Jeffrey no tuvo ocasión de terminar la frase, porque Miller llamó entonces a la puerta y abrió. Llevaba una bandejita con un sobre.

—Lamento interrumpirles —dijo—, pero ha llegado una carta para milady.

Grace se levantó de un salto y alcanzó la carta.

—¡Es de Honor! —exclamó con alegría—. ¿Me disculpas un momento, Jeffrey?

Grace se marchó a toda prisa y Jeffrey se quedó mirando su plato, que estaba completamente vacío. Por lo visto, el pescado le gustaba más de lo que había supuesto.

Un momento después, Cox entró y empezó a limpiar la mesa.

–¿Cox?

–¿Sí, milord?

–Quiero que busques otro puesto para Ewan.

El mayordomo lo miró.

–¿Ha hecho algo que le disguste, milord?

–No, ni mucho menos. Pero prefiero que te ayude a servir un criado de más edad. Billings lo haría bien.

–Billings... –repitió Cox con incredulidad–. Discúlpeme, milord, pero el viejo Billings casi no puede sostener una bandeja.

Jeffrey se sintió avergonzado por lo que estaba haciendo. Pero no soportaba la idea de que un criado joven y atractivo estuviera cerca de su esposa. Y no se debía a que desconfiara de la lealtad o la profesionalidad de Ewan, sino a que desconfiaba de sí mismo.

–Lo hará bien –insistió.

–Como quiera, milord...

–Ah... y súbale el suelo a Ewan. Páguele una o dos libras más.

–Por supuesto.

Cox salió del comedor y lo dejó nuevamente a solas.

Sus noches siempre habían sido así. Cenaba en soledad y se encerraba en la soledad de sus pensamientos y fantasías eróticas. Pero Grace lo había cambiado todo, y ya no se sentía tan cómodo como antaño.

Echó un vistazo al sobrio comedor y se acordó de una comida que se había celebrado en el mismo sitio, cuando él tenía diez años. A decir verdad, no recordaba si había sido una comida o un desayuno. Solo sabía que la luz del sol entraba por los balcones, y que le había parecido demasiado alegre, casi un contrasentido, para un día tan torvo.

Sylvia y John estaban presentes, al igual que sus progenitores. Uno de los criados entró y anunció que tenía una carta para su madre. Jeffrey no llegó a saber de quién era, pero su padre se enfureció y pegó un puñetazo tan fuerte en la mesa que todos los platos y copas temblaron. Luego, gritó a su esposa que lo había deshonrado y le arrebató la carta sin concederle la oportunidad de leerla.

Su madre se levantó y salió corriendo. Su padre los miró y, con la cara roja de ira, les ordenó que permanecieran allí hasta que él les diera permiso para marcharse. Sylvia, John y el propio Jeffrey se quedaron donde estaban, oyendo los portazos y las desabridas palabras que se dedicaron el uno al otro, en voz tan alta que casi todos los habitantes de Blackwood Hall las pudieron oír.

Jeffrey se acordaba de que sus hermanos no se atrevieron ni a levantarse de la silla, por miedo a lo que su padre les pudiera hacer. Y también se acordaba de que se había sentido extrañamente culpable.

Por supuesto, ahora sabía que él no tenía la culpa de nada. Solo era un niño, ajeno a los problemas de sus padres; un niño que, no obstante, se sintió en la necesidad de hacer algo y que, en su impotencia, empezó a dar golpecitos en la mesa del comedor mientras Sylvia y John lloraban.

Ocho golpes, una pausa y ocho golpes otra vez.

¿Por qué ocho?

Veinte años más tarde, Jeffrey seguía sin saber por qué. Pero sabía que su padre había regresado al comedor, con la ropa arrugada y un labio partido. Y que, tras mirarlos fijamente a los tres, dijo:

–No me deshonréis nunca, porque las consecuencias serían terribles. Si no me creéis, preguntad a la furcia de vuestra madre.

Luego, los echó del comedor y siguió comiendo como si la paliza que acababa de propinar a su esposa le hubiera despertado el apetito.

Jeffrey tragó saliva al recordar aquella noche, una de las muchas noches terribles que había sufrido. Pensándolo bien, no era extraño que prefiriera cenar solo. Pero, por desgracia, ya no podía.

Capítulo 13

¿Qué has hecho, Grace? ¿Cómo has podido cometer semejante locura? Cuando he leído tu carta he sentido la necesidad de ir a buscarte; pero Easton afirma que no tenemos dinero y, por otra parte, no podría dejar Londres en este momento. Augustine me ha dicho que Monica y él se van a casar antes del verano, y que debemos encontrar un sitio para mamá.

¿Qué puedo hacer? No tengo más opción que quedarme aquí y cuidar de ella y de nuestras hermanas hasta que las cosas se arreglen. Y ni siquiera cabría la posibilidad de llevármela conmigo, porque no se encuentra en condiciones de hacer un viaje tan largo.

¡Oh, querida mía, cuánto estarás sufriendo! Por lo que me has contado es una situación endiablada. Solo te puedo dar un consejo: que intentes ser tan buena esposa como te sea posible y, por encima de todo, que te muestres complaciente en el trato. Easton opina que los hombres son más sensibles a las necesidades de sus mujeres si estas los mantienen ocupados en el

lecho nupcial. Siento ser tan explícita, pero es lo mejor que te puedo decir.

Iré a verte en cuanto pueda. Sé fuerte, y no pierdas la paciencia. Como dice mamá, las mujeres nos tenemos que labrar nuestro propio destino, y ahora te ha tocado a ti.

Grace apartó la vista de la carta y sacudió la cabeza. ¿Mantenerlo ocupado en el lecho nupcial? Por lo visto, Honor seguía con su costumbre de dar consejos inútiles. ¿Cómo lo iba a mantener ocupado, si hacía el amor con ella y se marchaba a continuación? Jeffrey no se lo ponía fácil. De día se mostraba tan frío como el más crudo de los inviernos y de noche, cuando se acostaban, la trataba como si fuera un objeto.

A decir verdad, ardía en deseos de profundizar en su conocimiento del amor, de experimentar más cosas y de dejarse arrastrar por aquella nube de placer. Pero Jeffrey era demasiado brusco y, por mucho que ella disfrutara de las sensaciones, por muy deleitosos que le resultaran sus encuentros, siempre tenía la sensación de que le faltaba algo.

Acababa de guardar la carta cuando alguien llamó a la puerta. Grace hizo ademán de levantarse, pero Jeffrey entró en ese preciso momento y le lanzó una mirada tan libidinosa que la dejó clavada en el sitio. Era como si sus ojos vieran a través de la ropa. Como si la desnudaran con su atención.

–Aún estás vestida...

–Sí.

Jeffrey echó un vistazo a su alrededor. Quizá buscando al perro.

—¿Estás contento con tu nueva doncella? –preguntó Grace mientras se cambiaba al otro lado de la cama.

—¿Cómo?

—Tu nueva doncella...

Jeffrey parecía sorprendido por la pregunta, pero eso no impidió que bajara la vista y la clavara en los pechos de Grace.

—Por mi parte no tengo ninguna queja de Hattie –continuó ella–. Hace bien su trabajo... Lo digo por si te lo habías preguntado.

—Pues no, no me lo había preguntado.

—¿Por qué cambiaste de opinión? ¿Por qué permitiste que fuera mi doncella?

Él frunció el ceño.

—Menuda pregunta... Cambié de opinión porque tú la querías.

Grace abrió la boca como si tuviera intención de seguir con el mismo tema, pero él sacudió la cabeza y dijo:

—Esta conversación es del todo innecesaria.

—¿Innecesaria? ¿Cómo puedes decir que...?

Jeffrey se acercó a ella y la acalló con un beso que, durante unos instantes, estuvo a punto de hacerle olvidar todo lo demás. Pero entonces se acordó de lo que había estado pensando minutos antes y se dijo que no estaba dispuesta a dejarse usar como un objeto.

—Basta –ordenó.

—¿Basta? –preguntó él.

—Quiero hablar.

Jeffrey soltó un suspiro de impaciencia.

—Por todos los diablos...

—No creo que hablar sea una petición poco razonable –dijo ella, intentando mantener la calma.

—Está bien. Si quieres que hablemos, hablaremos.

Jeffrey se cruzó de brazos y la miró con escepticismo, como preparándose para soportar una perorata que no le apetecía oír. Pero Grace no quería eso. Quería que se sentara con ella y que mantuvieran una conversación de verdad. Y, entonces, tuvo una idea.

—¿Qué te parece si jugamos a algo?

—¿Jugar?

—Sí, a las cartas. Porque supongo que sabes...

—Claro que sé, Grace. Pero no entiendo a qué viene esto.

—Si es verdad que sabes, tengo un desafío para ti –dijo–. ¿Lo aceptas?

—¿Cómo lo voy a aceptar, si no sé de qué desafío se trata?

—¡Eso es lo divertido! –declaró con falsa alegría–. ¿Lo aceptas?

Él suspiró y dudó un momento, aunque Grace no se dejó engañar. Ya lo conocía lo suficiente como para saber que Jeffrey Donovan, conde de Merryton, no daba la espalda a un desafío.

—Muy bien. Acepto.

Grace sonrió de oreja a oreja.

—¿Jugamos al veintiuno? Supongo que conoces el juego. El primero que consiga una mano de veintiún puntos, gana.

—Sí, por supuesto que lo conozco. Pero tendrás dinero para jugar... ¿O esperas que pague yo tus deudas?

—No, las pagaré yo, como siempre. Por desgracia, las cartas no se me dan tan bien como a mi hermana. Honor es una mujer verdaderamente especial, incluso en ese sentido –respondió–. Sin embargo, se me ha ocurrido que nos podríamos jugar algo más interesante que unas cuantas monedas.

—¿Algo más interesante? —preguntó él, arqueando una ceja.

—No me mires con desconfianza. No es nada del otro mundo... Por cada mano que gane yo, tú responderás a una pregunta. Pero tendrás que ser sincero.

—¿En qué tipo de preguntas estás pensando?

—En preguntas sobre ti.

—Comprendo... —dijo—. ¿Y qué gano yo?

—Lo mismo. Responderé a cualquier pregunta que me hagas.

Jeffrey la miró como si su propuesta no le pareciera demasiado atractiva, y Grace se dio cuenta de que, si no le ofrecía algo más sugerente, se negaría a jugar. Por fortuna, sabía lo que su esposo deseaba.

—Vale... por cada mano que ganes tú, me quitaré la prenda que elijas.

Los ojos de Jeffrey brillaron.

—No hay duda de que el juego se ha vuelto más interesante...

—Entonces, ¿aceptas el reto? ¿Responderás a mis preguntas con sinceridad?

—¿Crees que sería capaz de mentir? —replicó él—. ¿Es que te he mentido alguna vez?

Grace se encogió de hombros.

—¿Cómo quieres que lo sepa? Sigues siendo un desconocido para mí.

Él apartó la mirada.

—Sí, bueno...

—Será divertido —afirmó ella—. Y no tienes nada en contra de divertirte, ¿verdad?

Jeffrey se había puesto tan tenso que Grace sintió lástima y le puso una mano en el brazo. Definitivamente, su esposo tenía un problema con las relaciones personales. No le había pedido nada del otro mundo. No quería echar un vistazo a los libros de contabilidad de Blackwood Hall ni quedarse con parte de su fortuna. Solo le había pedido que respondiera a unas cuantas preguntas.

–No te preocupes... Solo es un juego. Te prometo que no haré preguntas demasiado comprometedoras.

Él asintió y se dio unos golpecitos en la pierna.

–De acuerdo.

Capítulo 14

Grace no podía creer que le hubiera arrancado otra victoria, aunque fuera pequeña. Y, como tenía miedo de que Jeffrey cambiara de opinión, se levantó rápidamente de la cama y se dirigió a la mesa con intención de apartarla de la pared.

–Deja que te ayude –dijo él.

Jeffrey levantó la mesa y la puso delante de la chimenea mientras Grace acercaba un par de sillas.

–¡Ya está! ¿Empezamos?

–Cuando quieras.

Ella se sentó a un lado y él, al otro. Jeffrey se había soltado el pañuelo del cuello, lo cual enfatizaba el aspecto informal que le daban su pelo medio largo y la sombra de la barba sin afeitar.

–¿Y bien? –preguntó, clavando en Grace sus penetrantes ojos verdes–. ¿Dónde están las cartas?

–Ah, claro...

Por desgracia, la baraja estaba en el cajón de la mesa, justo en el lado de Jeffrey. Grace le podría haber pedido que la sacara él, pero se levantó y se inclinó hacia delante sin ser consciente de que, al hacerlo, le ofrecería una vista muy apetitosa de su escote. De hecho, sus senos llegaron a estar tan cerca de la cara de Jeffrey que pudo sentir su aliento en la piel.

–¿Quieres repartir tú? –preguntó ella.

–No, te cedo ese honor.

Grace se volvió a sentar, barajó las cartas y las repartió.

Jugaron la primera mano en silencio, y enseguida se vio que Grace iba a obtener una victoria relativamente fácil. Cuando ya había ganado, dijo:

–Bueno, allá va mi primera pregunta...

–¿Primera?

–Sí, la primera –respondió con firmeza–. No esperarás que me contente con una...

Él sonrió.

–Por supuesto que no. Venga, pregunta lo que desees.

–¿Sigues enfadado conmigo por las circunstancias de nuestro matrimonio?

Jeffrey dudó antes de responder.

–No.

Grace chascó la lengua.

–Me prometiste que serías sincero –le recordó.

–¿Es que dudas de mí?

–Oh, vaya. Me has tomado por una ingenua –dijo con sorna.

–Ni mucho menos, esposa mía. Te considero cualquier cosa menos una ingenua.

–Sin embargo, no puedes negar que te destrocé la vida –replicó–. Eso es tan evidente como tu enfado.

Él se inclinó hacia delante y la miró a los ojos.

–Sí, es cierto que estoy enfadado. Pero no contigo, sino conmigo.

Grace parpadeó.

–Eso no tiene ni pies ni cabeza. No fue culpa tuya... ¿Por qué estás enfadado contigo mismo? –quiso saber.

Jeffrey sacudió la cabeza.

–Tenías derecho a una pregunta, no a dos.

–No son dos –se defendió ella–. La segunda es consecuencia de la primera, así que son la misma. ¿Por qué estás enfadado?

–Porque no suelo permitirme el lujo de perder el control.

–Ah, bueno... eso es más que obvio –dijo–. Sin embargo, te recuerdo que no fuiste tú quien me besó a mí en la tetería, sino al revés. Y con mucha pasión.

Él frunció el ceño y alcanzó las cartas.

–Soy tan responsable como tú, Grace. Te podría haber rechazado, pero me dejé llevar.

Ella guardó silencio mientras él barajaba y repartía. Aún se sentía culpable de lo que había pasado. De hecho, se sentía más culpable que nunca, porque le parecía injusto que Jeffrey se lo recriminara a sí mismo.

La segunda mano fue tan rápida como la primera y, esta vez, Jeffrey ganó con facilidad.

–Ahora me toca a mí. Suéltate el pelo.

La voz de Jeffrey sonó tan sensualmente autoritaria que Grace sintió un escalofrío de placer. Pero respiró hondo, alzó los brazos y se quitó una de las horquillas, provocando la caída de uno de sus largos mechones.

Él le hizo un gesto para que continuara, y ella obedeció. Se despojó del resto de las horquillas y se pasó las manos por el pelo para ahuecárselo un poco.

Jeffrey tragó saliva y empujó las cartas hacia su lado de la mesa con un movimiento tenso. Era evidente que se había excitado, y el ambiente se cargó de tal manera que Grace se desconcentró y perdió la tercera partida.

–Quítate las medias.

Grace se ruborizó y se metió las manos por debajo del vestido, con intención de quitárselas.

–No, así no –dijo él–. Levántate las faldas, para que pueda verte.

A Grace no le gustaba que le dieran órdenes, pero el simple hecho de que su cuerpo tuviera tanto poder sobre Jeffrey le pareció maravillosamente estimulante, así que clavó la vista en sus ojos y se levantó las faldas hasta las rodillas. Luego, se quitó los zapatos y se bajó una de las medias con parsimonia. A cambio, recibió una mirada de deseo que la instó a levantar la pierna para quitarse la segunda y lanzarle la prenda a continuación.

Jeffrey la alcanzó al vuelo, se la llevó a la cara y la olió. Grace se excitó un poco más, pero se contuvo y dijo:

–Reparte.

En lugar de repartir, su esposo apartó la mesa, se inclinó sobre ella y la tomó de la mano, mirándola como un gato a un ratón.

–He perdido interés en la partida. Pregúntame lo que quieras, pero pregunta deprisa. Mi paciencia se está agotando.

Grace decidió tomarle la palabra.

–¿Estás enamorado de Mary Gastineau?

Jeffrey reaccionó con la primera sonrisa real que se dibujaba en sus labios desde que se habían conocido.

Esta vez no había sorna en ella. No era ni leve ni comedida ni escasa. Era una sonrisa de oreja a oreja, que transformó su rostro y le dio un aspecto más cálido, más humano, más accesible y, sobre todo, abrumadoramente atractivo.

Tanto fue así que Grace se quedó sin aliento.

–Me preguntó quién te habrá hablado de Mary...

–Oh, bueno... Digamos que he hecho unos cuantos contactos.

Él ladeó la cabeza y la miró con curiosidad.

–¿En serio? Eres muy diligente, Grace.

–¿Estás enamorado de ella? –insistió, ansiosa por saberlo.

–Mary Gastineau me parecía una mujer conveniente para un hombre como yo. Quizá, lo máximo a lo que yo podía aspirar –dijo–. Y, desde luego, la aprecio. Sin embargo, ni estoy ni estuve enamorado de ella.

Grace se quedó perpleja con su contestación. Le agradaba que no estuviera enamorado de otra, pero no entendía lo que había querido decir con eso de que era lo máximo a lo que podía aspirar. Jeffrey era conde, y un hombre rico. La mayoría de las mujeres habrían dado cualquier cosa por estar con él.

–¿Sabe que te has casado?

–Sí.

Grace notó que se sentía culpable, y se apresuró a pedirle disculpas.

–Lo siento... Supongo que habrá sido duro para ti.

–Lo fue. Pero Mary tenía derecho a saber lo que había pasado, así que hablé con ella y le expliqué la situación.

Grace se sintió peor que nunca. Evidentemente, no

sabía si Mary Gastineau estaba enamorada de Jeffrey cuando se comprometió con él, pero, si lo estaba, ella había hecho algo más que arruinar la vida del hombre con quien se había casado: también había destrozado la felicidad de otra mujer.

−¿Quieres saber algo más?

Jeffrey se inclinó y le dio un beso en la mano.

−¿Tienes amantes? −preguntó ella.

−Esa es una pregunta muy personal...

−Tan personal como justa.

Jeffrey volvió a sonreír.

−Cuando nos casamos, prometí que te sería fiel. Y soy un hombre de palabra.

Grace se preguntó si habría sido realmente sincero. No tenía forma de saberlo, pero deseó que lo fuera con todo su corazón. Quería creer que había esperanza, que su matrimonio no estaba condenado, que al final encontrarían la felicidad. Y, por supuesto, quería ser la única amante de Jeffrey Donovan.

−Bueno, basta de preguntas.

−Espera... −dijo ella, mientras se quitaba los pendientes−. Aún me tengo que desnudar. Hay tiempo para otra pregunta.

Él rio.

−Eres muy obstinada, ¿sabes? Pero está bien, te concedo otra pregunta. A cambio de que te quites lo que yo te pida.

Ella sonrió, se quitó el brazalete y dijo:

−¿Qué quieres que me quite?

−El vestido.

Grace se llevó las manos a la espalda para desabrochárselo.

—Ven aquí. No podrás llegar a todos los botones —declaró él.

Ella pensó que tenía razón, así que se acercó a su esposo, se quedó de pie entre sus piernas y, acto seguido, le dio la espalda. Jeffrey desabrochó los botones con celeridad y le bajó el vestido poco a poco, pasándole las manos por los brazos.

La prenda ya había caído al suelo cuando él la sentó sobre sus muslos y le dio un beso en el cuello. Grace cerró los ojos, encantada, pero cayó en la cuenta de que aún no había formulado su pregunta y se levantó al instante.

—¿Por qué no hay cuadros en las paredes de la mansión? ¿Cómo es posible que no haya ningún tipo de adorno?

Él cruzó los dedos de las manos, y ella tuvo la sensación de que estaba haciendo esfuerzos por no caer en su vieja obsesión de dar golpecitos.

—Digamos que me gusta una determinada clase de simetría. Y, como no hay dos marcos iguales, no hay forma de conseguirla... —respondió con voz tensa—. De ahí la ausencia de cuadros. Puestos a elegir, prefiero paredes desnudas.

Grace frunció el ceño.

Era la misma explicación que le había dado Cox el día de su llegada. Esperaba oír que había regalado los cuadros a su hermana o que los había vendido para pagar una deuda, y las razones de Jeffrey le parecieron tan extravagantes como ilógicas. En su búsqueda de la perfección, solo conseguía que todo fuera completamente imperfecto.

Sin saber por qué, Grace pensó en su madre y se preguntó si podría sobrevivir en un lugar como Blackwood Hall, teniendo en cuenta que el mundo de Joan era radicalmente opuesto al de Jeffrey. Y sin saber por qué, se sintió triste.

Pero ¿por quién se sentía triste? ¿Por su madre? ¿O por su marido?

—El corsé–dijo él.

Ella no se movió. Seguía asombrada con su respuesta sobre el asunto de los cuadros. Y a Jeffrey no le debió de gustar su inmovilidad, porque se levantó, desató los cordones del corsé y se lo quitó sin esperar a que reaccionara.

Grace se quedó sin más ropa que la fina y casi transparente camisa interior, expuesta a su mirada de deseo y a la intensa excitación que causaba en ella.

—¿Tienes miedo de que te haga daño?

Su pregunta la dejó aún más perpleja, porque parecía indicar que le asustaba la posibilidad de hacérselo. Pero ¿por qué se lo iba a hacer? Solo tenía que esforzarse un poco y tratarla con consideración.

—No, Jeffrey, no tengo miedo de que me hagas daño —contestó en voz baja—. Tengo miedo de que me abandones.

Grace no llegó a saber si la había oído, porque sus ojos se oscurecieron en ese momento y extendió una mano como si la quisiera tocar.

—Tengo otra pregunta para ti —continuó.

—No, no más preguntas.

—Si contestas a una más, me quitaré la camisa.

Él le acarició el cabello y asintió.

—Está bien, una más.

—¿Por qué haces tantas cosas que giran alrededor del número ocho?

Jeffrey la miró como si acabara de recibir un puñetazo en la boca del estómago, y se apartó tan deprisa de ella que Grace tuvo la certeza de que había encontrado algo importante. Pero ¿que podía ser?

—Te he visto muchas veces. Das golpecitos en secuencias de ocho. Luego te detienes y das ocho más.

—¿Y qué? —bramó él—. Solo es una manía sin importancia.

Grace pensó que si solo hubiera sido una manía sin importancia no habría reaccionado tan mal. Lo habría desestimado, o incluso habría hecho alguna broma al respecto. Pero su tono de voz lo traicionaba, y, más que su tono, el destello de miedo que vio en sus ojos.

¿Qué le asustaba tanto? Y, fuera lo que fuera, ¿qué relación tenía con el número ocho?

Aún se lo estaba preguntando cuando Jeffrey se pasó una mano por el pelo y la volvió a mirar. Entonces, ella se dio cuenta de que había malinterpretado su expresión. No era miedo, sino vergüenza. Por algún motivo, se sentía profundamente avergonzado.

A Grace se le hizo un nudo en la garganta. Estaba ante un hombre noble y orgulloso que ansiaba la perfección, pero había algo terriblemente imperfecto en él, un dolor profundo que no se parecía a nada de lo que ella había visto en otras personas, salvedad hecha de su propia madre. La mirada de Jeffrey era la misma que había visto en Joan antes de que perdiera el juicio: una mirada de horror ante la perspectiva de verse traicionada por su propia mente.

Pero ¿qué dolencia tenía Jeffrey? ¿Qué le pasaba? ¿Qué estaba ocultando?

Grace sintió el deseo de alejarse de él. Ya había visto suficiente locura en su vida, y no quería ser esposa de un loco. Sin embargo, le costaba creer que algo tan inofensivo como un número pudiera ser fuente de ninguna enfermedad mental. Y, por otra parte, Jeffrey no se merecía que su propia mujer le diera la espalda.

¿Qué podía hacer?

En la duda, tomó la decisión de dejarse llevar por el instinto. Se llevó las manos a las tiras de la camisa, las apartó de sus hombros y dejó que la prenda cayera al suelo, para ofrecer a Jeffrey su desnudez.

Él respiró hondo, admiró su cuerpo durante unos instantes y, acto seguido, la miró a los ojos y dijo:

–Eres preciosa, Grace. Eres tan bella...

El cumplido la emocionó, por sincero e inesperado. Obviamente, Jeffrey no se refería a su forma de ser, sino a su cuerpo, pero también era obvio que la necesitaba, y que esa necesidad surgía no solo del deseo físico, sino también del dolor. Y Grace no soportaba el dolor en los ojos de un hombre.

Sin pensarlo, le pasó los brazos alrededor del cuello y se puso de puntillas para besar sus labios. No pretendía ser un beso apasionado. Solo quería mostrarle afecto y aliviar en lo posible sus temores. Pero Jeffrey se apretó contra ella y, al sentir la dureza de su erección, Grace se excitó de tal forma que la inocencia original se transformó en lascivia.

Rápidamente, le quitó el pañuelo, le abrió el chaleco, le desabrochó la camisa y, tras sacársela de los pantalones, le acarició el estómago y le dio un beso en el pecho. Jeffrey la dejó hacer durante unos momentos, hasta que la tensión se volvió insoportable; entonces, se quitó la ropa, se sentó en la cama y la puso a horcajadas sobre él.

Algo había cambiado. No le iba a hacer el amor como las veces anteriores, sino cara a cara, mirándola de frente. Y, cuando por fin la penetró, Grace supo que la estaba mirando de verdad, que no miraba solo un cuerpo y un rostro apetecibles.

Jeffrey la besó con desenfreno y ella respondió del mismo modo, dejándose arrastrar por la necesidad primaria que sentía. Los labios de su esposo eran tan dulces como sus manos, que le acariciaban insaciablemente el talle, el torso y los pechos. Grace ya no pensaba en nada de lo que había sucedido desde su encuentro en Bath. Solo existía para él, para Jeffrey Donovan. Y para su propio deseo, que gritaba desde el calor y la humedad de su sexo.

Al cabo de unos instantes, Jeffrey apartó la larga melena de su mujer, que caía entre ellos como una cortina, y le succionó un pezón. Ella echó la cabeza hacia atrás, completamente dominada por la lujuria. ¿Cómo era posible que se pudiera sentir tanto placer? Ni lo sabía ni se detuvo a pensarlo, porque él la premió entonces con unas acometidas inesperadamente tiernas, como si le estuviera enseñando a marcar el ritmo.

Grace no lo dudó. Aceptó el desafío y tomó el control de la situación con movimientos que, poco a poco, se volvieron rápidos y urgentes. Ella subía y bajaba las caderas mientras su amante le acariciaba los senos, sin dejar de mirarla a los ojos. Cada vez estaba más cerca del orgasmo, espoleado ahora por los dedos de Jeffrey que, no contento con la danza del amor, introdujo una mano entre sus piernas y la empezó a masturbar.

Cuando Grace llegó al clímax, él la tumbó de espaldas y siguió adelante con furia, buscando una satisfacción que llegó momentos después, con un grito gutural. Entonces, ella lo abrazó y sonrió, mirando el techo. Nunca había sido más feliz. Se sentía como si estuviera flotando y no pesara nada, como si estuviera en una especie de crisálida que la protegía y alejaba del mundo exterior.

Jeffrey alzó la cabeza, le dio un beso en la frente y la tumbó de lado, sin romper el contacto de sus cuerpos. Parecía que se iba a quedar con ella, pero no fue así. De repente, se incorporó y dijo:

–Será mejor que me marche.

Grace lo agarró del brazo.

–No... Quédate, por favor.

–Tienes que descansar.

–Quédate, Jeffrey –insistió.

Ella lo acarició con dulzura, y él asintió y se volvió a tumbar a su lado. Por primera vez desde su llegada a Blackwood Hall, Grace pensó que su matrimonio tenía futuro. Era como si hubieran cruzado un puente, dejando atrás el abismo que los había separado. Y también pensó que, si las cosas seguían así, se podía enamorar de su esposo.

Pero una hora más tarde, cuando despertó del cálido sueño que embriagó su conciencia, se encontró nuevamente a solas con la fría realidad. Jeffrey no estaba en la cama. Se había llevado su ropa y se había ido.

Enfadada y algo ofendida, se tumbó de espaldas y se quedó mirando el techo. Tenía que haber una forma de llegar al corazón de Jeffrey. Seguro que había una forma.

Desgraciadamente, no sabía cuál era.

Jeffrey sabía que no le había hecho daño. Lo sabía porque, si se lo hubiera hecho, Grace no le habría pedido que se quedara con ella. Y lo encontraba tan sorprendente que le costaba creerlo. Había perdido el control, se había dejado llevar por el deseo y no había pasado nada malo, nada en absoluto.

Sin embargo, no podía dormir. Cada vez que cerraba los ojos, se acordaba de la partida de cartas y de las preguntas que le había hecho. Todo había ido bien hasta que se interesó por su obsesión con el número ocho, lo único que adormecía su lujuria, lo único que acallaba a su libidinoso demonio interior.

Como en tantas ocasiones, Jeffrey acudió a su vieja manía para intentar borrar las tórridas imágenes que llenaron su mente una vez más, como si no acabara de hacer el amor. Se levantó de la cama y contó los ocho pasos del dormitorio, pero fue inútil. Se puso a pensar en múltiplos de ocho, pero no encontró solaz alguno. Y, al cabo de unos minutos, dejó sus habitaciones y se dirigió al oscuro corredor principal.

El corredor era su último recurso, el que reservaba para ocasiones especialmente difíciles, cuando todo lo demás había fracasado; una solución de urgencia que procuraba no usar nunca, porque cabía la posibilidad de que alguno de los muchos criados apareciera de repente y lo descubriera.

Pero aquella noche decidió arriesgarse.

Al llegar a su objetivo, empezó a caminar. Era el mejor lugar de la casa. Tenía ocho pasos de anchura y treinta y dos de longitud, que podía convertir en cuarenta si acortaba el ritmo. Esta vez, eligió los treinta y dos. Llegó hasta final, dio media vuelta, hizo el recorrido inverso y repitió la operación.

Mientras caminaba se repetía mentalmente que no había hecho daño a Grace, que ninguno de sus temores se había cumplido y que las eróticas imágenes que lo asaltaban no eran más que eso, imágenes.

Estaba a punto de terminar la tercera secuencia cuando pensó que, a decir verdad, su experiencia con Grace había sido de lo más agradable. Si hubiera podido, le habría concedido su deseo y se habría quedado con ella. Desgraciadamente, quedarse con ella implicaba un peligro que no estaba dispuesto a asumir: el de bajar la guardia y mostrarse tal como era, un hombre lleno de secretos y rituales absurdos.

No se sentía orgulloso de haberse ido mientras ella dormía. Pero ¿qué podía hacer? Desde su punto de vista, quedar como un cobarde era preferible a que su mujer descubriera que se había casado con un demente. Ya sabía demasiadas cosas, y sabría muchas más si no se andaba con cuidado. Grace había introducido el caos en su hasta entonces ordenada vida. Y avivaba el caos de su interior.

A medida que pasaban los minutos se fue dando cuenta de que el truco de contar no le serviría aquella noche. Y había un buen motivo para ello: que Grace había descubierto su obsesión con el número ocho.

Su esposa no era la única persona que lo sabía. Jeffrey se lo había contado al doctor Linford, con la vana esperanza de que hubiera algún remedio de carácter médico o, por lo menos, de que le diera alguna explicación lógica. Y sospechaba que Cox también estaba al tanto, aunque su discreción de mayordomo y su indiscutible profesionalidad impedían que hiciera comentarios al respecto.

Pero lo de Grace le preocupaba más. Lo había notado con una rapidez sorprendente, cuando apenas llevaba unos días en Blackwood Hall. Y si Grace se había dado cuenta, cabía la posibilidad de que se hubieran dado cuenta otras personas.

Al pensarlo, sintió pánico. No quería ser el hazmerreír de toda Inglaterra y, desde luego, tampoco quería que su esposa atara cabos y llegara a la conclusión de que la manía del número ocho escondía una perversión sexual. Sencillamente, no se quería arriesgar a que lo abandonara y huyera a Londres.

Jeffrey repitió el mismo recorrido durante horas, corredor arriba y corredor abajo, pero su sentimiento de vergüenza no desapareció. Y, a las ocho en punto de la mañana, se dirigió al vestíbulo y dijo a Cox que iba a salir y que informara a milady de que se marchaba a la casa de Bath por asuntos de negocios.

Una vez allí, y tras saludar al sorprendido Tobías, que no esperaba su visita, entró en sus habitaciones con la seguridad de estar en el sitio perfecto para olvidar sus temores. Aquel lugar estaba lleno de referencias al número ocho y, por primera vez desde la experiencia nocturna con Grace, se sintió relativamente tranquilo.

Tanto fue así que durmió de un tirón hasta la mañana del día siguiente, cuando se levantó y pidió a Tobías que se acercara al domicilio del doctor Linford y preguntara si lo podía recibir. La respuesta del médico fue positiva, y Jeffrey no se hizo esperar.

Poco después de las doce, se presentó en la casa. El doctor Linford lo invitó a entrar y, tras saludarlo, lo llevó al salón, donde se encontraban su bella y morena esposa y su joven y apetecible criada.

—Bienvenido a nuestro hogar, milord —dijo la señora Linford.

Jeffrey asintió, sorprendido. Cada vez que visitaba al médico, su mente lo traicionaba con imágenes eróticas que tenían por protagonistas a la señora Linford y a la criada. Siempre las veía desnudas, dándose placer. Pero, en aquella ocasión, no hubo imágenes de ninguna clase. Por lo visto, Grace se había convertido en el objetivo único de sus fantasías sexuales.

—Supongo que preferirá que hablemos en mi despacho... —dijo el doctor.

—Sí, gracias.

Jeffrey siguió a Linford al despacho, dónde este lo invitó a sentarse.

—¿En qué le puedo servir, milord?

Jeffrey se cruzó de brazos.

—Bueno... he vuelto a tener esos pensamientos absurdos.

—Ah, comprendo. Se refiere al asunto del número ocho.

—Así es.

El doctor lo miró con detenimiento.

—Puede que esté relacionado con su reciente matrimonio...

—Sí, supongo que es posible.

Linford asintió.

—Le agradará saber que he estado leyendo sobre este tipo de casos. No me refiero concretamente al suyo, sino a situaciones similares, con presencia de pensamientos poco comunes, por así decirlo –afirmó–. En mi opinión, deberíamos someterlo a una sangría para expulsar el veneno que provoca esos pensamientos... y, a continuación, combinar la cura con una dosis ligera de láudano.

Jeffrey se puso tenso al oír lo de la sangría.

–No se preocupe –continuó Linford–. Solo se trata de hacer una pequeña punción en el cuello, para equilibrar los humores y, con un poco de suerte, derivar su mente hacia pensamientos productivos.

Jeffrey se acordó de la sangría que le habían hecho a su padre cuando estaba en su lecho de muerte y dijo:
–No.
–Debo insistir en la necesidad de tomar medidas, milord –replicó el médico–. Si quiere superar su dolencia, no hay más remedio que...
–Está bien –lo interrumpió, impaciente.

Quedaron al día siguiente para iniciar el tratamiento. Y, al margen del pequeño corte en el cuello y de una sensación pasajera de debilidad, Jeffrey no notó el menor cambio.

Al final, Linford le dio dos ampollas de láudano, así como instrucciones estrictas sobre su administración. Jeffrey se despidió de él y volvió a su casa, donde tomó un almuerzo ligero porque no tenía hambre. Después se encerró en su despacho, se sentó frente al fuego y se tomó la dosis de láudano que el médico le había prescrito, con la esperanza de que pusiera coto a sus inquietantes pensamientos.

Tras una hora de ver ochos y más ochos en los sinuosos bucles de las llamas, que parecían empeñadas en formar círculos, el número de sus obsesiones desapareció. Y Jeffrey se entusiasmó tanto que decidió tomar otra dosis para que el efecto del láudano fuera más duradero.

Pero fue un error. Su ya embotada mente distorsionó las sombras que el fuego proyectaba y las convirtió en brazos que se cerraban amenazadoramente sobre él, avanzando por el techo y las paredes.

Jeffrey intentaba quitárselas de encima, pero casi no se podía mover.

Por lo visto, el suyo era un caso perdido.

Capítulo 15

Grace no se enteró de la marcha de Jeffrey por Cox, sino por Hattie, cuando entró en su habitación para ayudarla a vestirse.

—Esta mañana ha habido un pequeño alboroto —declaró la doncella—. Julia Barnhill se disponía a limpiar las habitaciones de milord cuando la señora Garland le ha informado de que el señor se había ido y de que, en consecuencia, era mejor que limpiara el resto de la casa. La señorita Barnhill ha dicho que no la han contratado para eso, y la señora Garland se ha enfadado y ha hablado con Cox para que se lo ordenara él...

—¿Que milord se ha ido? —preguntó Grace, extrañada.

Hattie se ruborizó.

—Sí, milady... Se ha ido a Bath, según dice el señor Cox.

Grace salió en busca del mayordomo, quien le confirmó la noticia.

—Así es, madame. Se fue esta mañana, a primera hora.

—¿Ha dicho cuándo volverá?
—Me temo que no.

Grace no lo podía creer. ¿Cómo se atrevía a marcharse sin decirle una sola palabra? Estaba tan enfadada que sintió la necesidad de gritar o de liarse a golpes con los muebles. Pero ninguna de las dos soluciones era particularmente práctica, así que tomó la decisión de hacer algo útil con su energía. Por ejemplo, mejorar la sala de música.

Habló con Ewan y le pidió que la acompañara al desván, donde rebuscó entre los muchos objetos acumulados. Además de encontrar varios cuadros para la sala de música, halló unas sillas de acolchado rojo que le parecieron perfectas para el comedor principal. De hecho, estaban tan nuevas y eran tan bonitas que le extrañó que las hubieran dejado allí.

—¿Por qué las retiraron? –le preguntó a Ewan.

El criado señaló una pequeña mancha y dijo:

—Porque alguien derramó una gota de vino, milady.

Grace frunció el ceño y se preguntó cuántas cosas más se habrían quitado por las manías de su esposo, que no soportaba ni la más irrelevante de las imperfecciones. En algún momento, Jeffrey había empezado a perder el sentido de la realidad y se había dejado dominar por una obsesión que no tenía ni pies ni cabeza. Pero, ¿por qué? Su esposo sabía que el mundo era imperfecto, y que seguiría siendo imperfecto en cualquier caso.

—No tiene importancia. Se puede limpiar –dijo.

—Por supuesto, milady. Pero el señor ordenó que las subiéramos al desván.

Grace asintió.

–Por favor, encárguese de que las limpien y las lleven al comedor principal, en sustitución de las actuales.

La decisión de Grace no fue del agrado de Cox, quien se presentó minutos después en la sala de música para recordarle que a milord no le gustaban ni las sillas rojas ni las flores amarillas que ella había puesto en los jarrones. Pero el recordatorio del mayordomo solo sirvió para reafirmar la determinación de Grace.

–Ah, que no le gustan... –declaró con voz exageradamente dulce–. Entonces, será mejor que milord hable conmigo y me lo diga en persona.

–Como desee, madame –replicó Cox, incómodo–. Pero los cuadros...

–¿Qué pasa con los cuadros?

El mayordomo se giró hacia el carpintero que los estaba colocando en ese mismo momento.

–El señor fue categórico al respecto, milady. Dijo que no quiere cuadros en las paredes de la casa.

–Lo que no quiere es que estén desalineados –puntualizó Grace–. Y, de todas formas, no voy a colgar todos los cuadros que hay en el desván... Solo esos dos.

Grace se sentó en el taburete del piano y empezó a tocar, convencida de que sus dudosas habilidades musicales espantarían a Cox. Y, en efecto, así fue. El mayordomo se marchó inmediatamente.

Sin embargo, Grace no se sintió mejor por su pequeño triunfo. Estaba desconcertada con la actitud de Jeffrey. ¿Por qué se habría ido? No lo podía entender, y se lo confesó a Molly Madigan al día siguiente, mientras cortaban flores en el jardín.

–No comprendo a mi esposo... ¿Es que no se da

cuenta de que necesito saber dónde está y cuándo va a volver?

–Sí, seguro que se da cuenta. Pero supongo que todavía no se ha acostumbrado al matrimonio –respondió su amiga–. Lleva mucho tiempo solo, y nunca ha tenido que dar explicaciones a nadie.

–Eso es dolorosamente evidente –ironizó.

–No se preocupe tanto, querida Grace. Puede que le cueste creerlo, pero su esposo es un buen hombre.

Grace bufó.

Molly sonrió, le dio una cesta llena de rosas amarillas y dijo:

–Por otra parte, los hombres necesitan que los pongan en su sitio de vez en cuando.

–Ya, pero ¿cómo? Regañarle no serviría de nada.

–Bueno, los niños solo aprenden ciertas cosas cuando se tienen que enfrentar a las consecuencias negativas de sus actos.

–Desgraciadamente, Jeffrey no es un niño –le recordó.

–No, claro que no. Pero todos somos pueriles en alguna ocasión –dijo Molly–. Si yo estuviera en su lugar...

–¿Qué haría? –preguntó Grace rápidamente.

Molly chascó la lengua.

–Ya he dicho demasiado. No me quiero meter en asuntos que solo le conciernen a usted y a su marido.

–Lo comprendo, pero... ¿qué haría si estuviera en mi lugar? –insistió.

–Ir a buscarlo.

Grace la miró con sorpresa. Era una posibilidad que ni siquiera se le había ocurrido. Y Molly se ruborizó.

—Sin embargo, ya he dicho que yo no soy quien para meterme en...

—¡Magnífica idea, Molly! —la interrumpió—. Eso es exactamente lo que debo hacer. Ardo en deseos de ver su cara cuando llegue a Bath y me presente en la casa.

Molly volvió a sonreír, pero esta vez con inseguridad.

Al cabo de un rato, Grace dejó a su amiga y regresó a la mansión, donde llamó a Cox para pedirle que prepararan el carruaje.

—¿El carruaje, madame? —preguntó Cox, desconcertado.

—Sí. Me voy a Bath.

El mayordomo carraspeó y respiró hondo.

—Preguntaré en las caballerizas, pero no sé si habrá un conductor disponible...

Grace no se dejó desalentar. Sabía que Cox le pondría todo tipo de problemas, y había preparado sus respuestas.

—Si no hay conductores, lo llevaré yo misma. Puede que no lo sepa, pero estoy más que acostumbrada. He llevado todo tipo de carruajes en Longmeadow y Hyde Park.

Grace no fue completamente sincera con el mayordomo. Era cierto que había conducido calesas, pero de un solo caballo. Y no estaba segura de poder conducir el carruaje, cuyo tiro era de cuatro.

Fuera como fuera, Cox se quedó tan meditabundo que Grace sintió lástima de él. Con toda seguridad, deseaba que su señor no se hubiera ido de Blackwood Hall. O que ella y su maldito perro no hubieran llegado nunca.

—No sé preocupe por mí, Cox. Ya me las arreglaré.

Grace dio media vuelta con intención de dirigirse a sus habitaciones y vestirse para el viaje, pero Cox la detuvo.

—¿Madame?

—¿Sí?

—Faltaría a mis obligaciones si permitiera que se marchara sola —dijo—. Estoy seguro de que milord no lo aprobaría.

—Sí, yo también lo estoy... —Grace le puso una mano en el brazo—. Por eso mismo le he pedido a Hattie que me acompañe.

—¿A Hattie?

—No me mire como si le pareciera una idea descabellada —declaró con humor—. Tengo la sensación de que Hattie me será de gran ayuda si surge algún problema. Además, Bath está muy cerca... No pasará nada.

Grace le dio una palmadita cariñosa y se marchó antes de que a Cox se le pudiera ocurrir algo para disuadirla.

Hattie parecía tan incómoda como Cox cuando se reunió con Grace y Latoso en el vado de la mansión. Y también parecía algo asustada.

—Vamos, Hattie... En Londres, las damas van y vienen sin dar explicaciones a nadie.

Hattie miró a Cox como esperando que confirmara la declaración de su señora, pero Grace se apresuró a alejarla del mayordomo, que las miró a su vez con reproche.

—El señor Cox no conoce las costumbres de la capital tan bien como yo –continuó, tomándola del brazo–. Tranquilízate, y sube al carruaje de una vez... Es un viaje muy corto. Llegaremos enseguida.

Hattie subió al carruaje. Grace la siguió con el perro y dio un golpecito en el techo, para indicar al chófer que se pusieran en marcha.

Durante el viaje, la doncella le confesó que estaba nerviosa porque nunca había ido más allá de Ahston Down. Grace la intentó tranquilizar y, como sus argumentos no sirvieron de mucho, optó por la estrategia de darle conversación para que olvidara sus temores. De hecho, habló tanto y tan seguido que Hattie terminó por quedarse dormida y empezó a roncar.

Grace se dedicó entonces a admirar el paisaje y acariciar a Latoso, que estuvo todo el tiempo mirando por la ventanilla. Ella también estaba nerviosa, pero por un motivo que no se parecía nada al de Hattie. No sabía lo que iba a encontrar en Bath. Jeffrey le había asegurado que era un hombre de palabra y que sería fiel a sus votos, pero solo se le ocurría una explicación lógica para su súbita y extraña marcha: que tuviera una amante.

La doncella se despertó momentos antes de que llegaran a su destino, una mansión situada en el centro de la localidad. Grace respiró hondo, agarró la correa del perro y esperó a que el chófer les abriera la portezuela. Luego descendió del carruaje y se dirigió a la entrada.

El mayordomo de Jeffrey les abrió la puerta. O, más bien, se la abrió a Grace, porque Hattie se había quedado en la acera.

—Buenas tardes. Soy lady Merryton.

—¿Lady Merryton? –preguntó el hombre, sorprendido–. Bienvenida, milady...

Grace asintió y dijo:

—No tengo el placer de conocer su nombre.

—Me llamo Tobías, milady. Y estoy a su entera disposición.

El mayordomo le hizo una reverencia, indiferente al hecho de que el perro le estaba olisqueando los zapatos. Grace consideró la posibilidad de que fuera más comprensivo que Cox en materia de canes, pero llegó a la conclusión de que no se mostraba indiferente por eso, sino porque estaba visiblemente incómodo.

—Bueno, Tobías —dijo con una sonrisa—, ¿me va a dejar en la calle? ¿O va a permitir que entre a ver a mi marido?

Tobías parpadeó.

—Porque supongo que mi marido está aquí...

Tobías lanzó una mirada rápida al interior de la casa, y a Grace se le hizo un nudo en la garganta. ¿Sería posible que Jeffrey estuviera con otra mujer? La actitud del mayordomo parecía indicar algo parecido, y se sintió ridícula por haber hecho un viaje que, al parecer, iba a terminar en una humillación.

—En efecto, madame, pero... está indispuesto.

—Sí, ya me lo imagino.

Grace hizo un gesto a Hattie para que se acercara y, a continuación, entró en el vestíbulo.

—¿Las acompaño a sus habitaciones, milady?

—No, acompañe a mi doncella... y encárguese de nuestro equipaje, por favor —dijo—. Yo voy a hablar con mi esposo.

—En ese caso, le indicaré el camino.

Tobías llamó a un lacayo y le pidió que acompañara a Hattie y sacara sus pertenencias del carruaje. Después se giró hacia su señora y la llevó hasta el final de uno de los pasillos, donde llamó a una puerta.

Jeffrey no contestó, así que el mayordomo volvió a llamar.

—¿Milord?

La falta de respuesta preocupó a Grace, y su preocupación creció considerablemente cuando comprobó que la puerta estaba cerrada.

—¿Tiene llave? —preguntó a Tobías.

Tobías asintió, sacó el manojo que llevaba en el bolsillo y abrió con presteza. El perro salió disparado y, cuando Grace lo siguió, se llevó un susto terrible. Jeffrey estaba en el suelo, medio inconsciente.

Al verlo así, Grace pensó que se habría emborrachado y se volvió hacia Tobías en busca de explicación, pero el mayordomo había recuperado la compostura y se limitó a mirar a su señor con gesto impávido.

—Gracias, Tobías. Lo llamaré si lo necesito.

—Como desee, milady.

Grace cerró la puerta y echó un vistazo a su alrededor. Cualquiera habría dicho que Jeffrey se había peleado con los muebles. Había sillas tumbadas, una figurilla rota junto a la chimenea y un tapiz que colgaba de la pared como si se hubiera balanceado con él.

Automáticamente, Grace buscó la causa del estado de su esposo. Imaginaba que encontraría una botella de whisky, y la encontró. Pero también encontró algo más preocupante, algo que reconoció enseguida porque era lo mismo que daban a su madre para tranquilizarla: una ampolla de láudano, en la que aún quedaban algunas gotas.

¿Significaba eso que su esposo era un adicto? ¿Era

ese el motivo de su extraño comportamiento? Grace tiró la ampolla a la chimenea y volvió a mirar a Jeffrey, que fruncía el ceño como si estuviera sufriendo. ¿Cuánto tiempo llevaba así? Por su barba sin afeitar y el propio ambiente de la habitación, que estaba fría y cargada de humo, pensó que no había salido de allí en muchas horas.

Justo entonces, Latoso lamió la cara de Jeffrey. Él se despabiló y, tras quitarse al perro de encima, lanzó una mirada tan vacía a Grace que a ella se le encogió el corazón. ¿Dónde estaba la energía de sus vibrantes ojos verdes? No sabía lo que le había pasado, pero se arrodilló en el suelo y le apartó el pelo de la frente.

—Pobrecillo mío... —susurró.

Jeffrey se sentó.

—¿Qué haces aquí? —preguntó con voz ronca.

—¿Aquí, en esta habitación? ¿O aquí, en Bath? —replicó ella—. No, no te molestes en responder... Mi explicación sería la misma: que estoy aquí porque mi esposo se marchó sin decirme una sola palabra. De hecho, soy yo quien debo hacer esa pregunta... ¿Qué haces aquí, Jeffrey?

Él sacudió la cabeza y dijo:

—No deberías haber venido.

—¿Ah, no? Pues a mí me parece que tienes suerte de que haya venido.

Jeffrey no dijo nada, y Grace suspiró.

—No te entiendo, esposo mío. No sé cómo puedes ser tan grosero de marcharte de nuestra casa sin informarme antes.

—¿Te habrías sentido mejor si te hubiera informado? —preguntó, frotándose las sienes.

Grace ladeó la cabeza y lo miró con detenimiento.

–Bueno, me habría sentido menos humillada, aunque reconozco que me habría preocupado de todas formas.

Ella notó entonces que llevaba una venda en el cuello, y se la tocó.

–¿Qué te ha pasado?

Jeffrey no le dio ninguna explicación.

–Dímelo de una vez –insistió–. Sé que te ha pasado algo, y te quiero ayudar.

Por algún motivo, la insistencia de Grace arrancó una sonrisa a Jeffrey, que tomó su mano y la besó.

–No lo entenderías.

–Puede que no y puede que sí. Pero, sea lo que sea, no me lo puedes ocultar eternamente –razonó ella.

–No me presiones, Grace... –Jeffrey se levantó del suelo a duras penas–. Sé que tienes buenas intenciones, pero no sabes lo que estás haciendo.

Ella también se levantó.

–Lo sé perfectamente. Me estoy esforzando por ser una buena esposa para ti. Me estoy esforzando por sacar adelante nuestro matrimonio. Pero tú me lo pones tan difícil... ¿Qué demonios te ha pasado?

–Nada. Son cosas mías.

–No aceptaré esa respuesta, Jeffrey. ¿Qué ocurre? Esto es una verdadera locura...

–Sí, es cierto, lo es. Una maldita locura.

Jeffrey intentó alejarse de ella, pero Grace lo agarró del brazo.

–No me voy a rendir –le advirtió–. Me quedaré contigo y te seguiré hasta los confines de la Tierra si es necesario. Pero, al final, descubriré el secreto que me escondes.

Jeffrey soltó una carcajada amarga y, tras romper el contacto con su esposa, se pasó las manos por el pelo y declaró:

—Muy bien, tú lo has querido. Me has forzado a decirte la verdad... ¿Sabes que deseo ahora mismo, en este mismo instante?

Ella arqueó una ceja.

—¿Un baño, quizás?

—No. Deseo besarte —contestó—. No imaginas hasta qué punto te deseo.

Grace se quedó tan sorprendida con su declaración que fue incapaz de abrir la boca.

—Te deseo, sí —prosiguió Jeffrey, apretando los puños—. Pero no me limito a desearte como un hombre desea a una mujer. Lo mío es más profundo, más... inquietante.

—¿Inquietante? Eso no tiene sentido.

Jeffrey bufó.

—Nada en mí tiene sentido, como bien sabes...

Grace empezó a perder la paciencia.

—No te entiendo —dijo con brusquedad—. ¿Qué te pasa?

—Olvídalo, Grace. Es mejor que hablemos de otra cosa. No quiero asustarte con mi forma de desear.

—¡Pero si no me asustas...!

Grace no se lo pensó dos veces. Se lanzó sobre él, le pasó los brazos alrededor del cuello y lo besó apasionadamente, apretándose contra su cuerpo.

La reacción de Jeffrey fue inmediata, y tan desenfrenada como la de ella. La puso contra la pared, la agarró por las caderas y, tras perderse unos momentos en su boca, llevó una mano a sus senos y los acarició.

El deseo de Jeffrey excitó a Grace, que frotó la pelvis contra su erección. Empezaba a entender el poder sexual que tenía, y estaba encantada de ejercerlo. Pero, al mismo tiempo, las placenteras atenciones de sus manos y sus labios la debilitaban, así que cerró los ojos y se dejó hacer.

En cierto sentido era desconcertante. En solo quince días había dejado de ser una mujer que apenas soportaba la presencia de su marido y se había convertido en otra que ansiaba su contacto.

De repente, él alzó la cabeza y la miró con increíble intensidad.

–Por Dios, Grace... No me tientes. No conoces a la bestia que estás a punto de liberar.

–¿Qué bestia? ¿La del deseo? –preguntó ella–. ¿Qué tiene de malo que me desees? ¿Qué tiene de malo que nos besemos?

Él se apoyó en la pared y clavó la vista en sus ojos.

–Ah, esposa mía... eres demasiado joven e inocente. No lo puedes entender –dijo–. Tengo que hacer esfuerzos sobrehumanos para mantener el control. Si me tientas, si me sigues desafiando, perderé la cabeza y no me contentaré con unos cuantos besos y caricias. Querré más, mucho más. Te ahogaré en mi deseo hasta que estés física y emocionalmente agotada... No sabes lo que soy. Y espero que no lo descubras nunca.

Jeffrey dio media vuelta con intención de marcharse. Grace se enfadó tanto que pegó un puñetazo en la pared. Y el perro, que se lo tomó como un juego, se puso a ladrar.

–¿Qué diablos haces? –preguntó Jeffrey.

Grace estaba tan sorprendida como su esposo. Era

la primera vez en toda su vida que pegaba un puñetazo a una pared.

—Estás acabando con mi paciencia, Jeffrey. ¿Será posible que me haya casado con el hombre más intratable e inescrutable de Inglaterra? No sé qué te pasa, pero soy tu mujer, y tengo derecho a saberlo.

Jeffrey se encogió de hombros.

—Sí, supongo que tienes derecho —dijo—. ¿Estás segura de que lo quieres saber? ¿Serás capaz de soportarlo?

Grace no tenía elementos de juicio para responder a esa pregunta. Pero el deseo de comprender a su esposo pesó más que el temor a lo que le pudiera decir.

—Por supuesto —contestó.

—Pues será mejor que respires hondo, porque tu marido está loco.

—No digas eso si no es verdad...

Él sonrió con tristeza.

—Es verdad. Te contaré cosas que quizá te repugnen y, de ser así, no te lo recriminaré. Pero eso no cambia la verdad.

—Primero dices que eres una bestia y ahora, que estás loco. Discúlpame, Jeffrey, pero no te creo. Tú no tienes nada de loco.

—¿Ah, no? Estoy obsesionado con el ocho, Grace —dijo—. Un simple numero gobierna todos mis actos.

—¿Un número? —preguntó, perpleja.

Él se pasó una mano por el pelo.

—Sé que no tiene ningún sentido. Ni yo mismo lo entiendo.

—Pero, ¿cómo es posible? ¿Cómo has llegado a esa situación?

–En realidad es bastante sencillo. Mi mente está llena de imágenes viles. Imágenes de mujeres que se masturban, de mujeres que se acuestan con otras... Empezó en mi adolescencia. Al principio solo imaginaba lo que yo les quería hacer. Pero las fantasías se volvieron más fantásticas con el tiempo. Y ahora, cuando te miro a ti, a la mujer más bella que he conocido nunca, tengo miedo de lo que pueda hacer si me dejo llevar.

Jeffrey se acercó al balcón, se apoyó en el marco y tragó saliva.

–El número ocho es lo único que me calma, lo único que borra esas imágenes lujuriosas. Lo sumo, lo divido y lo multiplico constantemente –prosiguió–. Es una locura.

Grace guardó silencio. Jeffrey la había dejado boquiabierta.

–Por desgracia, la soledad y el transcurso de los años han empeorado la situación. A veces pierdo el control de mis fantasías y de mi compulsión numérica, cuyo origen exacto desconozco... Solo sé que la sensación de caos lo empeora. Por eso busco la simetría y la uniformidad en los objetos. Hace que me sienta mejor.

Grace asintió, sin decir nada. Ahora entendía la ausencia de cuadros y la profusión de rosas rojas del mismo tipo. Y también entendía la angustia de su esposo, atrapado entre la necesidad de mantener un orden enfermizo en Blackwood Hall y la necesidad de que nadie conociera su secreto.

Pero la confesión de Jeffrey tenía implicaciones que superaban los márgenes de su matrimonio. Grace había albergado la esperanza de que su madre se fuera a vivir con ellos si Augustine y Monica la echaban de su casa de Londres. Y era evidente que Jeffrey no soportaría la presencia de un elemento tan caótico como Joan.

–Lucho constantemente contra esa manía de la perfección –continuó él–. Siempre he sabido que era una locura, y ahora se ha convertido en una locura intolerable. Me aterra la posibilidad de hacerte daño. Vivo en el temor de empujarte a actos depravados que ninguna joven como tú debería conocer.

Jeffrey la miró con desesperación y siguió hablando.

–Sé que te has preguntado por qué vivía solo en Blackwood Hall, lejos de todo y de todos. Pues bien, vivía solo precisamente para ocultarme de los demás y evitar las tentaciones –le confesó–. Por supuesto, voy a sitios como Londres cuando mis responsabilidades me lo exigen, pero no me siento cómodo allí.

–¿Y no hay nada que alivie tu dolencia? –preguntó con dulzura.

Él sonrió.

–¿Por qué crees que estoy en Bath? Cuando hicimos el amor por última vez, mis emociones se volvieron tan incontrolables que tuve miedo de lo que pudiera pasar –dijo–. Vine a ver al doctor Linford, quien me sometió a una sangría y me recetó láudano. Aunque es obvio que su tratamiento no ha funcionado.

Grace sintió lástima de Jeffrey. Estaba tan solo y desesperado que habría hecho cualquier cosa por ayudarlo, pero ese deseo se oponía a su feroz necesidad de protegerse a sí misma y proteger a su familia. Además, su declaración la había dejado perpleja. ¿Qué quería decir cuando hablaba de actos depravados? ¿Qué significaba exactamente? ¿Qué peligros concretos encerraba su advertencia?

Al pensarlo, se preguntó si ese extraño mal que aquejaba a su esposo afectaría también a sus hijos en el caso de que los tuvieran. Y le pareció una posibilidad tan inquietante que se estremeció.

—Te doy asco —dijo él—. Lo noto.

Grace sacudió la cabeza.

—No, no es asco. Es turbación —replicó ella—. Estoy muy confundida.

Necesitaba pensar. Necesitaba estar a solas y reflexionar sobre sus palabras. Lo necesitaba hasta el extremo de que se dirigió a la puerta sin ser consciente de ello.

—¿Adónde vas? —preguntó Jeffrey.

Ella se detuvo y lo miró.

—Si te quieres ir, lo entenderé perfectamente —añadió él—. No me interpondré en tu camino.

Grace no supo si se refería a marcharse de aquella habitación o a salir de su vida para siempre, pero dijo:

—No sé lo que voy a hacer. Solo sé que el viaje a Bath ha sido largo, y que estoy agotada... Tengo que pensar en lo que me has dicho, Jeffrey. Tengo que sopesarlo con calma.

—Por supuesto.

Jeffrey apartó la mirada y empezó a darse golpecitos en la pierna. Grace llamó al perro y, acto seguido, se marchó.

Capítulo 16

A Jeffrey no le gustaban las sorpresas; hacían que bajara la guardia, y Grace lo había sorprendido en un momento especialmente bajo. Pero, a pesar de todo, se alegraba de haberle confesado su problema. Con excepción del doctor Linford, era la primera vez que se lo contaba a alguien. Y, después de haberse bañado y de haber comido, se sintió mejor que en mucho tiempo.

Empezaba a pensar que solo necesitaba un poco de soledad, lo justo para asumir los cambios que se habían producido en su vida. Además, el matrimonio no parecía tan difícil. Si abría su corazón a Grace y dejaba de guardar secretos, podían tener una relación satisfactoria. Pero ahora era él quien no la entendía a ella.

Grace era un enigma. Al principio se había mostrado sumisa y asustada, luego, dominante e irascible, más tarde, alegre y entusiasta y, por fin, cuando ya creía que no lo podía sorprender más, perfectamente capaz de desaparecer.

¿Dónde se habría metido? Según Tobías, había salido a dar un paseo con el perro. Pero tras esperar varias horas, se empezó a preocupar. ¿Sería posible que lo hubiera abandonado? ¿Sería posible que, horrorizada por la conversación que habían mantenido, hubiera salido corriendo?

Jeffrey no sabía a qué atenerse. Se había casado con una mujer imprevisible, muy distinta a la seria y apocada Mary Gastineau. Una mujer que no tenía ningún problema en subirse a un carruaje y presentarse en Bath cuando nadie la esperaba.

Al pensarlo, Jeffrey sonrió. Había dejado Blackwood Hall y se había marchado en compañía del chucho y de Hattie, con quien seguramente habría charlado durante horas, como si estuvieran tomando el té. Pero ahora había desaparecido, y estaba tan angustiado que volvió a llamar a Tobías.

—¿Ha vuelto ya mi esposa? —le preguntó.

—No, milord. Sin embargo, su doncella me ha dicho que pensaba comer en la residencia del señor y la señora Brumley.

Jeffrey sintió un escalofrío. Evidentemente, los Brumley le habrían preguntado por él, quizás extrañados de que no la acompañara. Pero, ¿qué habría dicho Grace? ¿Cómo habría explicado la ausencia de su esposo?

Durante unos segundos la imaginó contándoles su escabrosa historia, mientras ellos la miraban con cara de horror. Luego, sacudió la cabeza y se dijo que Grace era incapaz de cometer semejante felonía. La conocía lo suficiente como para saber que, por muy enfadada o confundida que estuviera, no quería hacerle daño.

A pesar de ello, consideró la posibilidad de presentarse en la residencia de los Brumley, aunque solo fuera para saludarles y recoger a su esposa. Pero no sabía qué hacer, y se preguntó qué habría hecho John en una situación como aquella. Siempre había envidiado sus dotes sociales, su habilidad para tratar a la gente y desenvolverse con soltura.

A él le costaba mucho. Y no por su timidez, que la gente interpretaba erróneamente como una manifestación de frialdad o arrogancia, sino sobre todo por su peculiar dolencia. Cuando estaba en sociedad se veía obligado a concentrarse por completo en el control de sus emociones. Era muy consciente de que no había nada más destructivo en términos de reputación social que una sospecha de locura.

La sociedad no quería a los locos: los encerraba en mazmorras y dejaba que se pudrieran. Y, evidentemente, nadie quería que sus vástagos se casaran con alguien en cuya familia había casos de demencia. ¿Qué pasaría si tenían hijos y heredaban su aflicción? Hasta los niños de Sylvia pasarían a ser sospechosos si se llegaba a saber que su hermano mayor, el conde de Merryton, estaba trastornado.

Al final, tomó la decisión de ir a buscar a su esposa. Se vistió, se puso un pañuelo que ató y desató varias veces porque no le gustaba el nudo y se dirigió al vestíbulo, donde Tobías le ofreció la capa y el sombrero. Justo entonces, la puerta se abrió y apareció primero el perro y luego Grace, que sonrió con incertidumbre.

—Latoso y yo hemos salido a pasear —dijo—. Bueno, a pasear o a que él me arrastre, porque tira de la correa como un demonio.

—Si le parece bien, le daré una vuelta por la zona de los establos, milady —se ofreció el mayordomo.

—Gracias...

Tobías se fue con el perro, y Jeffrey y Grace se quedaron a solas.

—¿Te has divertido? —preguntó él.

Ella suspiró.

—Bueno, Beatrice ha insistido en que le describa todas y cada una de las salas de Blackwood Hall. Y no se ha contentado con una descripción somera. Quería saber hasta la cantidad de velas que ponemos.

Jeffrey arqueó una ceja.

—Menuda tortura —comentó—. Blackwood Hall tiene un montón de habitaciones, y están llenas de velas.

—Y que lo digas... Pero la he dejado impresionada con la belleza de nuestro hogar. Aunque es posible que haya exagerado un poco.

—¿En qué sentido?

—Le he dicho que Blackwood Hall es la mejor mansión de Inglaterra, y una de las preferidas del rey.

Jeffrey sonrió.

—¿Le has dicho eso? ¿En serio?

—Ah, cómo se nota que no conoces a Beatrice. Siente debilidad por lo grandioso. Me estaba escuchando con tanta atención que ha terminado sentada en el borde de la silla, a punto de caerse y aplastar al pobre Latoso —respondió—. De hecho, la he convencido de que Blackwood Hall es tan grande y de gobierno tan difícil que has caído enfermo por exceso de trabajo... Lo cual me recuerda que te envía sus mejores deseos.

Jeffrey volvió a sonreír; pero esta vez, de alivio y gratitud. Grace no había divulgado el verdadero carácter de su dolencia.

—¿Te apetece tomar algo? ¿Tal vez una copa de oporto?

—Preferiría un té –dijo, llevándose una mano al estómago–. Ya he tomado bastante vino por esta tarde.

—Me encargaré de que te lo preparen.

Jeffrey le dijo que esperara en una de las salitas mientras él pedía el té. Cuando regresó, ella se había quitado la capa, mostrando el precioso vestido de seda verde que se había puesto. Y la encontró tan sensual y apetecible que tuvo que darse ocho golpecitos en la pierna para controlar sus impulsos.

—No sabía si ibas a volver... –le confesó.

Ella se giró hacia el balcón y dijo, con voz distante:

—Yo tampoco lo sabía. He pensado largo y tendido en lo que me has contado y, sinceramente, sigo sin entenderlo.

A Jeffrey se le encogió el corazón. Grace era demasiado racional para entender una locura sin sentido.

—Sin embargo, soy consciente de que te he puesto en una posición muy difícil al forzarte a revelar tu secreto. Y no te dejaré en la estacada –continuó ella–. Pero, aunque no lo entienda, debes saber que tampoco me asusta.

Jeffrey pensó que era lo más bonito que le podía haber dicho, y se acercó a ella con intención de abrazarla.

—Mi querida Grace...

—¿Te puedo hacer una pregunta? –dijo ella, antes de que Jeffrey la pudiera tocar–. ¿Lo sabe alguien más?

Él tragó saliva.

—Bueno, el doctor Linford sabe una parte, y supongo que mis hermanos sospechan algo... Especialmente John, que siempre ha sido muy astuto –contestó–. Pero tú eres la única persona que lo sabe todo.

–Hablando de tu familia, ¿me los vas a presentar alguna vez? ¿O yo también soy un secreto? –dijo.

–Tú no eres ningún secreto –replicó Jeffrey–. Suelen venir en verano, escapando del clima de Londres. Como tú cuando te ibas a Longmeadow.

Ella sonrió.

–Vaya, te has acordado...

–Yo me acuerdo de todo lo que dices.

Grace asintió.

–¿Y qué pensarán de mí?

–¿Pensar? –preguntó él, confundido.

–Sí, tu familia. ¿Qué pensarán cuando me conozcan?

Jeffrey notó que Grace estaba jugueteando con una de las cintas del corpiño. Era uno de sus pocos gestos nerviosos, y siempre denotaba angustia. Pero se dijo que no tenía motivos para estar angustiada.

–Pensarán que la diosa Fortuna me ha sonreído.

Ella lo miró con sorpresa y sonrió.

–Gracias por decir eso, Jeffrey. Aunque sospecho que desconfiarán de mí, teniendo en cuenta las especiales circunstancias de nuestro matrimonio... Sin embargo, hay otra cosa que te quería preguntar.

–Adelante, pregunta.

–¿Quieres conocer a mi familia?

Jeffrey no notó que había empezado a dar golpecitos hasta que Grace cerró los dedos sobre su mano y lo miró con ternura. Justo entonces, Tobías entró con una bandeja. Ella soltó la mano de su marido y se acercó a la repisa del hogar, donde encendió otra vela mientras el mayordomo servía el té y las pastas.

–Gracias, Tobías –dijo Jeffrey–. Ya te puedes retirar.

Tobías inclinó la cabeza y se marchó, dejándolos nuevamente a solas.

—Me gusta esta sala... —declaró Grace—. Me recuerda a una de las de Longmeadow, una salita donde solíamos cenar cuando estábamos en familia. Mi madre decía con sorna que así, cenando en un lugar pequeño, podía vigilar mejor nuestros modales.

Grace sonrió al recordar aquellas veladas y, tras unos momentos de silencio, añadió:

—¿Cómo era tu madre? Nunca me has hablado de ella.

Él recordaba pocas cosas de su madre, en parte, porque no salía con frecuencia de sus habitaciones. Siempre alegaba alguna jaqueca o aflicción similar, aunque Jeffrey sabía que no le pasaba nada. Pero se había acostumbrado a mentir. Algo bastante común en las personas que bebían tanto brandy como ella.

—A mi madre no le preocupaban demasiado sus hijos. Me temo que...

Jeffrey dejó la frase sin terminar porque acababa de recordar algo importante. Un día, su padre lo quiso castigar por alguna de sus travesuras y lo encerró en un armario. Él se puso a llamar a su madre, pero su madre no acudió. Y la siguió llamando durante horas, contando hasta ocho entre grito y grito, hasta que su padre lo liberó del encierro.

—¿Qué ibas a decir? —se interesó Grace.

—Nada... Que no la recuerdo muy bien.

—Oh, vaya... Lo siento mucho.

Él se encogió de hombros.

—Lo siento de verdad —insistió ella—. Yo tuve mucha suerte. Mi madre siempre ha sido cariñosa, y sobra decir que adora a los niños... Por cierto, ¿quieres tener hijos?

Jeffrey se acercó al armario de las bebidas y se sirvió un whisky que se bebió de un trago. No tenía sed, pero la pregunta de Grace le había dejado un sabor amargo en la garganta, porque la idea de ser padre lo obligaba a afrontar uno de sus mayores temores.

—Bueno, soy el cabeza de familia, así que estoy obligado a tener hijos.

—Lo sé, pero... ¿solo los quieres porque estás obligado?

—Esa es una pregunta difícil —Jeffrey se sirvió otro whisky—. Cuando digo que estoy obligado, lo digo muy en serio. Es lo único que mi familia espera de mí. Pero en lo tocante a mis deseos... ¿cómo los voy a querer, sabiendo como sé que podrían heredar mi aflicción?

—Pues yo quiero una familia grande y feliz, con muchos niños que llenen la casa de risas. No me gustaría envejecer sola.

Ella le dedicó una mirada expectante. Era obvio que estaba esperando a que Jeffrey le diera la razón. Y si hubiera sido otro hombre, uno que no sufriera de obsesiones absurdas, se habría mostrado de acuerdo con Grace.

—¿Quieres tener hijos conmigo? —preguntó mientras se sentaba a su lado—. ¿Incluso después de saber lo que me pasa?

Ella lo miró a los ojos.

—Admito que me causa algún desasosiego. Pero tengo fe en el futuro... y sí, quiero tener hijos contigo.

Grace alcanzó una de las pastas y le pegó un bocado. Luego, volvió a mirar a Jeffrey y formuló una pregunta que lo dejó sorprendido.

–¿Cómo son las imágenes que te asaltan?

Jeffrey no supo qué decir. Estaba haciendo lo posible por sincerarse, pero describir su aflicción en términos generales no era lo mismo que entrar en el detalle de unos pensamientos ferozmente libidinosos que la tenían a ella por protagonista.

–Dímelo, Jeffrey. No me voy a asustar.

Él guardó silencio.

–Por favor... –le rogó Grace en voz baja–. Necesito entender.

Jeffrey la tomó de la mano y se la besó.

–Son imágenes de lo que siento por ti, de la forma pervertida en que te deseo.

–¿Qué tipo de imágenes?

–No insistas, Grace. Te lo ruego... He dicho todo lo que te puedo decir.

Ella sacudió la cabeza.

–Discúlpame, pero no entiendo qué puede haber de pervertido en el hecho de que desees a tu esposa.

–No lo entiendes porque eres demasiado inocente.

Grace lo observó con detenimiento, como si lo estuviera analizando.

–Puede que sea inocente, pero no soy tonta. He oído historias que...

–No has oído nada como lo que yo te contaría –la interrumpió–. Mi forma de desear te podría hacer daño.

–Pues, hasta ahora, no me has hecho daño. Creo que te has obsesionado con un problema que solo existe en tu imaginación.

Jeffrey suspiró.

–Créeme, Grace. Te estoy diciendo la verdad.

Ella frunció el ceño.

–Entonces, dime de qué forma me puedes hacer daño. Tengo derecho a saberlo.

Jeffrey pensó que tenía razón y, tras unos momentos de duda, dijo con rotundidad:

–Te imagino atada y amordazada, de tal manera que ni te puedes mover ni puedes hablar.

–¿Y estoy vestida?

–Al principio. Pero luego te desnudo y te quedas a mi merced.

Grace respiró hondo.

–Sigue, por favor.

–Bueno... En mis fantasías tienes las piernas muy separadas. Y los brazos atados por encima de la cabeza.

Grace se mordió el labio inferior.

–¿Y qué haces luego?

–Luego, llevo los dedos a tu sexo y los introduzco en él para asegurarme de que te gusta lo que te hago.

–¿Y me gusta? –dijo, ladeando la cabeza.

–Oh, sí. Te gusta mucho... –respondió él en un susurro–. Pero eso no es todo. Después alcanzo mi fusta y la uso.

Ella tragó saliva.

–¿Para hacerme daño?

–No. La uso para aumentar tu placer –afirmó–. Sin embargo, sé que al final te lo haría. Aunque solo fuera por exceso de celo.

Grace se levantó de repente y caminó hacia la puerta. Jeffrey pensó que había ido demasiado lejos en sus explicaciones, y se llevó la sorpresa de su vida cuando, en lugar de salir de la habitación, su esposa se acercó a la mesa donde él había dejado el sombrero y la fusta.

—Muéstrame lo que me quieres hacer —ordenó ella, alcanzando el objeto de sus fantasías—. Enséñamelo.

—Grace, no...

—Jeffrey, prefiero que mi esposo me desee y tenga miedo de hacerme daño a que no me desee en absoluto.

Grace le lanzó la fusta y, a continuación, se empezó a desabrochar el vestido, que cayó al suelo segundos más tarde. Jeffrey la miró, y se le hizo la boca agua al ver que no llevaba corsé, sino solo una camisa.

—Enséñamelo —repitió.

Jeffrey no habría estado más excitado si ella se hubiera arrodillado ante él y hubiera lamido su sexo con ansiedad. Lo estaba tanto que olvidó sus temores, se acercó a Grace y llevó la punta de la fusta a uno de sus pezones. En respuesta, Grace se quitó la camisa y se quedó completamente desnuda. La luz del fuego daba un tono brillante a su blanca piel, y enfatizaba el color de su vello púbico, tan dorado como su melena.

Jeffrey llevó la fusta al otro pezón, que también se endureció al instante. Grace sonrió con lascivia, y se estremeció cuando él azotó suavemente sus nalgas. Pero fue un estremecimiento de placer.

—¿Le gusta, lady Merryton? —dijo, azotándola de nuevo.

—Es... interesante.

Él le metió la fusta entre las piernas, se inclinó sobre ella y le dio un dulce mordisco en el hombro. Grace llevó las manos al pañuelo de su cuello y lo desató.

—Átame —dijo.

—No...

Grace se quitó las horquillas del pelo, se lo soltó y le ofreció las manos, con las muñecas pegadas.

–Átame, Jeffrey.

Jeffrey miró los delicados dedos de su mujer y se preguntó si debía marcharse de allí u ofrecerle la oportunidad de demostrarle que sus deseos no eran en modo alguno depravados. Pero, a decir verdad, ya no tenía fuerzas para marcharse. Habían ido demasiado lejos. Solo quedaba la opción de jugar con ella y, acto seguido, penetrarla.

–Tócate, Grace.

–¿Cómo?

Jeffrey volvió a llevar la fusta a uno de sus senos. Pero esta vez golpeó con un poco más de energía.

–¿Quieres conocer mi deseo? Pues tócate.

Ella se llevó las manos a los pechos y se pinzó sus endurecidos pezones. No era nada del otro mundo, pero a Jeffrey le pareció inmensamente erótico.

–Y ahora, acaríciate entre las piernas.

Grace le hizo caso y se acarició entre las piernas. Jeffrey admiró sus senos y sus oscuras areolas mientras ella se daba placer a sí misma y, cuando ya no pudo esperar más, tomó sus manos y las ató con el pañuelo.

Los ojos de Grace brillaron, y en sus labios se dibujó una sonrisa libidinosa.

–No dejas de sorprenderme, esposa mía...

Jeffrey la inclinó sobre el sofá y azotó otra vez sus nalgas. Grace gimió y él sintió pánico, temiendo que se hubiera excedido. Pero ella giró la cabeza y disipó su temor con unas palabras cargadas de deseo:

–¿Lo ves? No me haces daño.

Jeffrey la volvió a azotar, más excitado que nunca.

–Separa las piernas –ordenó.

Ella acató la orden y separó las piernas, apoyándose

en el brazo del sofá y ofreciéndole con ello un verdadero festín de curvas.

–Oh, sí... –dijo él, encantado–. Y ahora, cierra los ojos.

Grace los cerró.

–¿Tienes miedo? –continuó Jeffrey.

–No.

Jeffrey metió un dedo en el tarro de miel que el mayordomo había dejado en la mesa y se lo pasó por los labios, por el cuello y por la espalda, hasta detenerse en sus nalgas. Grace se lamió los labios con un deseo tan evidente como el suyo, y él se sintió tan feliz de que su esposa compartiera sus gustos que el juego sexual empezó a ser algo más profundo: una experiencia profundamente liberadora.

Él lamió la miel que le había puesto y, cuando la agotó, le puso más y volvió a lamer, insaciable. Grace gimió y se estremeció, instándolo a seguir con su dulce tortura. Y Jeffrey siguió. Se arrodilló tras ella, llenó de miel su sexo y lo asaltó con la boca hasta que Grace ya no pudo soportarlo.

–Desátame... –le rogó, sin aliento.

Él malinterpretó su petición y la desató con nerviosismo, convencido de que el juego le había dejado de gustar.

–Lo siento. Lo siento mucho. Yo...

Grace sonrió con picardía, y lo empezó a desnudar. Jeffrey pensó que no podía estar más sorprendido, pero cambió de opinión instantes después. ¿Quién iba a imaginar que su esposa metería los dedos en el mismo tarro, se los pasaría por la piel del mismo modo y acabaría lamiendo y chupando su duro sexo?

Las sensaciones eran tan abrumadoras que se tuvo que sentar en una silla, incapaz de seguir de pie.

—Oh, Grace...

Ella guardó silencio, porque su boca estaba ansiosa y febrilmente ocupada. Movía la lengua y los labios como empujada por un hambre que solo podía saciar así. Pero Jeffrey no quiso que llegara hasta el final, así que se incorporó, la tumbó sobre la mesa y la penetró con una acometida furiosa.

Luego, se empezó a mover con rapidez. Grace gemía y se estremecía, cada vez más cerca del orgasmo. Jeffrey insistía sin piedad, sin clemencia alguna, acariciándole de vez en cuando los pezones o masturbándola con los dedos, como si no bastara con el persistente ritmo de su sexo. Y el orgasmo llegó para los dos del mismo modo: con un grito animal en ella y uno gutural en él.

Cuando la niebla del éxtasis se disipó, él la llevó al sofá y la sentó en su regazo. Grace le dio un beso en la mejilla, le pasó la lengua por los labios para quitarle un resto de miel y apoyó la cabeza en su hombro.

Jeffrey le acarició el cabello, tan sorprendido como abrumado por lo sucedido. Grace le había dicho la verdad. No tenía miedo de él. Pero, por otra parte, solo habían arañado la superficie de sus fantasías sexuales. ¿Qué pasaría cuando fuera más lejos? ¿Qué ocurriría cuando quisiera más?

Fuera como fuera, los hechos parecían indicar que había cometido un error de apreciación. Estaba tan preocupado con la posibilidad de hacer daño a su esposa que había pasado por alto otro peligro: la posibilidad de hacerse daño a sí mismo.

Capítulo 17

Grace estaba sentada junto a la chimenea, con el pelo suelto y sin más ropa que la camisa de Jeffrey. Él estaba a su lado, desnudo de cintura para arriba, mirándola con atención. Y entre los dos estaban el plato de pastas y dos copas de vino, que se habían servido porque el té se había enfriado.

Era una situación completamente nueva para ella. Se sentía viva, exuberante, casi invencible, como si hubiera llegado a la cumbre de una montaña que siempre había deseado escalar. El enigma de Jeffrey se había empezado a disolver, y por un procedimiento mucho más placentero de lo que Grace habría imaginado.

Hambrienta, se llevó una pasta a la boca y preguntó:

–¿No vas a comer nada?

Los ojos verdes de Jeffrey brillaron con una ternura poco habitual en él. Alzó una mano, le acarició una mejilla en silencio y, a continuación, se inclinó sobre Grace y aspiró el aroma de su pelo.

–Seguro que huele a miel... –dijo ella.

–Sí, un poco.

Grace sonrió.

—Bueno, no te preocupes. Nuestro juego me ha gustado mucho —le confesó—. No he tenido miedo. Ni me he sentido particularmente tímida...

Él sacudió la cabeza.

—Lo sé, pero las cosas no son tan fáciles. Aunque ahora esté bien, mi mente me traicionará más tarde y me hará creer que he hecho algo indigno.

Jeffrey suspiró mientras jugueteaba con su pelo. Grace notó que se estaba encerrando en sus pensamientos sombríos y decidió intervenir, para impedírselo. No quería perder lo ganado.

—No te vayas, Jeffrey. Te lo ruego.

—Descuida, esta noche me quedaré contigo.

—No me refería a eso.

—Entonces, ¿a qué te referías?

Grace apartó el plato de las pastas y se tumbó boca abajo, apoyándose en los codos.

—A que no te vayas de aquí, de este momento, de lo que hay entre nosotros. Deja de pensar que me haces daño... Ya has visto que no te tengo miedo, y que soy muy resistente.

Esta vez fue él quien sonrió.

—Sí que lo eres.

—¿Pues dónde está el problema? Si tú no me asustas y yo no te asusto...

Jeffrey le apartó un mechón de la cara.

—Bueno, eso de que no me asustas no es del todo correcto. Eres terrible cuando te sientas al piano.

Grace soltó una carcajada.

—¿Será posible lo que he oído? ¡Mi esposo me está tomando el pelo! —ironizó.

Él bajó la cabeza y le dio un beso en los labios.

—Gracias por ser tan buena conmigo, y por concederme mis deseos. Pero nadie lo debe saber, querida mía... Si la gente llegara a sospechar lo que me pasa, nuestros hijos tendrían que cargar con el estigma de la locura de su padre. Serían tan sospechosos como yo —dijo—. Y la mancha recaería igualmente sobre los hijos de Sylvia y sobre los que John pueda tener.

Grace parpadeó y, durante unos momentos, estuvo a punto de contarle lo de su madre. Habría sido lo más justo, teniendo en cuenta que él se lo había contado todo sobre su aflicción. Pero no se quería arriesgar.

—Mi familia no soportaría otro escándalo —continuó Jeffrey, mientras le pasaba un dedo por los labios—. Ya son demasiadas cosas, y si encima se suma la locura...

El comentario de su esposo reavivó la inseguridad de Grace. ¿Qué pasaría cuando le confesara que en su familia también padecían de ese mal? ¿Lo comprendería? ¿La perdonaría? ¿Se alejaría de ella?

Fuera como fuera, tenía que decírselo. Y ya estaba buscando las palabras apropiadas cuando él la besó de nuevo, la tumbó de espaldas y se puso sobre ella, vaciando su mente de preocupaciones.

Grace sonrió y le dejó hacer, encantada. De momento, solo importaba el amor.

A la mañana siguiente dejaron la casa de Bath y partieron hacia Blackwood Hall. Esta vez, Jeffrey decidió viajar en el carruaje, y Grace le hizo el gran favor de hablar durante todo el camino, consciente de que así le ahorraba la molestia de tener que entablar una conversación con Hattie. Y, de paso, también le hizo un favor a la doncella, que se sentía abrumada por la presencia de su señor.

Decidida a no permitir ni un silencio incómodo, habló del clima, se extendió sobre sus teorías al respecto y, acto seguido, les dio todo lujo de detalles sobre las fiestas que organizaban en la mansión de los Beckington y sobre el último baile al que había asistido en Londres, antes del fallecimiento de su padrastro. Pero a Jeffrey no le extrañó, porque sabía lo que estaba haciendo. Y se lo agradecía enormemente.

Cuando llegaron a Blackwood Hall, él las ayudó a bajar del carruaje y se giró hacia Cox, que había salido a recibirlos.

—Milord... —dijo el mayordomo—. Cuánto me alegro de que haya llegado. Le está esperando el señor Ainsley, un abogado de Londres.

—¿El señor Ainsley? —preguntó, frunciendo el ceño—. ¿Qué hace aquí?

—Lo desconozco, milord. Pero dice que es por un asunto urgente.

Jeffrey miró a Grace, que se había quedado sin la compañía de Hattie porque la doncella había huido al interior de la casa, como espantada ante la perspectiva de pasar más tiempo con sus señores.

—¿Te importa, querida?

—En modo alguno —respondió ella, sonriendo—. Ve a recibir a tu visita... Hace un día precioso, así que aprovecharé para salir a montar un rato. ¿Nos veremos en la cena?

—Por supuesto.

Jeffrey se inclinó, besó su mano y preguntó a Cox:

—¿Dónde está el señor Ainsley?

—En la biblioteca, milord.

En cuanto vio al abogado, Jeffrey supo que no era portador de buenas noticias. Estaba demasiado serio, y se puso nervioso cuando, después de saludarlo, le entregó una carta. Jeffrey no conocía al remitente, un tal sir Edmund Read, pero la abrió y leyó su contenido. Sir Edmund afirmaba que lord Amherst había contraído con él una deuda de juego que ascendía a novecientas libras esterlinas, y que todos sus esfuerzos por cobrarla habían sido inútiles.

Jeffrey maldijo a John para sus adentros y dobló la carta en ocho pliegues. No lo había visto desde que lo siguió al exterior de la iglesia de Bath y, aunque daba por sentado que estaría en Londres, sumido como siempre en su vida de bailes y celebraciones, no sabía dónde localizarlo. Era como si hubiera desaparecido de la faz de la Tierra.

—Novecientas libras es mucho dinero —dijo al abogado.

Ainsley asintió.

—Sí, es una cantidad importante, milord. Sin embargo, estoy seguro de que comprende a sir Edmund. Es lógico que quiera cobrar.

—Absolutamente lógico.

Jeffrey no comprendía que su hermano fuera capaz de dar su palabra e incumplirla después. Le parecía impropio de un caballero, incluso descontando el hecho de que, al conducirse de ese modo, dañaba la reputación la familia.

—Dígale a sir Edmund que la actitud de mi hermano

me parece del todo reprobable. Sé que mi padre se habría sentido muy decepcionado.

—No lo dudo, pero permítame añadir que el comportamiento de lord Amherst no mancha en modo alguno su nombre, milord. Su fama de recto y honrado lo precede, y es precisamente esa fama lo que ha animado a sir Edmund a dirigirse a usted.

Jeffrey, que seguía convencido de ser un depravado, pensó que de recto no tenía nada. Pero se lo calló.

—Le extenderé un cheque. Si le parece bien, por supuesto.

—Naturalmente, milord. Nadie se atrevería a dudar de la palabra o la firma del conde de Merryton.

Jeffrey estaba tan furioso que casi no podía hablar. Se sentó a la mesa y se dispuso a extender el cheque, harto de limpiar los trapos sucios de su hermano. ¿Y para qué? Por muchas veces que corriera en su ayuda, seguiría de cama en cama y de partida de cartas en partida de cartas, dilapidando la fortuna familiar.

Mientras mojaba la pluma en el tintero, se acordó de lo que Sylvia le había dicho una vez. Afirmaba que era demasiado duro con John, que daba demasiada importancia a sus defectos éticos y demasiada poca a sus virtudes, empezando por su gran sensibilidad. Pero, en opinión de Jeffrey, eso no justificaba su actitud. Él también tenía defectos, y muy graves; defectos que, a diferencia de John, intentaba corregir.

Tras darle el cheque a Ainsley, le agradeció que hubiera llevado el asunto con discreción. El abogado lo miró de forma extraña y se dirigió a la salida; pero, antes de abrir la puerta, se dirigió a Jeffrey.

—Milord...

—¿Sí?
—No sabe lo que ha pasado, ¿verdad?
Jeffrey frunció el ceño.
—¿A qué se refiere?
Ainsley respiró hondo.
—A que su hermano ha tenido un hijo con una plebeya. En Mayfair no se habla de otra cosa.
Jeffrey se quedó atónito. No era tan extraño, teniendo en cuenta el historial de su hermano, pero, a pesar de ello, se llevó una buena sorpresa.
—Un hijo —repitió.
—Discúlpeme si me he excedido. Se lo he dicho porque me parece un hombre de honor, y sospechaba que nadie le había informado.
Jeffrey desconfiaba de cualquiera que se sintiera con derecho a entrometerse en los asuntos de otra persona, especialmente cuando se trataba de asuntos de carácter tan personal. Pero hizo un esfuerzo y dijo:
—Gracias, señor Ainsley.
El señor Ainsley asintió y, tras mirarlo con detenimiento, como si estuviera sopesando su carácter, se fue.
Jeffrey, que se había levantado en un gesto de cortesía, se derrumbó en un sillón. Un hijo. Su hermano estaba esperando un hijo. Si lo hubiera tenido delante en ese momento, lo habría estrangulado con sus propias manos.
Solo podía hacer una cosa: partir de inmediato hacia Londres. Y cuando terminó de revisar la correspondencia urgente, llamó a Cox para que fuera a buscar a Grace.
—Se ha ido a montar, milord. Por la zona de la laguna.

–¿Sola? –preguntó mientras se ponía los guantes.
–No, milord. Con los perros.
Jeffrey arqueó una ceja.
–¿Los perros? ¿En plural?
–Sí, milord. Por lo visto ha adoptado a otro de los canes del señor Drake. Este tiene una pata mala.

Jeffrey salió de la mansión y cabalgó hasta la laguna, donde divisó inmediatamente a su mujer. Latoso la seguía a la carrera y, más atrás, avanzaba un segundo perro que se apoyaba solo en tres patas.

En circunstancias normales, la asimetría de las patas del perro habría perturbado a Jeffrey, pero ya estaba bastante perturbado con los movimientos de Grace, cuyo trasero daba saltitos en la silla de montar. Tanto fue así que interrumpió la marcha y se dedicó a admirar sus turgencias hasta que ella dio media vuelta y lo vio.

–¡Jeffrey! ¡Cuánto me alegro de que hayas venido!

Grace espoleó a su montura y la dirigió al galope hacia el lugar donde estaba Jeffrey. Se había cambiado de ropa, y se había puesto una chaqueta azul cuyo faldón subía y bajaba en sincronía con sus nalgas.

–Hace un día precioso, ¿no te parece?
–No deberías galopar tan deprisa. Eres demasiado imprudente...

Ella sonrió.

–Hablas como la mayoría de los caballeros que conozco. ¿Qué interés tiene la equitación si montas como una vieja?

–El interés de no romperte el cuello –alegó él.

Grace soltó una carcajada.

–Oh, vamos... sé que piensas lo mismo que yo. ¿Echamos una carrera?

–Esa es una propuesta temeraria e irreflexiva, esposa mía, pero no seré yo quien rechace un desafío.

Jeffrey ya había salido disparado cuando terminó la frase. Grace volvió a reír, y lo siguió tan deprisa como pudo. Sin embargo, su marido era un jinete excelente, y no lo pudo alcanzar hasta que él interrumpió su carrera y se detuvo.

–¡Has ganado! –dijo ella, casi sin aliento–. Y yo he perdido el sombrero por el camino...

–Lo recogeremos cuando volvamos –afirmó–. Veo que has adoptado a otro perro.

–En realidad es una hembra. El señor Drake dijo que se pilló una de las patas delanteras en un cepo, y que ya no sirve para cazar.

La perra se sentó, sacudiendo el rabo. Jeffrey apartó la mirada porque no soportaba la visión de la pata herida, que el animal doblaba lastimosamente.

–¿Cazar? Si apenas puede caminar...

–Claro que puede, pero con dificultades –puntualizó ella–. Y de todas formas no importa, porque se la voy a curar.

–Hay cosas que no se pueden curar, Grace.

–Aunque tengas razón, no pierdo nada por intentarlo.

Jeffrey sonrió.

–No te rindes nunca, ¿eh?

Él desmontó y ayudó a Grace a hacer lo propio. Mientras ella se sacudía los faldones de la chaqueta y se arreglaba un poco el pelo, de cuyo moño se habían soltado un par de mechones, Jeffrey llevó los caballos al río para que pudieran beber. La perra lo siguió y saltó al agua, donde se puso a nadar.

Entre tanto, Grace se había encaramado a una peña y se había sentado a tomar el sol. A Jeffrey le pareció buena idea, de modo que se acercó a ella y se tumbó de espaldas, intentando recordar cuánto tiempo había pasado desde la última vez que había hecho algo así. Latoso apareció entonces y, tras olisquearle el cuello, se acomodó junto a él.

—Estoy deseando que llegue el verano —dijo Grace con un suspiro—. Mis hermanas y yo solíamos nadar en la laguna de Longmeadow. Nuestros padres nos lo prohibían, pero no les hacíamos caso...

Jeffrey guardó silencio.

—Nos quitábamos los vestidos y nadábamos sin más prenda que las camisas —continuó Grace—. Luego nos tumbábamos en la hierba y nos quedábamos allí hasta que sol nos secaba. Pero un día apareció el montero de mi padre, y no puedes imaginar cómo se puso. Estaba verdaderamente escandalizado.

Jeffrey se sentó y la miró.

—Está visto que te encantan las travesuras.

—No tanto. A decir verdad, mis hermanas y yo intentábamos hacer lo correcto casi todo el tiempo. Pero hacer lo correcto es tan difícil...

—Esa es la excusa de todos los culpables —ironizó él.

—Sí, es posible —dijo Grace, que volvió a reír—. En cualquier caso, mi madre intentaba mantenernos ocupadas para que no sintiéramos tentaciones poco recomendables. Prudence tenía talento para la música, así que contrató a un profesor de piano. Desgraciadamente, el resto de las hermanas Cabot no somos tan creativas como ella... Salvo Mercy, la más pequeña. Tiene mucha imaginación. Le encantan las historias macabras, con demonios y espectros.

–Vaya...

–Mi madre descubrió que la pintura se le da muy bien, y le puso un profesor de arte. A decir verdad, mis hermanas son maravillosas... ¿Te he hablado alguna vez de Honor? Es la mayor de las cuatro, aunque solo me saca un año. Nunca he conocido a nadie que se desenvuelva con tanta elegancia como ella en sociedad. Estudió en la Escuela de Etiqueta de la señora Abbot, y prácticamente no hay nada que no sepa hacer.

–Hablas de ella como si la admiraras...

–Y es cierto que la admiro. Aunque a veces se cree tan perfecta que me irrita.

–¿Y en qué destacas tú? ¿Para qué tienes talento? –se interesó.

Grace se encogió hombros.

–Sinceramente, no lo sé. Me gustan las matemáticas, la geografía y los idiomas extranjeros, pero supongo que eso es bastante normal –respondió–. Y, por supuesto, también me gustan los perros...

Grace miró a Latoso, que sacudió el rabo con alegría. Luego, se puso en pie, saltó de la peña y ejecutó un par de pasos de baile.

–Mi madre se empeñó en que aprendiéramos a bailar –siguió hablando–. Decía que las muchachas que bailan bien, se casan bien... porque los caballeros detestan a las mujeres que no se saben mover.

–Es la primera vez que oigo ese dicho. Nadie me aconsejó nunca que me casara con una buena bailarina –comentó Jeffrey.

–¿Y qué te aconsejaron entonces? ¿Que te fijaras en el tamaño de la dote de las jovencitas? ¿Que examinaras detenidamente los contactos sociales de sus padres?

–Sí, algo así.

Jeffrey se levantó y, tras acercarse a Grace, la tomó de la mano y se puso a bailar con ella, que dijo:

–Es una pena que no hiciéramos caso a nuestros padres. Si se lo hubiéramos hecho, nos habríamos casado como se debe.

Jeffrey sonrió.

–Lo dudo mucho.

Grace rio.

–¿Sabes que eres un gran bailarín?

–Te agradezco el halago, pero no lo soy.

Ella volvió a sonreír.

–Bueno, puede que haya exagerado ligeramente... Sin embargo, estoy segura de que solo necesitas un poco de práctica para ser de pies tan ligeros como lord Grey, quien se cree una especie de primer bailarín – dijo con sorna.

Jeffrey soltó una carcajada. No podía creer que él, precisamente él, estuviera bailando en un prado; y tampoco podía creer que él, precisamente él, se sintiera del todo a gusto consigo mismo. De hecho, no había dado ni un golpecito nervioso desde que vio a Grace en el camino de la laguna.

Cuando terminaron de bailar, se inclinó sobre ella y le dio un beso largo, cariñoso y juguetón, como el espíritu de la tarde. Habría dado cualquier cosa por no tener que irse a Londres.

–Tengo algo que decirte, Grace.

–¿De qué se trata?
–Ha surgido un problema con John, y debo ir a la capital –respondió–. Saldré mañana por la mañana.
La sonrisa de Grace desapareció al instante.
–¿Un problema? ¿Se encuentra bien?
A Jeffrey se le hizo un nudo en la garganta. La inquietud de Grace le hizo recordar que se habían conocido por equivocación. Ella no había ido a la tetería de las hermanas Franklin para verlo a él, sino para ver a John. Y se preguntó si aún estaba encaprichada de su problemático hermano.
–Está perfectamente.
–¿Qué ha pasado entonces?
–Nada que te concierna –dijo con brusquedad.
–Te acompañaré...
–No, quédate aquí. Será un viaje rápido, y nada divertido –replicó–. Pero será mejor que vuelva a la mansión. Tengo cosas que hacer.
Grace lo tomó del brazo.
–No te vayas, Jeffrey. No te vayas todavía.
–Nos veremos más tarde –le aseguró–. Hay ciertos asuntos que requieren de mi atención inmediata...
Ella quiso decir algo, pero Latoso se puso a ladrar en ese momento y la distrajo durante unos segundos. Cuando giró de nuevo, Jeffrey ya se había marchado. Y Grace no tuvo ocasión de volver a sacar el tema hasta bien entrada la noche, después de que hicieran el amor en el dormitorio.
Su encuentro amoroso los había dejado tan agotados como satisfechos. Grace le había sugerido que la atara a los postes de la cama y le hiciera todo lo que deseara hacer. Jeffrey había aceptado la sugerencia y ahora se

dedicaba a besarle dulcemente la espalda mientras ella, que estaba tumbada boca abajo, jugueteaba con el pañuelo que había restringido sus movimientos minutos antes.

—¿Es necesario que te vayas?

—Eso me temo —contestó Jeffrey, más interesado en su piel que en el viaje a Londres.

—¿Y por qué no puedo ir?

—Porque tardarías más en prepararte que yo en ir y volver —afirmó—. Ya te he dicho que será un viaje muy corto.

—Lo sé, pero me gustaría acompañarte de todas formas.

—¿Por qué? —preguntó él, frunciendo el ceño.

Jeffrey esperaba que Grace se refiriera a John. Estaba celoso, y se llevó una sorpresa cuando su esposa contestó:

—Menuda pregunta... Quiero ir porque extraño muchísimo a mis hermanas. Necesito ver a mi familia, Jeffrey.

Él se estremeció ante la posibilidad de conocer a sus hermanas; había aprendido a sentirse cómodo con Grace, pero tenía miedo de perder los papeles delante de sus familiares. Mientras lo pensaba, ella se dio la vuelta y se sentó, ofreciéndole una panorámica tan directa como apetitosa de sus senos desnudos. Y Jeffrey no se pudo resistir a la tentación de cerrar la mano sobre uno de ellos.

—Necesito verlas —insistió Grace—. Pero si tienes tanta prisa, te ofrezco otra solución... Márchate mañana, como pretendías. Yo te seguiré pasado, en el carruaje.

—Grace... Londres está a día y medio de aquí en

carruaje. Sería un viaje muy largo para una visita tan corta.

—Estamos hablando de las personas más importantes de mi vida, y hace semanas que no las veo. ¿Tan difícil sería?

—No es que sea difícil, pero es un trayecto largo y...

Ella sacudió la cabeza.

—No me refiero al viaje, sino a ti. ¿Tan difícil sería para ti?

Jeffrey la tomó de la mano.

—Más de lo que puedas imaginar, querida mía —le confesó—. Pero te comprendo perfectamente. Si quieres nos podemos quedar unos días y...

—¡Gracias!

Grace le pasó los brazos alrededor del cuello.

—Pero solo unos días —repitió Jeffrey—. No me puedo quedar mucho tiempo en Londres. No me sentiría cómodo.

Ella lo cubrió de besos, y él la tumbó de espaldas y le mordisqueó los pezones con dulzura, arrancándole un gemido.

—Oh, Jeffrey, no sabes cuánto te lo agradezco... Además, no tendría sentido que me dejaras en Blackwood Hall —dijo con voz sensual—. Me echarías terriblemente de menos.

Jeffrey le apretó un pecho con suavidad y metió una mano entre sus piernas.

—Sí, es cierto. Te echaría terriblemente de menos.

Capítulo 18

Jeffrey salió de la habitación a la mañana siguiente, tras ponerse su bata y darle ocho besos en los labios. Habían hecho el amor durante toda la noche, y Grace estaba tan cansada que se le cerraban los ojos. Sin embargo, se resistió al deseo de dormir y se puso a pensar en las delicias sexuales que su marido le había empezado a enseñar.

Era absolutamente increíble. Jeffrey le mostraba cosas que jamás habría imaginado, cosas de su propio cuerpo, y también del cuerpo de él. La había llevado a su mundo secreto, donde siempre se comportaba con exceso de delicadeza, como si tuviera miedo de asustarla u ofenderla. Pero ni la asustaba ni la ofendía en modo alguno. De hecho, estaba encantada. Y deseosa de aprender más.

Al cabo de unos minutos llamaron a la puerta. Era Hattie, quien le dio los buenos días y le ofreció una bandejita con un sobre.

—Ha llegado una carta para usted, milady —anunció.

Grace se sentó rápidamente y alcanzó la misiva, que

resultó ser de Honor. Tras los saludos y cortesías iniciales, su hermana había escrito:

¡Ardo en deseos de saber de ti! Temo que estés encerrada en una habitación oscura, y forzada a comer guisos de anguila, pues sé que la detestas. De hecho, yo creía que todo el mundo odiaba las anguilas hasta que conocí a mi esposo.

El miércoles pasado tuvimos una visita interesante. Era nada más y nada menos que lady Chatham. Nuestra querida dama rompió el contacto conmigo cuando me casé con Easton y, según me han contado, se dedicó a esparcir rumores de lo más desagradables por toda la ciudad. Imagina mi sorpresa cuando se presentó a tomar el té y me trató como si me tuviera en la mayor de las estimas. Pero no me engañó en ningún momento. Se notaba que estaba loca por hablar de ti.

Al final, me confesó que el conde de Merryton le parece un hombre rígido y fastidioso, además de grosero y mal conversador. Dijo que reniega de su propio hermano, el vizconde de Amherst, y añadió que está tan convencido de ser perfecto que se tiene a sí mismo como medida moral de todas las cosas.

Sea como sea, no he dejado de pensar en él desde la visita de lady Chatham. Creo que deberías decirle lo de mamá. Si lo que cuentan de tu esposo es cierto, estoy segura de que pondrá fin a vuestro matrimonio y te devolverá la libertad que perdiste. Por supuesto, te expondrías a las críticas de parte de la sociedad; pero, al menos, ya no estarías casada con un hombre tan horrible.

Grace pensó que Jeffrey no era ninguna de las cosas que decían de él; pero también pensó que Honor acertaba al sugerir que le hablara de Joan. De hecho, estaba decidida a hablarle de su madre. Solo tenía que encontrar el momento oportuno.

A decir verdad, había estado a punto de sacar el tema la noche anterior. Sin embargo, estaban tan acaramelados que tuvo miedo de romper la magia del momento, y ahora tenía miedo de que se enfadara con ella por haberle guardado un secreto tan importante y le impidiera acompañarlo a Londres. Además, sospechaba que Jeffrey se mostraría mucho más comprensivo si le presentaba a su madre y veía la situación con sus propios ojos.

Easton y yo estaríamos encantados de que pases con nosotros una temporada. No se puede decir que nademos precisamente en la abundancia; pero te aseguro que no te obligaremos a comer anguilas.

—Ay, Honor... —dijo Grace en voz alta—. Te equivocas tanto con Jeffrey...

Tras doblar la carta, se sentó a la mesa y tomó pluma y papel para informar a su hermana de que su esposo y ella se disponían a viajar a la capital.

Pórtate bien, Honor. Prométemelo, por favor. Sé que puedes ser terrible cuando desconfías de alguien, pero te ruego que concedas a mi marido lo que cualquier persona merece: el beneficio de la duda.

Me pondré en contacto contigo en cuanto llegue a Londres.

Grace intentó sentirse tranquila con lo que estaba

haciendo y, mientras Hattie y ella se preparaban para partir a la mañana siguiente, se puso a pensar en las circunstancias y la evolución de su matrimonio.

Estaba segura de que podía ser feliz con Jeffrey. No era tan ingenua como para creer que sus miedos desaparecerían por arte de magia, pero tenía el convencimiento de que, si le abría su corazón, si aprendían a comprenderse mejor el uno al otro, el futuro les depararía todo tipo de dichas.

Solo faltaba una cosa: convencer al propio Jeffrey.

Londres tenía un ambiente vital y apasionado que no se encontraba en ningún otro lugar de Inglaterra; y, tras una ausencia de varias semanas, Grace lo notó más que nunca.

Lo sentía en la sangre, en los huesos, en los pulmones. Extrañaba sus calles y la sucesión interminable de fiestas. Extrañaba los vestidos de noche, y los sombreros y zapatos de gala. Extrañaba a sus amigos. Extrañaba la vida social y el bullicio del barrio de Mayfair. Pero, a medida que se internaban en la ciudad, Grace se fue dando cuenta de que también extrañaba la belleza y la tranquilidad del campo.

Blackwood Hall no se parecía nada a Longmeadow, en cuyos alrededores había tantas mansiones de la aristocracia que, en algunos sentidos, era como seguir en Londres. Había veraneado muchas veces en la casa campestre de los Beckington, y no recordaba haberse aburrido en ningún momento. Siempre había un picnic, un baile o una carrera de caballos a la que asistir.

Sin embargo, la propiedad de Jeffrey tenía sus ventajas. Podía montar sola, sin que nadie la molestase, podía disfrutar del viento en la cara y de la sensación de ser el único ser vivo en todo el universo. Además, ¿qué habría sido de Latoso y de la perra si ella no hubiera intervenido en su defensa? Indiscutiblemente, los habrían sacrificado.

Cuanto más lo pensaba, más se alegraba de vivir donde vivía. La paz y la belleza de Blackwood Hall habían cambiado su perspectiva de las cosas. Ya no era la debutante que solo se preocupaba por la ropa que se debía poner, sin más objetivo que despertar la admiración de los hombres y la envidia de otras jovencitas como ella. Ahora era una mujer adulta.

La residencia londinense de Jeffrey estaba en Brook Street, cerca de Beckington House y aún más cerca de Grovesnor Square y Audley Street, donde se alzaba la mansión de Easton, el marido de Honor. Era un edificio de ladrillo rojo, con dos columnas blancas en la entrada. Cox salió a recibirlas cuando llegaron, y las condujo al interior de un vestíbulo de baldosas blancas y negras y techo abovedado.

Grace echó un vistazo a su alrededor mientras se quitaba los guantes y el sombrero, y se llevó una sorpresa al observar que había cuadros. No se podía decir que fueran muchos, pero las paredes no estaban desnudas. Seguramente, Jeffrey había hecho una excepción con la casa de Londres porque había pensado que la gente se extrañaría si entraba en un lugar sin elementos decorativos.

Hattie y Julia, la mujer que limpiaba las habitaciones de Jeffrey, permanecieron a un lado mientras Cox recogía la capa de su señora. En determinado momento, la doncella inclinó la cabeza para admirar el precioso techo y dijo en voz baja:

–El hermano pequeño de mi madre se marchó a Londres cuando tenía dieciséis años y nadie lo volvió a ver.

Grace le pasó un brazo por encima de los hombros.

–No te preocupes. Te prometo que volverás a Blackwood Hall sana y salva.

–Yo siempre quise venir a Londres –intervino Julia–. Soñaba con ser cantante. Pensé que me podía ganar la vida en los escenarios.

Hattie y Grace la miraron con sorpresa.

–¿En serio?

–Claro que sí. Canto bastante bien, milady.

–Pues yo nunca soñé con ser otra cosa que una simple criada –declaró Hattie.

–Mal hecho, muchacha. Soñar no cuesta nada... –observó Julia, quien acto seguido se giró hacia el mayordomo–. ¿Señor Cox? Si me da su permiso, iré a limpiar las habitaciones del conde.

–Faltaría más...

–¿Está milord en casa? –preguntó Grace.

–No, madame. Se fue esta mañana, y me pidió que le dijera que volvería tarde. ¿Quiere que le enseñe sus habitaciones?

Grace miró el reloj de pared que estaba en una de las salas contiguas y pensó que, si se daba prisa, podía ver a Honor antes de la hora de comer.

–Sí, gracias... Ven con nosotros, Hattie. Tenemos mucho que hacer.

Sus habitaciones, consistentes en un dormitorio, un vestidor y una salita, daban a la calle. Grace notó que desde el balcón de la salita se alcanzaba a ver parte de Grovesnor Square, y mientras ella admiraba las vistas, Hattie le informó de que la suite de su esposo se encontraba al final del pasillo.

—Es igual que la suya, milady...

Grace asintió y recorrió las tres estancias de la que iba a ser su residencia temporal. Las molduras de los techos y las paredes de color blanco y azul eran tan bellas como las chimeneas de mármol y las alfombras. En otras circunstancias habría estado ansiosa por enseñarle la casa a sus hermanas. Pero tenía preocupaciones más importantes, por ejemplo, encontrar la forma de explicarles por qué se había casado en pleno luto por la muerte de su padrastro y sin invitarlas a la boda.

Si no hubiera ido a Bath en busca de Amherst, si no hubiera trazado aquel plan absurdo, no se habría encontrado en aquella situación.

Sin embargo, Grace ya no se arrepentía. Por imprudentes que hubieran sido sus actos, habían tenido consecuencias de las que ahora se alegraba. Se había casado con Jeffrey y, aunque tenía miedo de lo que pudiera pasar cuando él supiera lo de su madre, no habría renunciado a esa experiencia por nada.

Contenta, se llevó las manos al estómago y respiro hondo. El matrimonio la había cambiado, y para mejor. Pero aún tenía que hablar con su familia y dar las explicaciones que sin duda esperaban. Y la única persona que le podía echar una mano era precisamente su hermana mayor, Honor Cabot Easton.

Dejó a Hattie en el vestidor, salió de la casa y se dirigió a Grovesnor Square. El cielo se había encapotado, y caía una fina lluvia que, minutos más tarde, se empezó a convertir en aguacero. Por suerte ya había llegado a Audley Street, y solo tuvo que subir los escalones de la mansión de Easton y llamar a la puerta.

El mayordomo la llevó a una salita, donde le pidió que esperara mientras él iba a buscar a Honor. Grace asintió y se puso a mirar los tapices de seda y los suelos de mármol. Era un lugar impresionante. No parecía la casa de un hombre que, según decía su hermana, había perdido toda su fortuna.

—¡Grace!

Grace se giró al oír la voz de Honor, que corrió hacia ella con los brazos abiertos.

—¡Dios mío! ¡Eres tú...!

Los ojos de Grace se llenaron de lágrimas.

—¡Honor! —dijo, sin poder evitar un sollozo—. ¡Mi querida Honor...!

Su hermana también rompió a llorar, y las dos acabaron en el suelo, abrazadas. Pero, al cabo de unos segundos, Honor se limpió las lágrimas y dijo, con voz aún temblorosa:

—¿Qué estamos haciendo? ¡Nosotras no lloramos! ¿Es que ya no recuerdas que somos las dos mujeres más valientes de toda la ciudad...?

—¡Cuánto me arrepiento de haber dicho eso! —exclamó Grace, apoyando la espalda en la pared—. Ah, no sabes lo contenta que estoy de verte.

Honor rio, se levantó y le tendió una mano.

—Yo también me alegro... Y ahora, cuéntame todo lo que ha pasado. Empezando por el motivo de tu presencia en Londres.

Grace también se levantó, pero estaba tan emocionada que no podía hablar.

—¡Pobrecilla mía! No quiero ni imaginar las cosas que habrás sufrido por culpa de ese hombre —continuó Honor.

—Te he echado mucho de menos —acertó a decir—. Y, aunque te parezca increíble, también he echado de menos tus consejos.

—A mí me pasa lo mismo. Habría dado cualquier cosa por hablar contigo y conocer tu opinión cuando Easton rechazó mi oferta de matrimonio.

—¿La rechazó?

—Sí, en público y con gran dramatismo. Pero ya te lo contaré más tarde... Además, se disculpó adecuadamente.

Honor la llevó a un sofá, donde se sentó con ella y añadió:

—No malinterpretes mis palabras. Soy terriblemente feliz con mi esposo, mucho más feliz de lo que jamás habría imaginado. Y, aunque nuestras circunstancias económicas dejan bastante que desear, sé que George nos sacará del apuro. Es un hombre muy inteligente... Pero, ¿por qué estoy hablando de mí, cuando eres tú quien me interesa? Cuéntamelo todo, sin omitir ni un solo detalle. ¿Cómo te pudiste casar con Merryton? ¿Cómo pudiste cometer ese error?

—Bueno, estaba oscuro y pensé... Qué sé yo lo que pensé, Honor. Todo pasó tan deprisa... Tracé un plan para atrapar a un hombre y atrapé a otro. Pero ya no me arrepiento de ello. No creo que fuera un error.

—¿Cómo que no? Claro que lo fue...

Grace sacudió la cabeza.

—No, ni mucho menos. Soy sincera al afirmar que me alegro de haberlo confundido con lord Amherst.

Honor soltó un grito ahogado, pero se recuperó enseguida de la sorpresa.

—Vaya, vaya, así que no te arrepientes... —dijo con ojos brillantes—. Entonces, quiero saberlo todo con más razón.

—No sé por dónde empezar. ¿Por la noche en que seduje al hombre equivocado? ¿Por la desesperación que sentí cuando llegué a Blackwood Hall? ¿O quizá por el enorme afecto que profeso a mi marido, un hombre sencillamente extraordinario? Aunque, por otra parte, es posible que mi afecto no sirva de nada. He cometido el error de no ser sincera con él. He guardado un secreto que no debía guardar.

—¿A qué te refieres?

—No le he contado lo de mamá.

—¡Oh, Grace! ¡Tienes que decírselo! ¡Ya es de dominio público!

—¿De dominio público? —preguntó, frunciendo el ceño.

—Bueno, hemos hecho lo posible por evitar que se supiera y, por supuesto, le impedimos salir a la calle... ¿Qué pensaría la gente si la encontraran por ahí, hablando sola? Pero las noticias vuelan, y ya lo sabe casi todo el mundo.

—Dios mío...

Honor la tomó de la mano.

—Mamá no está bien, Grace. Un día, Hannah la llevó a dar un paseo por la plaza. Generalmente, está encerrada en su propio mundo y no dice nada a nadie... pero aquel día vio a un caballero y se empeñó en que le había robado el bolso. Hannah afirma que fue una situación espantosa. Lo acusó de ser un ladrón, y a grito pelado, aunque huelga decir que no había robado nada... ¿No la has visto todavía?

Grace volvió a sacudir la cabeza.

—No, he venido directamente a tu casa.

—Mucho mejor. Iremos a verla juntas —dijo—. Pero antes, háblame de Merryton y de Blackwood Hall. Me tienes en ascuas, Grace... Estaba convencida de que no eras feliz.

Grace no le dijo nada sobre las manías y aflicciones de Jeffrey, pero le contó todo lo demás. Incluso le habló de Molly Madigan, de Latoso y de la perra que acababa de adoptar, a la que había puesto el nombre de Trois.

—Debo reconocer que, al principio, me costó entablar una relación con mi esposo —dijo al cabo de un rato—. Creí que estaba enfadado conmigo por el suceso de la tetería y las consecuencias que tuvo.

—Debió de ser muy duro para ti...

—Sí, lo fue. Sin embargo, he descubierto que Jeffrey es cariñoso y amable. La gente no lo conoce bien. Creen que es frío y distante, pero se equivocan. Es como un animal herido que intenta ocultar su dolor.

—¿Su dolor? ¿Qué puede afligir a un hombre tan poderoso?

—Todos tenemos aflicciones —replicó Grace—. Su padre no fue precisamente bueno con él... y, en cuanto a su madre, la trató muy poco. Pero hay algo más que aún no conozco. Algo que, a veces, se asoma a la superficie. Y, cuando estamos solos, cuando se deja llevar y se entrega a mí... bueno, tengo la seguridad de estar con el hombre que siempre he deseado. Un hombre que me adora y que me desea con toda su alma.

—¿En serio? —dijo Honor, encantada de saberlo—. ¿Y

cómo es? ¿Te satisface en la cama? ¿Te da lo que necesitas?

Grace se ruborizó.

–Sí, me satisface. Me gusta mucho –admitió.

Honor soltó una carcajada.

–¡Qué coincidencia! ¡A mí me ocurre igual...!

Grace la tomó de la mano y la miró a los ojos con una seriedad repentina.

–Pero luego se va, ¿sabes? Cuando terminamos, se encierra en sí mismo. Y siempre pienso que, si alcanzara su corazón en ese instante, antes de que caigan las verdes persianas de sus ojos, descubriría su dolor y le podría ayudar.

Honor suspiró y le apartó un mechón de la cara.

–Eso es típico de ti, Grace. Te encantan los heridos y los marginados.

–¿Qué quieres decir?

–¿Es que no lo sabes? Siempre has visto cosas en la gente que los demás no ven. ¿Te acuerdas de Frederica Morton?

–Por supuesto...

–Tenía una actitud abiertamente pésima, pero no le retiraste nunca tu amistad.

–A diferencia de ti, que fuiste injusta con ella.

–Sí, lo fui, y no seré yo quien lo niegue –admitió–. De hecho, todo Londres la rehuía. Nadie le dedicaba ni una palabra amable.

–Porque estaba sola. No tenía ninguna amiga.

–¿Cómo las iba a tener? Era tan arisca que espantaba a cualquiera –le recordó Honor–. Pero tú fuiste la excepción a la norma. Jamás olvidaré el día en que os vi juntas en Hyde Park, paseando del brazo.

A Grace tampoco le gustaba mucho Frederica. No era consciente de lo grosera y aburrida que podía llegar a ser. Pero le daba lástima, y decidió ayudarla.

—Solo quería sentirse incluida —replicó—. Solo quería que la quisieran.

—Estoy segura de ello —dijo Honor—. ¿Y qué me dices del cabrito que se quedó atrapado en aquella verja?

—Ah, eso...

—Te quedaste con el pobre animal hasta que murió.

—¿Qué podía hacer? ¿Dejarlo solo? ¡Estaba herido de muerte...!

—No, tú no podías dejarlo solo. Pero Prudence y yo, sí —dijo—. Mientras nosotras nos fuimos por no poder soportar un espectáculo tan terrible, tú te quedaste y le hiciste compañía. Siempre has sido la más sensible y perceptiva de las cuatro. Ves lo bueno en todo el mundo, aunque se trate de un hombre tan extraño como Merryton. No me extraña que esté contento contigo... Debe de sentirse como si le hubieran regalado la luna.

Grace soltó una carcajada.

—Bueno, yo no diría tanto. Es cierto que me trata bien, y que se ha ganado mi afecto. Pero dejó bien claro que no toleraría ningún escándalo o deshonor que manchara el buen nombre de su familia.

Honor entrecerró los ojos.

—Hum. Es un poco tarde para eso, ¿no?

—¿Qué insinúas?

—La historia de vuestro matrimonio ha sido la comidilla de todo Londres. Y, por si eso fuera poco, ahora se suma la desgracia de Amherst.

—¿De Amherst?

–¿Es que no lo sabes? –preguntó Honor, sorprendida–. ¿No estás en Londres por eso?

–No sé de qué me hablas...

Honor sacudió la cabeza.

–Oh, Dios mío... ¿Cómo es posible que no estés informada? Según se dice, Amherst dejó embarazada a la hija de su sastre.

–¿Qué has dicho?

–Lo que oyes –contestó–. Prudence se ha enterado de que el caballero la esconde en una casa que está cerca de Bedford Square.

–Ah...

–Es de lo más desconcertante. ¿Quién iba a pensar que un hombre tan encantador se condujera de ese modo?

–¿Estás segura de lo que dices? Podría ser un rumor malicioso...

–Bueno, no estoy totalmente segura, pero creo que es verdad.

Grace se llevó las manos a la cara. No le importaba que un aristócrata hubiera engendrado un hijo ilegítimo, pues eran cosas que pasaban todo el tiempo y en las mejores familias; pero, al escuchar la narración de Honor, se había dado cuenta de que su vida se habría complicado mucho más si el destino no hubiera querido que Jeffrey apareciera en lugar de su hermano en la tetería de las hermanas Franklin.

De haber aparecido Amherst, se habría visto en una situación verdaderamente endiablada: casada con un hombre que estaba esperando un hijo de otra mujer.

–Por tu expresión sospecho que estás pensando lo mismo que yo –dijo Honor–. Menos mal que te casaste con Merryton y no con él... Pero no le des tantas vueltas, querida mía. Tu transgresión es poca cosa en comparación con la mía. Tú no fuiste a un antro de Southwark para jugar a las cartas...

—No, supongo que no...

Honor sonrió y se levantó del sofá.

—Ardo en deseos de conocer a tu esposo. Pero antes debemos ir a Beckington House. Prudence, Mercy y Augustine te echan mucho de menos.

—¿Qué tal están?

—Oh, muy bien. Prudence ha resultado ser de gran ayuda en lo tocante a mamá, y se asegura de que no le pase nada. Augustine cambió de opinión y decidió que mamá y las chicas se pueden quedar en su casa hasta que Easton y yo estemos en condiciones de ofrecerle un hogar. Y, en cuanto a Mercy... bueno, ya la conoces —dijo con humor—. Sigue metiendo las narices donde no debe y contando historias que espantan a Augustine.

Grace sonrió con ternura.

—Estoy deseando verlos.

—¿También a mamá? Lo digo porque no la has mencionado...

—Por supuesto que sí —Grace se levantó—. Aunque reconozco que tengo miedo de verla, miedo de ver hasta qué punto ha empeorado... y miedo de presentársela a Jeffrey.

—No tienes elección.

—Lo sé.

—¿Por qué no se lo has dicho?

Grace gimió.

—No lo sé. Supongo que al principio no se lo dije

porque sé que detesta los escándalos –contestó–. Pensé que, si lo decía, me echaría de Blackwood Hall.

–No habría sido tan terrible. Podrías haber vivido con nosotros. Ni a mi marido ni a mí nos asustan los escándalos.

Grace se encogió de hombros.

–Lo hecho, hecho está. Aunque, por otro lado, yo no habría ido a esa tetería si hubiera sabido lo de tu matrimonio –le recordó–. Estaba tan desesperada... Pensé que, si no encontraba esposo, Prudence y Mercy se quedarían en la calle. Hasta cabía la posibilidad de que Augustine echara a mamá.

–Sinceramente, me avergüenzo de haber dudado de nuestro hermanastro. Ha sido muy bueno con Joan. Sabía que las circunstancias económicas de Easton impedían que la lleváramos a nuestra casa... Pero tu matrimonio lo cambia todo. Hace unos días me comentó que, estando como estás casada con un hombre rico, no hay razón para que Prudence, Mercy y mamá sigan viviendo bajo su techo.

–No, claro que no...

–Como ves, no tienes más remedio que decírselo a Merryton.

Grace asintió.

–Soy dolorosamente consciente de ello. Se lo he podido decir muchas veces, pero nuestra relación estaba mejorando y no quería estropear las cosas con el asunto de mamá.

Honor la miró con dulzura.

–Lo comprendo, Grace. No alcanzo ni a imaginar lo que hará un hombre tan rígido como Merryton cuando sepa lo de nuestra madre. Pero no lo puedes ocultar eternamente. Y tampoco puedes olvidar que Prudence y Mercy nos necesitan...

—Lo sé.

—Tienes que decírselo —insistió—. No será fácil, pero sé que harás lo correcto y que lo harás con la barbilla bien alta, como de costumbre. Al fin y al cabo, eres una mujer extraordinariamente valiente. Y la mejor hermana que yo podría tener.

Grace sonrió y le dio un abrazo.

—Espero que sigas diciendo eso cuando mi esposo me eche de Blackwood Hall y me presente en tu casa —dijo con ironía.

Honor le dio una palmadita.

—Puedes estar segura de que, en tal caso, diré lo mismo.

Capítulo 19

Grace estaba bastante triste cuando, a última hora de la tarde y en mitad de un aguacero, salió de la mansión de los Beckington y se dirigió a la casa de Jeffrey.

Prudence y Mercy se habían alegrado mucho de verla. La habían sometido a un verdadero interrogatorio sobre Blackwood Hall y el conde de Merryton, aunque después se cansaron de sus explicaciones y se dedicaron a ponerla al día sobre todos los rumores que circulaban por la capital inglesa.

Augustine se mostró igualmente afectuoso, y le dio un abrazo tan fuerte que la dejó sin aliento durante unos segundos.

–¡Cuánto me alegro de que hayas venido! –exclamó, mirándola de arriba abajo . Tienes muy buen aspecto... Espero que Merryton y tú vengáis a cenar uno de estos días. Monica y yo estaríamos encantados...

–Absolutamente –intervino Monica, su prometida–. Nos llevamos una buena sorpresa cuando supimos que te habías casado con el conde. Ni siquiera éramos conscientes de que estuvierais saliendo.

—Porque no lo estábamos —declaró Grace con tranquilidad—. Pero Cupido tiene esas cosas... Lanza sus flechas cuando menos te lo esperas y, en algunos casos, se clavan tan profundamente que no hay forma de sacarlas.

—Sí, eso es cierto...

—Sea como sea, os doy mi palabra de que os presentaré a mi marido en cuanto surja la ocasión —añadió Grace con una sonrisa encantadora.

Cuando llegó el momento, Prudence la acompañó al piso de arriba, donde se encontraban las habitaciones de su madre y de Hannah, su doncella. Joan, que estaba sentada en una silla, se levantó y la observó con detenimiento. Su pelo se había llenado de canas, y Grace notó que las bocamangas de su vestido estaban raídas por su constante manía de tirar de los hilos y frotárselas.

—Me alegro de verte...

—Oh, mamá... —dijo Grace, tomándola entre sus brazos—. Soy yo, tu hija.

—Lo sé perfectamente —replicó Joan con brusquedad—. Bets, acompáñala a la salida.

Grace se estremeció. Bets había sido la antigua institutriz de su madre y, por supuesto, ya no estaba con ellas.

Joan se sentó entonces delante de un tablero de chaquete y se puso a jugar, moviendo las piezas a su antojo, sin respetar las normas.

—Está muy débil, milady —dijo Hannah.

Prudence la tomó del brazo y la llevó a otra habitación.

—Tiene días mejores que otros —le informó—. Y si no

te ha visto en mucho tiempo, se olvida de ti... Pero se acordará si vienes con frecuencia.

–¿A ti te reconoce? –preguntó Grace.

Pru se encogió de hombros.

–A veces.

La visita a Beckington House había sido una experiencia extremadamente dolorosa para Grace. Su madre estaba peor de lo que había imaginado, y se le encogía el corazón cuando pensaba que ni siquiera la había reconocido.

A pesar de ello, se armó de valor y entró en la residencia de Jeffrey con la determinación de contarle su secreto. Honor estaba en lo cierto. Tenía que decírselo, y tan pronto como fuera posible, de lo contrario se arriesgaba a que lo supiera por otros.

Acababa de dar la capa y el paraguas a uno de los lacayos cuando apareció alguien que no esperaba ver. Era nada más y nada menos que John Donovan, el vizconde de Amherst, quien avanzó hacia ella sombrero en mano y con los brazos abiertos.

–¡Mi querida cuñada!

Amherst le dio un abrazo y un beso en la mejilla antes de que Grace se pudiera apartar. Sonreía de oreja a oreja, como si no hubiera nada extraño en la situación, como si no hubiera quedado con ella en la tetería de Bath ni hubiera faltado a su cita.

Grace lo miró y pensó que seguía siendo tan atractivo como siempre. De hecho, todas las mujeres de Londres lo pensaban. Pero, por muy atractivo que fuera y mucho que se pareciera a su hermano, se dijo que no estaba a la altura de Jeffrey. Era menos masculino, y de ojos menos penetrantes.

—Supongo que se habrá llevado una sorpresa al verme, milady —dijo él—. Aunque no tan grande como la que yo me llevé cuando supe que se había casado con mi hermano.

—Bueno, yo...

Grace no sabía qué decir, y se giró hacia Cox con gesto de impotencia.

—Venga conmigo, madame. Quiero me lo cuente todo —Amherst la tomó del brazo, la llevó a una de las salitas y cerró la puerta—. El matrimonio le sienta muy bien...

Para desconcierto de Grace, John le puso las manos en la cintura y la giró un par de veces, como si estuvieran bailando.

—¡Milord! —protestó ella.

John soltó una carcajada y la soltó.

—Aún no salgo de mi asombro. ¿Quién iba a imaginar que Jeffrey se casaría con la encantadora señorita Cabot? Ni siquiera sabía que mi hermano le interesara, milady... ¿O debo llamarla por su nombre de pila, ahora que somos familiares?

Grace no dijo nada.

—Sabía que las hermanas Cabot son muy atrevidas, pero nunca pensé que una de ellas echaría el lazo al conde de Merryton —continuó—. Sea como sea, sobra decir que, en cuanto he sabido que mi hermano estaba en Londres, me he sentido en la necesidad de pasar a felicitarlo a él y a mi querida cuñada.

Grace no sabía qué hacer. Se sentía terriblemente turbada, sobre todo porque no se había preparado para el inevitable encuentro con Amherst.

—Oh, vaya, observo que mi presencia le causa incomodidad. No se preocupe por mí, querida mía. Nuestro secreto está a salvo conmigo –dijo en voz baja.

–¿Nuestro secreto? ¡No hay ningún secreto! –replicó Grace–. Huelga decir que mi esposo lo sabe...

–¿Qué es lo que sabe? –preguntó él.

–¡Menuda pregunta! Sabe por qué estaba yo en la tetería de las hermanas Franklin.

John la miró con sorpresa.

–¡Dios mío! ¡Esto es extraordinario! No me diga que él...

–Exactamente. Se presentó en la tetería en lugar de usted.

John rompió a reír como si le hubieran contado el chiste más gracioso del mundo. Y Grace pensó que se lo tenía bien empleado por haber sido tan estúpida.

–¡Por todos los diablos! ¡La cara que pondría mi hermano cuando lo supo...!

–Sí, no se puede decir que le alegrara.

Él asintió.

–De todas formas, eso no explica que se casara con usted. Jeffrey no es un hombre precisamente espontáneo, que se deje llevar por el calor del momento. De hecho, es la persona menos espontánea que conozco.

–¡Milord! –dijo, enfadada–. ¿No le parece que, puestos a criticar, debería empezar por usted mismo? Le recuerdo que quedó conmigo aquella noche, y que no se presentó. De hecho, sigo sin saber por qué me dejó plantada.

–Pensé que ya lo habría adivinado...

–¿Qué tenía que adivinar? Y, sobre todo, ¿cómo podría? –declaró con vehemencia–. Me dio su palabra de que asistiría a nuestra cita. Hasta inclinó la cabeza, tal como convenimos, cuando lo miré a los ojos en la iglesia de Bath.

—Ah, mi querida Grace... —John la tomó de la mano—. ¿Cómo se lo puedo decir?

—De la forma más directa posible. Siempre es la mejor.

—Muy bien, como prefiera —dijo—. Falté a nuestra cita porque estaba al tanto de sus intenciones, milady.

Grace se quedó atónita. ¿Tan obvia había sido?

—¿Y qué? —replicó, negándose a asumir su culpabilidad.

—Observo que la he ofendido... Pero no soy un ingenuo jovenzuelo, madame. Era consciente de que una mujer como usted no me habría citado en tales circunstancias si no hubiera tenido intenciones ocultas. Intenciones que, por otro lado, insinuó claramente durante nuestras citas anteriores.

—Yo no...

—Oh, sí, claro que sí. Y por mucho afecto que le tuviera, no iba a caer en una trampa tan evidente.

Grace palideció, humillada.

—¡Cómo puede ser tan arrogante! ¡Usted mismo me animó! ¡Me estuvo dando ánimos durante dos años!

John se limitó a encogerse de hombros, como queriéndole decir que se había limitado a coquetear con ella.

—Si era consciente de lo que yo pretendía, ¿por qué no se negó a verme? —prosiguió Grace—. Habría ahorrado un problema a Jeffrey. A fin de cuentas, solo se presentó en la tetería porque lo estaba buscando a usted.

Él arqueó una ceja.

—Vaya, quién iba a decir que el gran conde de Merryton cometería un error como ese —dijo en tono de broma.

—¿Se está burlando de su propio hermano?

—No, no me burlo de él. Pero jamás habría imaginado que Jeffrey se presentaría en mi lugar. De hecho, me llevé una sorpresa cuando lo vi en el recital de la soprano rusa. Sé que detesta las multitudes. Incluso es posible que también deteste las teterías... —John volvió a reír—. En fin, disculpe mi frivolidad. Sospecho que le parecería tan divertido como a mí si conociera a mi hermano tan bien como yo.

—Lo conozco bien. Estoy casada con él —le recordó.

—Me refiero a conocerlo de verdad, porque estoy seguro de que no le habrá mostrado sus verdaderos sentimientos. No se los muestra a nadie —afirmó John—. Es una pena, querida Grace, pero se ha condenado a un destino terrible.

—¿Cómo se atreve a...?

—Lo siento, pero no la puedo ayudar —la interrumpió—. Es demasiado tarde. Como se suele decir, la suerte está echada.

Durante unos segundos, Grace pensó que había cometido un error al tomar a lord Amherst por una buena persona. Y entonces hizo algo que la llevó a cambiar de opinión, un gesto nervioso y de apariencia intrascendente: pasarse una mano por el pelo. En ese momento, comprendió que solo era un hombre que intentaba ocultar la verdad. Un hombre que, en ese sentido, era como su hermano.

O como ella misma, que a fin de cuentas estaba llena de secretos.

–Bueno, olvidemos el asunto, Grace. Ahora somos familia, y deberíamos llevarnos bien.

–Eso es cierto.

Grace fue sincera al decirlo, y John debió de darse cuenta, porque cambió de actitud y le ofreció una mano, que ella estrechó afectuosamente.

–Se habrá perdido muchas cosas estando tan lejos de la capital... –dijo él, cambiando de conversación–. ¿Quiere que la ponga al día?

A decir verdad, Grace no estaba interesada en los rumores de la vida social de Londres; pero era una oportunidad perfecta para rehacerse, así que le dejó hablar y escuchó lo que sabía sobre el matrimonio de Honor con George Easton. La historia de John Merryton no se diferenciaba mucho de lo que la propia Honor le había contado. Solo había una diferencia importante: que su versión era notablemente más escandalosa.

–Está visto que, tratándose de las hermanas Cabot, la diversión está asegurada –sentenció él, sin ánimo alguno de ofenderla.

–Gracias. Me lo tomaré como un halago...

–Hace bien, porque lo es –afirmó–. Pero quizá no sepa que el matrimonio de su hermana no fue la comidilla de Londres por aquella partida en Southwark, ni por el hecho de que Easton la despreciara al principio y cambiara de opinión después, sino porque se casó cuando aún estaba de luto por la muerte de su padrastro. Crucemos los dedos para que Jeffrey no se entere...

–¿Por qué dice eso? Yo me casé con él en circunstancias idénticas.

Él la miró con detenimiento.

—Porque mi hermano es un hombre rígido, de ideas rígidas y expectativas rígidas.

—Bueno, digamos que tiende a pensar mucho las cosas...

—A pensarlas en función de sus conveniencias o, más concretamente, de las consecuencias sociales que pueden tener para él —puntualizó John—. Pero no me interprete mal, querida Grace. No tengo nada contra mi hermano. De hecho, sé que no es culpable de lo que le pasa. Nuestro padre fue muy duro con Jeffrey. Era un hombre intolerante, y nos castigaba por cualquier cosa. Pero mi hermano es el primogénito, así que se llevó la peor parte de su crueldad.

—¿Crueldad? ¿O severidad?

—Crueldad —insistió John, frunciendo el ceño—. Nos daba verdaderas palizas, y Jeffrey recibía más que nadie. Sin embargo, mi hermano no debió de aprender la lección correcta, porque sus expectativas son tan rígidas como las de nuestro difunto padre... Sí, es verdad, que no usa los puños, pero puede ser tan duro e inflexible como él.

—¿A qué se refiere?

—Por ejemplo, a que solo estará contento conmigo si trabajo en lo que él quiera y me caso con la mujer que a él le parezca mejor. Y supongo que con usted hará lo mismo —dijo—. No tolerará ninguna desviación de lo que él considere el comportamiento correcto.

—No estoy de acuerdo con usted. Jeffrey se ha mostrado muy comprensivo en mi caso, teniendo en cuenta las circunstancias...

John se acercó a ella y le puso una mano en el brazo.

—¿Puedo hacerle una pregunta delicada?

—Adelante.

—No ha sido vulgar con usted, ¿verdad?

—¿Vulgar? —preguntó, desconcertada.

—Particularmente tosco, por así decirlo...

Ella se ruborizó al instante. Era obvio que se estaba refiriendo a su vida sexual.

—Discúlpeme por mencionar un asunto de carácter tan íntimo —continuó John—. Pero ahora somos familia, y he oído ciertos rumores sobre sus preferencias en la cama.

Grace no tenía intención alguna de darle explicaciones al respecto, así que mintió.

—Sinceramente, no sé de qué me habla.

—¿Seguro que no? En Ashton Down se cuentan historias de lo más comprometidas.

—¿Qué tipo de historias? —preguntó ella, deseando que se marchara y la dejara en paz.

—Historias de mujeres. Y con más de una.

—¿Más de una?

—Sí, a la vez —respondió.

Grace se quedó sin habla.

—No le habrá sugerido que...

—¡Por supuesto que no!

Ella se sintió tan avergonzada por la conversación como incómoda ante la posibilidad de que sus temores tuvieran base real. ¿Sería eso lo que Jeffrey quería decir cuando afirmaba ser un pervertido? ¿Querría que se acostara con él y con otra mujer?

Grace lo sopesó durante unos segundos y llegó a la conclusión de que no sería capaz de hacer una cosa así. Era una alumna entusiasta en la cama, pero le disgustaba la idea de compartir a su esposo con otra.

—Lo siento, no pretendía alarmarla. Pensándolo bien, no creo que tenga motivos para desconfiar de mi hermano. Su deseo de mantener limpio el buen nombre de la familia es mucho más intenso que el resto de sus necesidades.

Grace lo miró con incomprensión. ¿Por qué le estaba diciendo esas cosas? ¿Por qué había mencionado algo tan ofensivo? Cualquiera habría pensado que pretendía enemistarla con su esposo.

—He dicho más de lo que debía —continuó él—. Pero créame, solo se lo he dicho porque prefiero que se entere por mí... Los rumores se extienden con más rapidez que las noticias, y Londres es una ciudad que adora los rumores.

—Eso es cierto, milord. Pero no se extienden por casualidad. Siempre hay alguien que los esparce...

Grace lo miró con intensidad, para recordarle que él también tenía secretos y que, en consecuencia, también podía ser víctima de las habladurías de la gente.

—Tiene mucha razón, Grace.

Justo entonces oyeron un ruido procedente del vestíbulo. Era Jeffrey, que entró en la salita unos momentos después y los miró a los dos con expresión impenetrable.

Jeffrey no había tenido un buen día. Había buscado a su hermano por todo Londres y, teniendo en cuenta que los locales que su hermano frecuentaba eran particularmente caóticos, lo había pasado bastante mal.

Mientras entraba y salía de garitos y clubs de caballeros, se intentaba animar con la seguridad de que, al final del día, volvería a ver a su esposa. Grace era lo único que ponía orden y belleza en su mente. Imaginaba el contacto de su cuerpo y las cosas que harían cuando se acostaran; pero, sobre todo, imaginaba su risa.

Le parecía increíble que las cosas hubieran cambiado tanto en unas pocas semanas. Al principio, no le habría importado que Grace desapareciera de repente, pero ahora ni siquiera imaginaba la posibilidad de vivir sin ella. Y se quedó absolutamente perplejo cuando la encontró en compañía de su hermano

—¡Jeffrey! ¿Qué tal te va? –dijo John, que se acercó a estrecharle la mano–. Tienes muy buen aspecto... He venido a felicitaros por vuestro matrimonio. De hecho, le acababa de decir a Grace que tienes mucha suerte de haberte casado con ella.

A Jeffrey no le hizo gracia que su hermano la llamara por su nombre de pila, pero lo disimuló porque Grace se le acercó en ese momento y le dio un beso.

—Cuánto me alegro de que hayas llegado...

Jeffrey sonrió a su esposa y, acto seguido, miró a John con cara de pocos amigos.

—¿Dónde te habías metido? Te he estado buscando.

John rio como si Jeffrey hubiera dicho algo gracioso.

—Veo que no estamos para cortesías... Por Dios, Jeffrey, me he acercado a tu casa para daros la enhorabuena.

—Y yo te lo agradezco, pero tenemos mucho que hablar –replicó su hermano–. ¿Me acompañas al despacho?

En otras circunstancias, Jeffrey no se habría dirigido a su hermano con tanta acritud. Pero al verlo allí, en compañía de su esposa, había sufrido un ataque de celos tan terrible que apenas se podía controlar.

–¿No vas a compartir ni un whisky conmigo? ¿No vas a permitir que presente al menos mis respetos a tu mujer?

En lugar de contestar, Jeffrey miró a su esposa y dijo:

–Te ruego que nos disculpes a mi hermano y a mí. Tenemos que hablar de ciertos asuntos que no admiten espera.

–Oh, vaya, eso no suena precisamente alentador –declaró John con ironía–. Está bien... Si insistes, tendremos que dejar los brindis para la cena. Porque supongo que estoy invitado a cenar...

–Por supuesto que sí –intervino Grace, que no entendía la aspereza de su marido.

–Gracias –John inclinó la cabeza y, a continuación, puso una mano en el hombro de su hermano–. Me alegro mucho de verte, Jeffrey. Pero venga, vayamos a tu despacho...

John se alejó por el pasillo, dejándolos momentáneamente a solas.

–Jeffrey... –dijo entonces Grace.

Él tomó su mano y la besó.

–Nos veremos en la cena, querida mía.

Jeffrey ardía en deseos de tocarla y estrecharla entre sus brazos. Lo necesitaba con urgencia. Pero tenía asuntos importantes que tratar, así que salió de la habitación y siguió a su hermano al despacho.

Capítulo 20

–¿Por qué has quitado los cuadros de las paredes? –preguntó John–. Supongo que es otra de tus peculiaridades...

Jeffrey lo miró con cara de pocos amigos. John había usado una expresión que le disgustaba mucho, porque era la misma que le había dedicado su difunto padre en multitud de ocasiones. Siempre decía que su hijo mayor era muy peculiar, y no lo decía precisamente con buena intención.

–Deberías estar más preocupado por la deuda de sir Edmund que por la decoración de mi despacho –replicó.

John frunció el ceño.

–¿Qué sabes tú de ese asunto?

–Solo sé que envió a su abogado para que yo le pagara. Una vez más, tus deudas de juego corren a cargo de la fortuna de la familia.

–Bueno, tampoco es tan importante. Tenemos dinero de sobra –dijo con indiferencia.

–Y supongo que también tenemos dinero para mantener a la mujer a quien dejaste embarazada...

John se llevó una buena sorpresa.

—¿Cómo?

—No te atrevas a negarlo —le advirtió.

—No tenía intención de negarlo —se defendió John—. Sí, es cierto que he tenido un hijo con una mujer. Ocurre a veces, cuando te acuestas con alguien.

—No lo dudo, pero ¿tenías que acostarse con la hija de un sastre?

John rio.

—¿Y por qué no? Una mujer es una mujer...

Jeffrey apretó los puños.

—No para ti, Jeffrey. Eres vizconde. Tienes una reputación que mantener —alegó—. Y, aunque pudiera excusar tus excesos económicos, no encuentro excusa para tu vida disipada. ¿Es que no lo comprendes? Tu comportamiento debería ser ejemplar... Es el precio de los privilegios que disfrutas.

—¡Cuánta hipocresía! ¿Cómo te atreves a recriminarme nada, cuando sé perfectamente lo que estás haciendo con esa pobre mujer?

—¿Lo que estoy haciendo? —preguntó Jeffrey, confuso—. No sé de qué me estás hablando.

—Por supuesto que lo sabes —dijo con ira—. Toda la población de Ashton Down está informada sobre lo que esperas de tus amantes. Me parece increíble que me acuses de ser un irresponsable cuando tu irresponsabilidad supera con creces la mía.

Jeffrey se sintió profundamente herido. Su hermano tenía razón al acusarlo de ser un hipócrita, pero era el cabeza de familia y tenía la obligación de mirar por sus intereses.

—¡No escudes tu comportamiento en el mío, John!

Además, puedes decir de mí lo que quieras, pero yo cumplo mi palabra. ¿Qué es un hombre que no cumple siquiera su palabra?

–¿Un miserable? ¿Un canalla? ¿Una vergüenza para nuestra familia? –ironizó su hermano–. Sí, puede que yo sea todas esas cosas, pero al menos no me dedico a acostarme con parejas de mujeres para que ellas se den placer mientras yo me masturbo. Y, por supuesto, tampoco me he casado con una dama cuya madre está loca.

–¿Qué has dicho?

John lo miró con extrañeza.

–¿Es que no lo sabes?

Jeffrey guardó silencio.

–Dios mío... Te crees superior a mí, y sin embargo eres tú quien ha traído la locura a la familia. Tú, querido hermano.

–Estás mintiendo...

–¿Mintiendo? Pregúntaselo a tu esposa si no me crees.

Jeffrey se pasó una mano por el pelo. No sabía qué hacer ni qué pensar. Pero sabía que necesitaba estar a solas, así que cambió de conversación para poner fin al encuentro.

–Te he conseguido un cargo en la Marina Real. El almirante Hale nos estará esperando el viernes, a las dos en punto –bramó, mirándolo a los ojos–. En cuanto a esa mujer, le daremos dinero suficiente para que pueda criar a su hijo con la condición de que no haga reclamación alguna más adelante. Es lo que te ofrezco, John. Si no lo acatas, te desheredaré. No voy a permitir que manches el buen nombre de la familia.

–No tienes corazón, Jeffrey –dijo su hermano, con la voz cargada de rabia–. ¿Sabes que no me has dedicado nunca ni una sola palabra afectuosa? Pensé que cambiarías cuando nuestro padre muriera, pero cada vez te pareces más a él.

Jeffrey estaba acostumbrado a que John lo insultara. Lo había insultado muchas veces, y siempre por el mismo motivo: contraía una deuda que no podía pagar, lo obligaba a pagarla con el dinero de la familia y todo acababa en un cruce de recriminaciones que terminaban invariablemente del mismo modo.

Pero aquel día fue diferente. Las palabras de John le hicieron daño. En parte, porque su afirmación sobre la madre de Grace lo había sumido en el desconcierto.

–El almirante nos estará esperando mañana a las dos –Jeffrey escribió la dirección en un papel y se la ofreció–. No faltes.

–No faltaré –dijo, arrebatándole el papel de la mano–. De hecho, me parece una idea magnífica... Estaré tan lejos de ti y de Blackwood Hall como se pueda estar.

John ya se disponía a salir del despacho cuando Jeffrey declaró:

–Cenarás con nosotros.

Su hermano se detuvo y, tras respirar hondo, declaró:

–Por supuesto. No voy a perder la oportunidad de cenar contigo y con tu maravillosa mujer.

John salió entonces y cerró de un portazo.

La discusión dejó a Jeffrey tan afectado que se puso a contar, con la esperanza de encontrar sosiego.

—Cuatro estaciones. Cuatro ventanas. Dieciséis pasos de una pared a otra...

Desgraciadamente, su truco no funcionó. Estaba destrozado. Ahora sabía que sus gustos en materia de amantes eran de conocimiento público y, por si eso fuera poco, también sabía que la madre de Grace estaba loca.

¿Por que se lo había callado? No lo podía entender. Grace estaba al tanto de su aflicción, y era consciente de lo mucho que le preocupaban esas cosas. ¿Qué pasaría con sus hijos, si los llegaban a tener? Habiendo casos de locura en las dos familias, ¿no tendrían más posibilidades de heredarla? Sin embargo, Jeffrey no estaba fuera de sí por una posibilidad remota, sino porque Grace no le había dicho nada.

Abrió el cajón de la mesa, sacó papel y, tras hundir la pluma ocho veces en el tintero, empezó a escribir cifras en columnas de a ocho. Sumó, restó, dividió y multiplicó a partir del número que le obsesionaba. Era una tarea tediosa, a la que se podía dedicar durante horas. Pero buscaba precisamente el tedio, porque las repeticiones matemáticas tranquilizaban su mente y le permitían pensar.

No había estado tan nervioso en muchos días. Se había acostumbrado a la presencia de Grace, y la quería tanto que solo tenía fantasías con ella. Sus obsesiones empezaban a ser cosa del pasado, al igual que su irracional temor a hacerle daño. Pero las palabras de John lo habían puesto todo en peligro.

Grace no había sido sincera con él. Se había callado lo de su madre y, si era capaz de callar algo así, ¿cuántos secretos más le estaría ocultando?

Las operaciones matemáticas terminaron por surtir efecto. Al cabo de unos minutos, Jeffrey encontró la paz mental necesaria para salir del despacho y se dirigió a sus habitaciones. Sospechaba que la cena iba a ser una verdadera tortura, pero tenía que cambiarse de ropa y prepararse tan bien como le fuera posible. No quería perder el control. No se podía permitir ese lujo.

Grace y John lo estaban esperando en el salón principal. John parecía relajado, como si ya no se acordara de la discusión que habían tenido, y Jeffrey lo envidió secretamente.

—Buenas noches, Jeffrey —dijo ella—. Le estaba diciendo a John que me alegro mucho de que se haya quedado a cenar. Sé que lo has echado mucho de menos.

Jeffrey se inclinó sobre su esposa y le dio un beso en la mejilla. Aquella noche se había puesto un vestido de color gris y un collar de perlas.

—Por supuesto que lo extraño —replicó.

Era verdad. Por muy difícil que fuera su relación, Jeffrey extrañaba al chico que lo seguía a todas partes cuando eran pequeños, hablando siempre de castillos, batallas, espadas y caballeros. Por aquel entonces, John era lo único bueno en su vida.

Tras admirar a Grace, que le pareció más bella que nunca, se giró hacia su hermano. John se estaba sirviendo un whisky, así que sacudió la cabeza cuando Cox entró en el salón y les ofreció unas copas de champán. Jeffrey también la rechazó, pero Grace aceptó el ofrecimiento con más ansiedad de la cuenta, como si estuviera nerviosa.

—Tu hermano es incorregible —dijo ella.

—¿Incorregible?

—Oh, sí... —contestó con una sonrisa—. Imita maravillosamente bien a lord Grimbley, un conocido común.

—¿Lord Grimbley? No lo recuerdo...

—Me extrañaría que te acordaras de él —intervino su hermano—. Creo recordar que solo os habéis visto en un par de ocasiones, y que ha pasado bastante tiempo desde la última vez. Es un individuo grueso, con marcada tendencia a oscilar de lado a lado cuando está hablando con una dama.

John volvió a imitar los movimientos y la voz grave del caballero en cuestión, arrancando una carcajada a Grace.

—Es asombroso —declaró ella—. Lo hace tan bien que hasta se parece a él. Estoy segura de que el propio lord Grimbley lo aplaudiría.

—Lo dudo —dijo John con humor.

—Bueno, puede salir de dudas la próxima vez que se vean —dijo Grace—. Y sospecho que será pronto, porque no se pierde ni una sola fiesta.

—No asistiré a muchas fiestas a partir de ahora —replicó John con una sonrisa, aunque sin poder ocultar un fondo de amargura—. No sé si mi hermano se lo habrá comentado, pero ha tenido la amabilidad de buscarme un empleo.

—No, no lo sabía...

John sonrió y alzó su vaso de whisky a modo de brindis.

—Por mi hermano, un hombre tan generoso que hasta se preocupa por encontrar trabajo a sus familiares.

Grace notó la ironía de John y sonrió con incertidumbre.

—¿Y en qué consiste ese trabajo? –se interesó.

—Voy a ser oficial de la Marina de Guerra –respondió John con dramatismo–. A fin de cuentas, todos debemos pagar las deudas que contraemos... Aunque confieso que sé muy poco del mar. Habría preferido que me buscara un cargo en la Iglesia.

Jeffrey soltó una carcajada sin poder evitarlo. Pero Grace no lo imitó, de hecho, miró a John con curiosidad, como si intentara imaginarlo con indumentaria de sacerdote.

El mayordomo anunció que la cena estaba servida, de modo que se dirigieron al comedor y tomaron asiento. John adoptó enseguida uno de los papeles que más le gustaban, el de gran conversador, y se lanzó a contar una divertida historia sobre una carrera en Hyde Park. Jeffrey la había escuchado muchas veces, pero siempre admiraba la habilidad discursiva de su hermano. Y Grace debía de compartir su admiración, porque no se perdió ni una palabra.

De vez en cuando, ella giraba la cabeza y lo miraba para asegurarse de que él también se estaba divirtiendo. Luego, contenta de saber que al menos prestaba atención, volvía a mirar a John y volvía a sonreír.

La actitud de Grace no podía ser más inocente. Sonreía porque se lo estaba pasando bien. Sin embargo, Jeffrey se encontraba en tal estado que se dejó dominar por sus temores. ¿Eran imaginaciones suyas, o Grace sonreía a John con un afecto especial?

Jeffrey se sintió más inseguro que nunca. Comprendía que Grace se mostrara más interesada por John que por su propio esposo, teniendo en cuenta que llevaba el peso de la conversación y que él se mantenía en silencio, como hacía siempre en los actos sociales. Pero empezó a pensar que aquella cena era algo más de lo que parecía a simple vista. Y sus pensamientos se volvieron tan inquietantes que, de haber podido, se habría retirado a sus habitaciones.

John siguió contando historias, para deleite de Grace. Contó tantas que Jeffrey perdió la cuenta y, por supuesto, la paciencia. Tanto fue así que, después de los postres, cuando ya se estaban tomando un oporto, estuvo a punto de decir algo inconveniente al oír que su hermano se jactaba de su habilidad con las cartas. ¿Cómo podía ser tan estúpido? No tenía más habilidad que la de perder verdaderas fortunas.

–Disculpadme, pero será mejor que pongamos fin a la velada –dijo, levantándose–. Me duele un poco la cabeza.

Grace, que también se levantó, miró a John y dijo:

–Gracias por haber cenado con nosotros. Ha sido un placer.

–Oh, vamos... ¿también se retira usted, milady? ¿No me va a entretener un rato con su maravillosa y cantarina voz?

Ella rio.

–Nunca he cantado precisamente bien.

–Entonces, toque el piano –dijo John–. La noche es joven y, teniendo en cuenta que me han prohibido la entrada en la mayoría de los garitos de Londres, tengo que divertirme de algún modo.

–Es tarde, John –intervino Jeffrey.

–Solo una canción... –insistió.

–Está bien –dijo Grace–. Pero solo una.

–¡Espléndido!

Jeffrey ofreció un brazo a Grace y los llevó al salón, donde se encontraba el piano de su mansión londinense. Estaba cada vez más incómodo, y por un motivo que era nuevo para él. Hasta entonces nunca se había encontrado en ninguna situación de la que no se pudiera abstraer por el procedimiento de contar. Pero el truco parecía haber perdido su efecto. Ya no lo tranquilizaba.

¿Qué le estaba pasando? ¿Adónde había ido la magia de los números?

La respuesta llegó minutos después, cuando Grace se sentó en el taburete y empezó a tocar. En ese momento se dio cuenta de que había algo distinto en su vida. Algo muy relevante, que lo cambiaba todo.

Grace era la primera mujer que le importaba de verdad.

La quería con toda su alma. Contra todo pronóstico, se había enamorado de ella. Y, en consecuencia, se sentía profundamente inseguro.

Capítulo 21

Grace no estaba de buen humor. Sonreía, reía y, por supuesto, se mostraba encantada cuando John hacía algún comentario halagador sobre su dudoso talento musical. Se comportaba en suma como una anfitriona perfecta, pero consciente en todo momento de que el hermano de Jeffrey no era más que un casquivano con mucha labia.

De hecho, aporreaba las teclas deliberadamente, con la esperanza de acortar así la velada. ¿Cómo era posible que el destino fuera tan cruel? A pesar de sus difíciles inicios, había llegado a creer que su matrimonio podía tener futuro, y que Jeffrey y ella podían encontrar la felicidad. Pero la visita de lord Amherst había abierto nuevas heridas.

Grace no era ninguna ingenua. Había asistido a demasiados bailes y demasiadas galas como para no reconocer a un hombre con segundas intenciones. John intentaba dañar su relación con Jeffrey. Era de lo más evidente. Pero, ¿por qué? ¿Qué motivos podía tener para desear semejante mal a su propio hermano?

Primero le había contado historias terribles para que dudara de su esposo y desconfiara de él. Luego, durante la cena, había monopolizado la conversación para que Jeffrey se sintiera completamente excluido. Y, más tarde, al ver que Jeffrey ardía en deseos de poner fin a la velada, se había empeñado en alargarla tanto como fuera posible, decidido sin duda a quedarse a solas con ella.

¿Por qué se comportaba así? Grace solo sabía que su actitud tenía algo que ver con la discusión que habían mantenido en el despacho; una discusión tan acalorada y subida de tono que se pudo oír en toda la casa.

¿Quién iba a imaginar que el caballero con quien se había citado aquella noche en la tetería de las hermanas Franklin pudiera ser tan canalla? Había estado a punto de cometer un error imperdonable. Si Jeffrey no se hubiera presentado en su lugar, se habría casado con el vizconde de Amherst.

Pero Jeffrey se había presentado en su lugar, y las cosas ya no eran como entonces. Apreciaba sinceramente a su marido y, aunque no estaba segura de que ese afecto fuera amor, incluía sentimientos que ningún otro hombre había despertado en ella.

Por fin llegó el momento de despedirse. Tras acompañar a John a la puerta, Grace se giró hacia Jeffrey con una sonrisa en los labios. Esperaba que subiera con ella al dormitorio, pero él se limitó a darle las buenas noches.

—¿No vienes conmigo? —le preguntó.

—No. Tengo cosas que hacer.

Jeffrey desapareció en el interior de su despacho, y Grace se dirigió a sus habitaciones, se preparó para acostarse y esperó en la salita, convencida de que Jeffrey aparecería en algún momento.

A la una de la madrugada seguía sin llegar.

¿Qué habría pasado? ¿Qué podía hacer?

Su primer deseo fue el de meterse en la cama, taparse la cabeza y lamentarse de su desgracia. Pero habría sido impropio de ella, y completamente inútil por lo demás. Si quería arreglar las cosas, tenía que salir y hablar con él.

Decidida, se puso una bata, alcanzó la vela que había dejado en la mesilla de noche y se dirigió a las habitaciones de su esposo, donde observó que no había luz. ¿Estaría quizá durmiendo? Solo había una forma de saberlo, así que llevó la mano al pomo y, tras llamar con suavidad, abrió la puerta.

Acababa de entrar cuando un brazo se cerró alrededor de su cintura y la empujó contra la pared mientras una mano le tapaba la boca y ahogaba su grito de sorpresa. Grace se asustó tanto que estuvo a punto de dejar caer la vela, pero Jeffrey reaccionó a tiempo y lo impidió.

—¿Qué demonios haces? —bramó él—. Me has pegado un susto de muerte...

—He llamado —dijo ella a la defensiva.

—Oh, sí, con la fuerza de un niño. Ha sonado tan bajo que apenas lo he oído.

Jeffrey la soltó, dio un paso atrás y puso los brazos en jarras. Llevaba camisa y pantalones y, por su aspecto, parecía llevar un buen rato en la oscuridad.

—Jeffrey, yo...

Él la agarró de la muñeca, la llevó al otro lado de la sala y la sentó en una silla, delante de las agonizantes brasas de la chimenea. Después se puso de cuclillas y avivó el fuego hasta que volvió a llamear.

–¿Por qué has entrado a hurtadillas en mis habitaciones? –preguntó mientras se incorporaba.

Grace se levantó y, tras llevarle las manos al cuello de la camisa, las introdujo bajo la tela y le acarició el pecho.

–Porque tú no venías.

–Tengo demasiadas cosas en la cabeza.

–Lo sé –dijo con cariño–. A mí también me incomoda lo que ha pasado.

Él la miró con desconfianza.

–¿Y qué ha pasado?

–Amherst –contestó ella–. Mi hermana me habló de su desliz amoroso, por así decirlo.

La sorpresa de Jeffrey fue más que evidente.

–Lamento que te hayas enterado de ese modo... pero no te preocupes por eso. Me he encargado del asunto.

Grace asintió, dando por sentado que el hermano de Jeffrey se casaría con la mujer que le había dado un hijo.

–¿Y cuándo será?

–¿Cuándo? ¿A qué te refieres?

–A la boda, por supuesto. ¿Cuándo se van a casar?

Jeffrey soltó un bufido.

–No se van a casar, Grace...

–Entonces, ¿qué has querido decir con eso de que te has encargado del asunto?

–Que la mujer recibirá una suma adecuada para vivir dignamente y criar a su hijo, y que John aceptará un cargo en la Marina Real –respondió–. Es importante que se aleje de Londres. Si se quedara aquí, seguiría de escándalo en escándalo.

—¿Lo has expulsado de Inglaterra? —dijo, intentando entender su razonamiento—. Discúlpame, pero eso me parece...

—¿Sí?

—Cruel. Me parece terriblemente cruel.

—¿Cruel? —repitió Jeffrey—. Cruel es deshonrar el buen nombre de tu familia. Y yo no lo voy a permitir. Los actos de John nos afectan a todos.

A Grace le pareció irónico que dijera eso, teniendo en cuenta que él mismo se había casado por una situación del todo escandalosa.

—Ya, pero ¿es necesario que lo alejes de ti, como si fuera indigno de tu afecto? Estamos hablando de tu hermano, Jeffrey.

Jeffrey suspiró con impaciencia.

—¿Apruebas acaso lo que ha hecho? —replicó—. ¿Te parece aceptable que contraiga deudas y las deje sistemáticamente sin pagar? ¿O que se acueste con cualquiera sin pensar en las posibles consecuencias?

—No, claro que no...

—Te recuerdo que ha dejado embarazada a una mujer, y que no tiene intención alguna de reconocer a su hijo. Mi hermano ni siquiera respeta su propia palabra. Prometió a sir Edmund que pagaría sus deudas, e incumplió la promesa como tantas veces... Al final, ha destrozado su imagen y ha dañado gravemente la reputación de la familia —declaró con vehemencia—. He intentado ayudarlo, pero no se deja ayudar.

—Me alegra que valores el decoro y los principios, Jeffrey —dijo Grace—. Pero te aseguro que, para el resto de los mortales, entre los que me cuento, hay cosas más importantes que la reputación. Estás tan obsesionado con el qué dirán que te aíslas de las personas que te quieren.

Él apretó los puños.

–No hables de cosas que desconoces. Tengo la obligación de defender los intereses de mi familia. Y es una familia grande, que se extiende más allá de mi hermano y de mi hermana –dijo–. Tengo primos, dos tías que aún viven, y un par de sobrinos... Gente que paga las consecuencias de los actos de John. Pero no puedo esperar que lo comprendas. Al fin y al cabo, ni tú ni los tuyos os conducís con propiedad.

Grace se sintió profundamente ofendida.

–¿Qué significa eso? Es verdad que mi familia no está libre de escándalos, pero al menos nos queremos y sabemos disfrutar de la vida. ¿Puedes decir tú lo mismo? No, no puedes –dijo con indignación–. Crees que el mundo debe ser perfecto, y el mundo es cualquier cosa menos perfecto.

–Lo sé. Las Cabot sois un buen ejemplo de imperfecciones –ironizó.

Grace lo miró con ira.

–Di lo que quieras de mí, Jeffrey. No me importa. A decir verdad, tu opinión me importa tan poco como la mía. Pero ese hombre es tu hermano y, en lugar de protegerlo y darle tu afecto, lo alejas de ti.

–Sí, es mi hermano. Y yo soy la única persona que lo puede enderezar –replicó–. Si pasara por alto sus indiscreciones, le haría un flaco favor a mi familia. ¿O es que ellos no merecen mi protección y mi afecto? ¿No merecen vivir a salvo de los escándalos? ¿No merecen que sus hijos crezcan libres de sospecha? Incluso tú mereces vivir sin la vergüenza que tu hermana mayor arrojó sobre tu familia cuando se casó con Easton.

Grace no lo pudo evitar. Alzó una mano y le dio una bofetada.

—Eres un hombre frío y sin sentimientos —lo acusó.

—Y tú una mujer que piensa poco y siente demasiado —contraatacó Jeffrey—. Dime la verdad... ¿Estás enamorada de John?

Grace se quedó atónita.

—¿Cómo? ¿Enamorada de John? ¡No! ¡Por supuesto que no!

Él se encogió de hombros.

—Pues cualquiera diría lo contrario, teniendo en cuenta lo mucho que te esforzaste por tenderle una trampa para que se casara contigo.

—Sí, le tendí una trampa. Pero no fue porque estuviera enamorada de él.

—Entonces, ¿por qué? —Jeffrey la agarró del brazo—. Dime la verdad de una vez por todas. ¿Por qué te arriesgaste a destrozar tu reputación y dañar la de tus hermanas?

—¿Estás seguro de que lo quieres saber? —preguntó ella, con voz cargada de ira—. Porque puede que no te guste la respuesta...

—Sí, quiero saberlo.

—Lo hice para proteger a mi familia. Al contrario de lo que puedas creer, las Cabot nos defendemos las unas a las otras.

Él entrecerró los ojos.

—¿Insinúas que lo hiciste por dinero?

Ella alzó la barbilla y dijo:

—Sí.

Jeffrey la observó con detenimiento y sacudió la cabeza.

—No me engañas, Grace. Una mujer de tu status social no se entregaría a un desconocido por esa razón. A fin de cuentas, eres hijastra del difunto conde de Beckington. Vienes de una familia noble, y te podrías haber casado con quien quisieras... ¿Por qué te citaste con John? Y no intentes convencerme de que fue por dinero, porque no te creo.

—Y yo no puedo creer que un hombre que valora tanto el decoro y la bendita decencia se entregara a la tentación como tú lo hiciste conmigo.

—En eso tienes razón... —Jeffrey llevó una mano a la coleta de Grace, le quitó la goma y le soltó la trenza que se había hecho—. Puede que, al igual que tú, tenga necesidades que no estoy dispuesto a admitir en voz alta. Necesidades y secretos que no podemos divulgar.

Jeffrey se inclinó para darle un beso en los labios, pero ella apartó la cara.

—No... Estoy demasiado enfadada contigo.

—Quizá preferirías que John estuviera en mi lugar...

—Y quizá tú preferirías que nos acompañara otra mujer —dijo Grace, perdiendo la paciencia—. Como ves, yo también conozco tus secretos.

Él asintió.

—No voy a negar que he tenido a más de una mujer en mi cama, pero nunca he cometido el error de confundir el placer carnal con el afecto o el amor. Además, tú no tienes que preocuparte por eso. Desde que estoy contigo no he sentido el deseo de estar con otras mujeres. Tú eres la única que me importa. La única que me satisface.

Grace se estremeció, y no se resistió esta vez cuando Jeffrey la besó en los labios y le pasó las manos por el cuerpo. Lo deseaba tanto como él.

Al cabo de unos instantes, Jeffrey le quitó la bata y la despojó del camisón. Luego la obligó a apoyarse en el marco de una ventana, se puso detrás de ella y le acarició los senos y el estómago mientras frotaba su sexo endurecido contra el húmedo de Grace, que no podía estar más excitada.

Y entonces, cuando ya parecía que la iba a penetrar, le dio la vuelta, llevó las manos a sus nalgas y, tras alzarla en vilo, la obligó a cerrar las piernas sobre su cintura y entró en ella con una acometida furiosa.

Grace gimió y le clavó los dedos en los hombros.

—Te doy mi palabra de que no tendré más secretos contigo —susurró él—. Pero ahora te toca a ti... ¿Sabrás ser completamente sincera? ¿Sabrás decirme lo que quieres de verdad? ¿Podrás decirme dónde quieres mis manos y dónde mi sexo?

Ella le pasó los brazos alrededor del cuello y cerró los ojos.

—Dímelo —insistió.

—Quiero... quiero que me poseas por completo —dijo—. Quiero sentir tus manos y tu boca en toda mi piel. Quiero...

—¿Dónde?

—En mis pechos, entre mis piernas, en mi cuello, en mis brazos, en mis manos... Quiero tu semilla. Quiero que una parte de ti crezca en mi interior.

Él aceleró el ritmo, siguiendo la cadencia desbocada del pulso de su esposa. Sus ojos brillaban con deseo, y reflejaban el color de las llamas. Para Grace fue un momento de revelación. Nunca habría creído que se pudiera sentir tan cerca de otra persona, como si fueran el mismo ser. Y tampoco habría creído que existiera una belleza tan perfecta como la que vio en su mirada cuando alcanzaron el clímax, con pocos segundos de diferencia.

El enfado, la rabia y el propio deseo habían desaparecido momentáneamente, pero Jeffrey no la dejó de abrazar. De hecho, la llevó a la cama y se tumbó con ella sin apartarse ni un milímetro de su piel.

Grace suspiró de satisfacción y le acarició el pelo. Se sentía a salvo. Se sentía deseada. Se sentía completa.

–Dime la verdad –dijo él.

La voz de Jeffrey sonó tan baja que casi no se pudo oír. Pero sonó bien fuerte en el corazón de Grace, quien supo que había llegado el momento de sincerarse.

–Mi madre está loca –declaró.

Grace esperaba que su esposo se apartara de ella o que soltara un grito de incredulidad, y se llevó una sorpresa cuando él se limitó a suspirar y mirar el fuego.

–Hace dos años sufrió un accidente en Longmeadow. Iba en el carruaje, y se dio un buen golpe en la cabeza –continuó Grace–. Al cabo de un tiempo empezó a olvidar cosas. Al principio eran detalles poco importantes, pero su situación ha ido empeorando. Ahora vive en el pasado, y ni siquiera se acuerda de mí.

Grace derramó una lágrima solitaria, pero no perdió el aplomo.

–Por eso tendí esa trampa a tu hermano. Honor y yo sabíamos que nadie se querría casar con nosotras cuando se supiera que mi madre había perdido el juicio... y como mi padrastro estaba al borde de la muerte, la situación era desesperada. Teníamos que hacer algo. De lo contrario, nos arriesgábamos a perderlo todo y acabar en la calle.

–Lo comprendo, pero ¿por qué elegiste a John?

–Porque me parecía una buena persona y un buen caballero. Supuse que se enfadaría al principio, pero también supuse que el enfado se le pasaría y que me ofrecería el matrimonio –contestó–. Oh, Jeffrey... No sabes cuánto me avergüenzo de lo que hice. Fui tan estúpida, tan ingenua, tan...

–¿Por qué no me lo dijiste antes? ¿Por qué no me lo contaste cuando te hablé de mi aflicción? Habría sido el momento perfecto.

–Es una buena pregunta, una que me he formulado yo misma en incontables ocasiones. ¿Por qué...? Bueno, creo que no te lo dije porque sé que buscas la perfección por encima de todas las cosas, y porque tuve miedo de dañar nuestra relación. Pero, sobre todo, no te lo dije porque soy una cobarde.

Jeffrey la miró en silencio.

–Lamento decir que no soy perfecta, querido esposo. No lo he sido nunca, por mucho que me pese. Aunque, por otro lado ¿quién lo es? Todos tenemos defectos. Yo tengo los míos y, a decir verdad, me gustan... forman parte de mi personalidad.

Él le puso una mano en la pierna y se la apretó con dulzura.

–Piensas que soy demasiado rígido, demasiado inflexible. Pero llevo el título nobiliario de mi familia, y estoy obligado a pensar en el bienestar de otras personas.

—Soy consciente de ello. Pero no puedes controlar a esas personas, como yo no puedo controlar a mis hermanas —alegó ella—. No puedes hacer de mí una esposa perfecta, como yo no puedo borrar tu obsesión con el número ocho. No sé lo que te hizo creer tu difunto padre, pero nadie puede ser perfecto. Ni siquiera tú.

Él apartó la mirada.

—No obstante, y decidas lo que decidas sobre mí, quiero que sepas que te amo tal como eres —sentenció Grace.

Jeffrey se estremeció.

—Te estoy diciendo la verdad. No me importa que no te gusten los cuadros en las paredes ni que te empeñes en llenar los jarrones con flores del mismo tipo y color ni que, al parecer, te disgusten los perros. Te amo tal como eres —repitió.

Jeffrey no dijo nada, pero la tomó de la mano cariñosamente. Y Grace, que estaba física y emocionalmente exhausta, se apretó contra su cuerpo, cerró los ojos y se dejó caer en la dulzura del sueño.

Se despertó al oír un ruido, cuando el sol ya estaba saliendo. Abrió los ojos, se sentó en la cama y se llevó un disgusto al ver que Jeffrey se había marchado. Pero su disgusto duró poco, porque él apareció un momento después en la puerta del vestidor.

—Buenos días, bella durmiente —dijo con una sonrisa.

Jeffrey se acercó a ella y le acarició la cara.

—Será mejor que te levantes —prosiguió—. La señorita Barnhill está esperando en el pasillo, porque tiene que limpiar mis habitaciones. Y, por otra parte, tú tienes que escribir a tu hermanastro.

—¿A Augustine? —preguntó, desconcertada.

—Sí, efectivamente. He pensado que podríamos cenar con tu familia esta noche. Aunque solo sea para saber quién está más loco, si tu madre o yo.

Grace parpadeó.

—Era una broma, querida.

—Pero si tú no bromeas...

Jeffrey rompió a reír.

—No, supongo que no.

Grace alcanzó la sábana, se tapó con ella y se puso de rodillas en la cama.

—¿Estás seguro?

—Completamente seguro. Querías presentarme a tu familia, ¿no?

—Sí, claro —dijo, encantada—. Claro que sí.

Jeffrey echó agua en la jofaina y se lavó la cara y las manos. Luego, se las secó y se giró hacia su esposa.

—Grace, querida...

—¿Sí?

—Prométeme que no habrá más secretos entre nosotros.

—Te lo prometo. No los habrá.

Grace se levantó de la cama y alcanzó la bata, que aún tenía abierta cuando Jeffrey se acercó, la tomó entre sus brazos y le dio un beso en la frente.

—Y yo te prometo que intentaré mejorar —dijo.

Ella sonrió.

—Gracias...

Grace se dirigió al vestidor y, al llegar a la puerta, volvió a mirar a Jeffrey. Se estaba lavando otra vez, en demostración de que sus manías no iban a ser tan fáciles de erradicar.

Capítulo 22

John no se había presentado en el club donde habían quedado con el almirante Hale. Y la situación no podía ser más embarazosa; particularmente porque Jeffrey sabía que el almirante solo les había concedido la cita por hacerle un favor a él y honrar la memoria de su padre, de quien había sido compañero y amigo.

Al principio, Jeffrey pensó que su hermano habría tenido algún problema. No creía que, después de la discusión que habían mantenido, se atreviera a desafiarlo. Pero, a medida que pasaban los minutos, terminó por aceptar que su ausencia era deliberada. No tenía intención de presentarse.

La interminable espera lo sacó de quicio. El almirante no dejaba de mirar su reloj de bolsillo, y él se daba golpecitos en la pierna en un intento por tranquilizarse.

–Le ruego que me disculpe. La actitud de mi hermano es imperdonable.

–Sí, bueno... Supongo que no todo el mundo está hecho para la vida en el mar.

El almirante se puso el sombrero y lo miró con curiosidad, como preguntándose si los rumores que había oído sobre el conde de Merryton eran ciertos.

—Ah, tengo entendido que se ha casado recientemente. Felicidades, milord.

—Gracias.

Hale se quedó en silencio, esperando que Jeffrey dijera algo más. Pero no añadió una sola palabra.

—En fin, me tengo que ir. Espero que su mujer y usted sean muy felices. Y que su matrimonio sea como la mejor de las mareas.

Jeffrey acompañó al almirante al exterior, y se quedó delante de su carruaje hasta que el vehículo se alejó bajo la lluvia.

Su humor había cambiado de repente. Seguía enfadado con John, pero estaba profundamente aliviado. Por las miradas de Hale era obvio que el almirante estaba informado sobre las circunstancias de su matrimonio. Y, sin embargo, no había pasado nada. No lo había encerrado en un armario, como su padre. No había recriminado su actitud. Se había limitado a desearle felicidad.

—¡Milord!

Uno de los lacayos del club apareció a su lado y abrió un paraguas para protegerlo de la intensa lluvia.

—¿Va a volver a entrar? —preguntó el hombre.

—No, gracias —contestó Jeffrey con una sonrisa—. Ya me iba.

Jeffrey se fue en busca de John, pero no lo encontró en ninguna parte. No se había pasado por el White's Gentlemen's Club ni por ninguno de los locales que frecuentaba, incluido el garito de Southwark donde, al parecer, Honor Cabot había hecho su infame propuesta de matrimonio a George Easton.

Nadie sabía nada de su hermano. Nadie lo había visto. Era como si se hubiera esfumado entre la niebla de Londres.

Derrotado, subió a su montura y se dirigió a Brook Street. No era la primera vez que John y él tenían un desencuentro grave. Reñían con bastante frecuencia, y sus discusiones acababan invariablemente del mismo modo. Sin embargo, se acordó de lo que Grace le había dicho y pensó que tal vez se estaba equivocando al intentar cambiar la forma de ser de John. Incluso era posible que, sin darse cuenta, hubiera adoptado la actitud despótica de su difunto padre.

Pero, ¿qué podía hacer? ¿Desentenderse de sus problemas? Ni siquiera estaba seguro de que John fuera capaz de sobrevivir sin su ayuda. Tenía miedo de que acabara tirado en una calle, o aún peor.

Mientras lo pensaba, se dio cuenta de que su vida estaba llena de temores. Miedo a que descubrieran sus fantasías y aflicciones. Miedo a decepcionar a su familia. Miedo al escándalo. Miedos que dominaban sus actos y lo sumergían en una nebulosa oscura e informe que, poco a poco, lo iba dejando sin fuerzas.

Habría dado cualquier cosa por liberarse de sus miedos. Y se alegraba enormemente de que John no sufriera ese destino.

Ya se encontraba a medio camino de Brook Street cuando cambió de dirección y se dirigió a otro barrio de la ciudad. Se le había ocurrido una forma de encontrar a su hermano: pedirle al señor Ainsley que lo buscara.

Al final, volvió a casa mucho más tarde de lo que había previsto. Grace lo estaba esperando en el vestíbulo, y pareció aliviada al verlo. Se había puesto un vestido de color verde y plata que le hacía parecer un ángel. Su ángel.

—¡Ah, ya estás aquí! Pensé que habías cambiado de opinión sobre la cena...

—Ni mucho menos.

Jeffrey sonrió y le dio un beso. Había tenido un día largo y lleno de complicaciones, pero en ningún momento había considerado la posibilidad de suspender el encuentro con la familia de Grace, la mujer que se había convertido en su esposa y que, algún día, le daría hijos.

—Vamos a llegar tarde —declaró ella, lanzando una mirada al reloj—. Augustine nos ha enviado un carruaje... Está encantado de que honres su casa con tu presencia.

Jeffrey no había tenido ocasión de prepararse para la cena, así que dijo:

—Espérame en el salón. Bajo enseguida.

Quince minutos después, Jeffrey apareció perfectamente vestido y afeitado. Se sentía tan seguro que sonrió a Grace cuando la ayudó a subir al carruaje, y escuchó todas sus explicaciones sobre la familia a la que estaba a punto de conocer.

Mercy, la más joven, era una muchacha vibrante y curiosa que le haría demasiadas preguntas. Prudence fingiría que se estaba aburriendo, cuando en realidad le prestaría toda su atención. Honor y George Easton se mostrarían proclives a dar consejos. Augustine se comportaría como el mejor de los anfitriones. Monica andaría a la caza de alguna noticia jugosa que poder contar a su odiosa madre. Y Joan, por supuesto, diría cosas inapropiadas.

Cuando llegaron a la mansión de los Beckington, Grace lo miró con preocupación y le puso una mano en la rodilla.

—¿Te encuentras bien?

Él asintió.

—Sí. Bastante bien.

Jeffrey fue sincero, aunque su seguridad flaqueó cuando entraron en la casa y se vio rodeado de mujeres preciosas con vestidos preciosos que hablaban sin parar. Desde su punto de vista era de lo más desconcertante. ¿Cómo se entendían, si se interrumpían constantemente las unas a las otras?

—¡Milord! ¡Bienvenido, milord!

Jeffrey reconoció la voz de Augustine al instante, porque se habían visto un par de veces. El hermanastro de Grace avanzó hacia él tan deprisa que le causó un momento de pánico, pero mantuvo el aplomo e inclinó la cabeza en gesto cortés.

—Gracias por invitarnos —dijo.

—¡Oh, no sabe cuánto me alegro de verle! —replicó Augustine—. Al fin y al cabo, es el marido de mi hermanastra... Pero permítame que le presente al señor Easton.

Jeffrey se giró hacia el esposo de Honor y le estrechó la mano.

—Encantado de conocerlo.

—Lo mismo digo, milord.

George Easton era ligeramente más alto que él, y Jeffrey pensó que se parecía mucho al difunto duque de Gloucester. De hecho, tenía los mismos ojos azules y el mismo brillo en la mirada.

—¿Le apetece un whisky? ¿O quizá un vino? —preguntó Augustine.

Jeffrey se quedó desconcertado. ¿Tenía intención de servir las copas en el vestíbulo?

—Cualquier cosa estará bien —respondió.

Jeffrey miró a Grace, que estaba enseñando sus zapatos a sus hermanas.

—Será mejor que las dejemos aquí —comentó Augustine—. Conociéndolas, estarán hablando de zapatos y vestidos durante quince minutos.

—¡Augustine! —exclamó una de ellas—. ¡No te atrevas a llevártelo!

Una mujer de cabello oscuro y ojos azules se plantó a la izquierda de George.

—Es un placer, milord —dijo, haciéndole una reverencia—. Soy Honor Cabot Easton, la hermana mayor de Grace. Estoy segura de que habrá oído hablar de mí...

—Yo... —acertó a decir Jeffrey, desconcertado.

—No le haga caso —dijo Easton en voz baja.

—Me alegro mucho de haber...

—¿Es que no me vais a presentar? —intervino una segunda mujer.

—¡Basta ya! —exclamó Grace, poniendo un poco de orden—. Portaos bien y os presentaré como se debe a mi querido esposo.

Grace cumplió su palabra y presentó adecuadamente a Honor, Prudence y Mercy antes de girarse hacia la prometida de Augustine.

—Solo falta la mujer que, dentro de poco, se convertirá en nuestra nueva hermana... la señorita Monica Hargrove.

–No sé si seremos tanto como hermanas, pero gracias –dijo Monica, haciendo una reverencia a Jeffrey.

Augustine los llevó al salón principal, cuyos muebles eran tan caros y elegantes como los elementos puramente decorativos. Sin embargo, Jeffrey solo se fijó en que el cuadro que colgaba sobre la chimenea estaba algo inclinado.

Grace lo debió de notar, porque le dedicó una sonrisa ansiosa, como si tuviera miedo de que se desmayara.

–Teníamos muchas ganas de conocerlo, milord –dijo Augustine–. Bueno, me refiero a mi prometida, porque usted y yo ya teníamos el gusto de conocernos... Como tal vez sepa, nos vamos a casar a fin de mes.

–¿Se va a quedar mucho tiempo en Londres? –preguntó Easton.

–No –contestó Jeffrey.

Easton lo miró como esperando a que dijera algo más y, como Grace sabía que no tenía intención de añadir nada, intervino rápidamente.

–Nos gustaría quedarnos más, pero echamos de menos Blackwood Hall. Es un lugar precioso. Y, además, tengo que cuidar de mis perros...

–¿Perros? ¿De caza? –se interesó Mercy.

–No exactamente. Son perros que tenían alguna impedimenta para cazar, así que los he adoptado.

–¿En serio?

–No te metas en cosas que no te conciernen, Mercy –dijo su hermanastro–. A nosotros nos gusta mucho la caza, milord. Siempre hemos cazado en Longmeadow... aunque le confieso que ni las liebres ni los ciervos se me dan demasiado bien. ¿Y a usted?

—A mí me gusta cualquier tipo de caza.

—¿Voy a buscar a mamá, Grace? —preguntó Prudence—. Me moriré de hambre si no la traemos pronto.

—Sí, por favor.

Mientras esperaban a Joan, se pusieron a charlar amigablemente. Jeffrey se quedó con los caballeros, siguiendo el curso de la conversación con aparente naturalidad, pero mantenía las manos en la espalda para dar golpecitos sin que nadie lo notara y, por supuesto, se dedicó a contar para tranquilizarse.

Al cabo de unos minutos, la madre de las hermanas Cabot entró en la habitación. Jeffrey pensó que parecía cansada y que estaba algo demacrada, pero también pensó que era una mujer muy bella.

—Esta noche estás verdaderamente radiante.. —dijo Augustine, que se acercó para abrazarla.

Joan lo apartó y se quedó mirando una de las bocamangas de su vestido.

—Lady Beckington es así —continuó Augustine con humor—. Nunca me permite que la salude con afecto.

—Mamá, mira quién ha venido.... —dijo Honor—. Es Grace.

—¿Quién se ha llevado mi capa? —preguntó Joan.

—Nadie se la ha llevado. Está en el vestíbulo, con las demás —contestó Mercy.

—¿Mamá? —intervino Grace—. Me gustaría presentarte a mi marido, lord Merryton.

Jeffrey dio un paso adelante para saludar a Joan, quien se limitó a sonreír con la mirada perdida.

—Me he casado, mamá —prosiguió Grace—. Con un conde.

—¿Quién eres tú? Ah... debes de ser la muchacha que William ha contratado para que se encargue de la limpieza.

Prudence se inclinó hacia Jeffrey y susurró:

—William era nuestro padre...

—A usted lo conozco, milord —dijo Joan—. De hecho, sé muchas cosas de usted...

Jeffrey se quedó helado, porque lo había dicho como si supiera cosas que no debía saber. Pero el susto se le pasó enseguida, porque Joan cambió inmediatamente de tema.

—¿Dónde se ha metido esa muchacha? Hay que limpiarlo todo...

Honor se acercó a su madre y la tomó del brazo.

—Vamos a cenar, mamá. Si le parece bien a Augustine, naturalmente.

—Sí, por supuesto.

Todos se dirigieron al salón, donde se sentaron. Joan puso problemas al principio, pero luego se empezó a tirar de los hilos de la bocamanga y guardó silencio.

—¿Viene a Londres con frecuencia, milord? —preguntó Augustine—. Lo digo porque nunca lo veo en el club...

—No, vengo muy poco.

Fue una velada difícil para Jeffrey. No se sentía cómodo con la gente, y tampoco se sintió cómodo aquella noche. Pero, tras tomar un par de copas de vino, se empezó a sentir relativamente bien. La familia de Grace no era el típico grupo de aristócratas tensos que fingían divertirse. Se reían mucho y parecían disfrutar de su mutua compañía.

Además, Jeffrey notó que todos los presentes trataban a Joan con afecto y respeto, a pesar de su locura. Hasta la señorita Hargrove, quien intervenía poco en la conversación, se mostró solícita con ella y la ayudó a comer sin el menor asomo de rencor.

Grace le había dicho que nadie era perfecto. Pero, al final de la noche, cuando se despidieron con la promesa de regresar pronto, Jeffrey pensó que su esposa estaba equivocada. La perfección existía. Se lo había demostrado su propia familia, un grupo de personas que aceptaban a los demás con sus virtudes y defectos, tal como eran.

Capítulo 23

A la mañana siguiente, Jeffrey recibió una nota del señor Ainsley. Fiel a su palabra, el abogado había investigado el paradero de John y le había enviado la información que necesitaba. Y Jeffrey, que estaba esperando noticias de él, no perdió el tiempo; dijo a Grace que volvería a la hora de cenar y salió de la casa.

Las indicaciones de Ainsley lo llevaron hasta Tomlinson Street, donde el mozo de cuadra que se encargó de su caballo afirmó que no conocía a ninguna mujer que se llamara Louisa Peters. Pero, lejos de desanimarse, Jeffrey se dirigió a la casa que aparecía en la nota del abogado y llamó a la puerta, pintada de rojo.

Segundos después, apareció una joven de cabello rubio y grandes ojos marrones que llevaba un bebé en brazos. El pequeño tenía pocos meses, y se parecía tanto a John que Jeffrey se quedó momentáneamente atónito.

–¿Sí? –preguntó ella.
–Discúlpeme... Estoy buscando a la señorita Louisa Peters.

La mujer palideció al instante.

—¿Quién es usted? ¿Qué quiere?

Jeffrey se dijo que quería muchas cosas. Quería una vida mejor. Quería tener hijos, y que no se parecieran nada a su difunto padre. Quería liberarse de sus aflicciones. Y quería que aquella mujer dejara de mirarlo como si estuviera delante de un monstruo.

Sin embargo, se limitó a sonreír y a decir:

—Ya sabe quién soy, señorita Peters. Solo quiero sostener un momento a mi sobrino.

Ella parpadeó, nerviosa.

—No...

—Louisa, por favor...

John apareció detrás de la joven. Estaba en mangas de camisa, y parecía tan nervioso como su amante.

—No te preocupes, Louisa. Ni yo ni mi hermano permitiríamos nunca que alguien hiciera daño a nuestro bebé.

La mujer asintió y dejó al niño en brazos de Jeffrey, que sonrió.

—¿Cómo se llama?

—Thomas —contestó John—. Thomas Donovan... Pero será mejor que entres en la casa, Jeffrey. Estamos llamando la atención.

La casa era pequeña y tenía pocos muebles, aunque los pocos que había eran de calidad. John lo llevó al salón y lo invitó a sentarse. Jeffrey aceptó el ofrecimiento y, tras acunar a su sobrino durante unos momentos, se lo devolvió a su madre.

—Tiene un hijo precioso...

—Gracias, milord —dijo ella.

Jeffrey se giró entonces hacia su hermano.

—Veo que sabes guardar un secreto. Pensaba que el niño tenía unas semanas, pero es obvio que tiene varios meses.

—¿Qué haces aquí, Jeffrey? ¿Qué quieres?

Jeffrey suspiró y se quitó el sombrero.

—Buena pregunta... He venido a buscarte. Reconozco que me enfadé mucho cuando comprendí que no asistirías a la cita con el almirante.

—Me lo imagino, pero será mejor que te ahorres el discurso. No te saldrás con la tuya. He tomado una decisión, y seguiré adelante en cualquier caso —afirmó—. Mi esposa y mi hijo me necesitan, y no los voy a abandonar.

Jeffrey se llevó una buena sorpresa.

—¿Tu esposa?

John se encogió de hombros.

—Puede que sea un canalla, pero no iba a permitir que mi hijo perdiera las ventajas de llevar mi apellido. Y, por si eso fuera poco, estoy enamorado de Louisa.

Jeffrey se acordó de su padre. Pensó que si hubiera estado allí en ese momento habría mirado a John con asco y desaprobación. Sin embargo, su padre había fallecido, y ni John ni él estaban obligados a cometer sus mismos errores.

De hecho, se sintió orgulloso de su hermano. Había hecho algo que la sociedad de aquella época consideraba escandaloso, algo que afectaría particularmente a Louisa, por la simple razón de que no era una aristócrata. Pero, por una vez en su vida, había asumido su responsabilidad y había tomado la decisión correcta.

—Creo que necesito una pinta —dijo con humor—. O mejor, dos.

John lo miró con incertidumbre.
–Hay una taberna al final de la calle...
–Espléndido –dijo Jeffrey–. ¿Me acompañas?
–Por supuesto.

La taberna estaba abarrotada de gente, pero el propietario supo que estaba en presencia de dos nobles y les buscó acomodo en una salita privada. Los dos guardaron silencio al principio, y se limitaron a beber y pensar hasta que Jeffrey dijo:
–¿Por qué no me lo dijiste?
John bufó.
–¿Decírtelo? ¿Para qué? ¿Para que te enfadaras y me dieras otro sermón sobre mi desastrosa vida? Jeffrey, me da igual lo que digas de mí, pero no aceptaré que me insultes delante de mi hijo.
Jeffrey no dijo nada.
–Sé que no apruebas que me haya casado con una plebeya. Ninguna persona de nuestra clase social lo aprobaría... No tiene dote ni título. Y su padre es un sencillo sastre –declaró–. Pero me hace feliz, y nuestro hijo me importaba mucho más que la posibilidad de que tú me desheredaras.
–¿Lo ibas a guardar en secreto? ¿Ni siquiera se lo habrías dicho a Sylvia?
–Francamente, no lo sé –John echó un trago de cerveza y lo miró a los ojos–. Jeffrey... comprendo que estés preocupado por lo que pueda pasar cuando todo el mundo se entere, pero te aseguro que no te voy a causar ningún problema. Viviré lejos de la alta sociedad, sin llamar la atención.

Jeffrey sacudió la cabeza.

–No. Vivirás como lo que eres, un Donovan. Vivirás con el orgullo de ser padre de un niño precioso y marido de una mujer excelente.

–¿Un Donovan? ¿Y qué diablos implica eso? ¿Vivir bajo una censura constante? ¿Vivir sometido al miedo, como tú?

–No, en absoluto. Consiste en hacer lo contrario de lo que nuestro padre nos enseñó... En vivir la vida sin temores.

John se quedó sorprendido, pero lo miró con desconfianza.

–No te creo, Jeffrey. Siempre has dicho que el honor y el decoro importan mucho más que el resto de las cosas.

–Sí, es verdad... –declaró Jeffrey con amargura–. Pero ahora tienes un hijo, John.

–Y tú una esposa con una madre demente.

Jeffrey se puso tenso.

–En efecto.

John apartó la mirada.

–Lamento haber dicho eso. Ha estado completamente fuera de lugar –se disculpó–. De hecho, quería hablar contigo para pedirte perdón por lo que te pasó con Grace. Fue culpa mía. Si yo no hubiera...

–No sigas –lo interrumpió Jeffrey–. Si no hubiera sido por ti, es posible que hubiera permanecido soltero hasta el fin de mis días. Y, por otra parte, no tengo ninguna queja... Grace es una esposa magnífica.

John asintió.

–Hablando de Grace, sabes que nunca sintió nada por mí, ¿verdad?

Jeffrey guardó silencio.

—Hubo un tiempo en que Grace Cabot me parecía la dama más hermosa de todo Londres —continuó John—. Hice lo posible por ganarme sus favores, pero fracasé miserablemente... Y, más tarde, cuando fue a Bath y me pidió que nos citáramos en aquella tetería, me extrañó tanto que la investigué. Fue entonces cuando me enteré de que su madre estaba loca.

—Y ataste cabos, claro...

—Por supuesto. Llegué a la conclusión de que estaba desesperada por encontrar marido antes de que la dolencia de su madre fuera de dominio público.

—Bueno, todo eso carece de importancia —comentó Jeffrey—. Es agua pasada.

—Sí, supongo que sí. Pero me alegro de que seas feliz con ella.

Jeffrey se terminó su bebida y, tras dejar unas monedas en la mesa, dijo:

—Bueno, será mejor que vuelva con mi esposa... Nuestras vidas han cambiado mucho, ¿verdad? Y nuestra relación también puede cambiar, John. No estamos condenados a ser enemigos.

—Claro que no.

Los dos hombres se levantaron.

—Cuida de mi sobrino...

John sonrió.

—Gracias por tu comprensión, Jeffrey. Jamás habría imaginado que...

—¿Que diría lo que he dicho? No, yo tampoco.

Jeffrey volvió a sonreír y se marchó, dejando a John en la taberna. Ardía en deseos de volver a ver a Grace, la mujer fuerte y generosa que se había arrojado sobre un desconocido en una tetería para salvar a su madre y sus hermanas del escándalo y la pobreza.

Aquella mujer lo había cambiado, había abierto una brecha en el muro hasta entonces impenetrable de sus compulsiones. Y, por primera vez en su vida, empezaba a saber lo que significaba el amor.

El dulce, engorroso, asimétrico e imperfecto amor.

Fue Mercy quien oyó a los cachorros, pero quien los metió en una caja y los llevó a la residencia londinense de Jeffrey fue su hermana, Grace. Y cuando Cox vio a los gatitos, estuvo a punto de desmayarse.

–¿Qué dirá tu marido? –preguntó Honor.

–Nada. No habla mucho... Pero no le va a gustar.

–¿Blackwood Hall es muy grande? –preguntó Mercy, que se inclinó para jugar con uno de los gatos.

–Es enorme, y muy antigua.

–¿Has oído ruidos raros? ¿Pasos en mitad de la noche? ¿O gritos quizá?

Grace soltó una carcajada.

–Nada salvo el viento en los árboles.

–Seguro que la mansión está encantada. Todas las mansiones antiguas lo están.

–Por Dios, Mercy... –protestó Prudence, que cambió rápidamente de conversación–. Por cierto, aún no nos has contado lo que pasó aquella noche en Bath. No harías nada demasiado indecoroso, ¿verdad?

–Lo dices como si desearas que lo hubiera hecho –observó Honor.

–Por supuesto que sí. Las cosas indecorosas son más divertidas...

—Eso es cierto —dijo Grace—. Pero está bien, os lo contaré.

Grace les contó la historia, y ya había pasado a su encuentro con Molly Madigan cuando Jeffrey entró en el salón y se detuvo en seco, tan sorprendido por la presencia de los gatos como por las cuatro mujeres que se habían sentado en la alfombra.

—Oh, vaya... —dijo Grace, levantándose—. No esperaba que volvieras tan pronto.

—Ya.

—Veo que tenías razón, Grace —dijo Mercy—. No ha dicho casi nada.

—Cierra le boca, Mercy —le advirtió Honor.

—Lo siento mucho, Jeffrey. Sé que no debería haber traído más animales, pero estaban abandonados en la calle y no los podíamos dejar allí...

—Querrás decir que tú no los podías dejar allí —puntualizó su hermana mayor.

Grace frunció el ceño a Honor.

—Sí, bueno, eso es cierto. Pero no te preocupes, Jeffrey. Honor se va a llevar dos... y Mercy y Prudence, dos más. Yo solo me quedaré con uno.

—No me importa en absoluto —dijo Jeffrey, sorprendiéndola—. De hecho, puedes tener tantos animales como quieras.

—Ah...

—Y ahora, ¿podríamos charlar en privado?

—Naturalmente.

Jeffrey la llevó al despacho y cerró la puerta.

—¿Has encontrado a John? —preguntó ella.

—Sí.

Grace suspiró, pensando que habría insistido en que

aceptara el cargo en la Marina y abandonara a la madre de su hijo.

—Ten piedad con él, Jeffrey. Todos cometemos errores.

—Bueno, yo...

—Sé lo que vas a decir, y te comprendo de sobra —lo interrumpió—. A fin de cuentas, fui a la tetería de las hermanas Franklin precisamente porque intentaba ayudar a mi familia, como tú intentas ayudar a John... Me preocupaba lo que pudiera pasar cuando se supiera lo de mi madre. Estaba tan obsesionada con las apariencias y con el posible escándalo, que hice algo sin justificación alguna.

Jeffrey arqueó una ceja y dijo:

—¿Puedo hablar ya?

—Sí, claro...

—Debes entender que me cuesta aceptar lo que John ha hecho. En parte, porque tengo mis propios problemas y me siento perdido cuando las cosas no están en orden. Pero también debes entender que tú me has cambiado... Tu amor y tu aceptación me han cambiado —dijo con voz rota—. Cuando te miro, mis miedos se esfuman de repente. Y te necesito, querida Grace. Te necesito con toda mi alma.

Grace se quedó boquiabierta, incapaz de hablar.

—Hoy he visto a mi sobrino, quien por cierto se parece mucho a John —prosiguió—. Lo he visto y he pensado que merece estar con sus padres y que merece que lo quieran. No voy a presionar a mi hermano para que acepte el cargo en la Marina. Solo le exigiré que nos venga a ver de vez en cuando, con el pequeño Thomas.

–¿Estás hablando en serio?

–Desde luego. John tiene derecho a tomar sus propias decisiones.

–Oh, Dios mío... –Grace se le acercó y le acarició la cara–. No sabes lo aliviada que me siento. Ni lo orgullosa que me siento de ti.

–Sí, bueno, no sé qué voy a hacer para no obsesionarme con la decisión que he tomado... Sospecho que la pondré en duda en más de una ocasión. Pero, a decir verdad, me siento un poco orgulloso de mí mismo.

Ella sonrió y él la abrazó con fuerza.

–Te amo, Grace. Sé que nuestra relación no será fácil, porque no creo que me llegue a liberar de mis manías. Pero te amo, y te prometo que te amo por lo que eres.

Los ojos de Grace se humedecieron.

–Y yo no me he sentido más amada en toda mi vida, milord...

Grace le dio un beso apasionado. Pero, un momento después, oyó la voz de Prudence y se detuvo en seco. Por lo visto, a Mercy se le había escapado uno de los gatitos y no lo podían encontrar.

–Oh no... Será mejor que vuelva con ellas, antes de que pase algún desastre.

Grace le dio otro beso y salió del despacho a buscar al gatito, pensando que las cosas no podían ir mejor. Era como si alguien hubiera levantado las persianas de una casa y todo se hubiera llenado de luz.

Encontró al cachorro en una esquina, escondido. Lo alcanzó, lo apretó contra su pecho y, al sentir su ligero temblor, pensó en lo mucho que quería al conde solitario con quien se había casado.

Epílogo

1816

Era verano en Blackwood Hall, y los largos y oscuros pasillos habían cobrado vida gracias a los ocho niños que corrían por ellos. De hecho, Jeffrey ya no se dedicaba a contar por el corredor principal. Estaba demasiado ocupado recogiendo los juguetes y las prendas que los pequeños iban dejando por ahí.

Pero era el hombre más feliz del mundo. Si hubiera sido por él, habrían tenido docenas de niños. Y no solo porque lo deseara, sino porque Grace le gustaba tanto que no le podía quitar las manos de encima.

Había tenido mucha suerte al encontrar a una mujer de apetitos tan intensos y originales como los suyos. Era una amante excelente, y se mostraba entusiasta por muy lejos que fuera la imaginación de su esposo.

Sin embargo, solo uno de los ocho niños que estaban en la mansión era suyo. Dos eran de su hermano, John; otros dos de su hermana, Sylvia; y los tres restantes, de Honor y George Easton, quien había recuperado su fortuna y parecía decidido a ser padre todos los años. En cuanto a su hijo, que se llamaba James Donovan y era vizconde de Ahston, estaba a punto de tener un hermanito. Pero eso sería en otoño, según los médicos.

La enorme familia cenaba todas las noches en el renovado comedor, de cuyas paredes colgaban varios cuadros. Jeffrey se estremecía cada vez que los miraba, porque tenía la sensación de que dos de ellos estaban ligerísimamente inclinados, pero Grace insistía en que los había medido varias veces, y no había forma de hacerla cambiar de opinión.

Cuando terminaban de cenar, pasaban al salón. Grace ya no torturaba a nadie con sus conciertos de piano, porque había decidido que no era lo suyo. Sin embargo, estaba empeñada en que Mercy mejorara sus ciertamente escasas habilidades musicales, así que la más pequeña de las hermanas Cabot tocaba todas las noches. Y lo hacía tan mal que los perros se ponían a ladrar y los gatos se enfurruñaban.

Tras las insoportables sesiones de Mercy, Prudence la sustituía en el taburete y mejoraba los ánimos de todos. Tenía mucho talento, y Jeffrey se lo decía muy a menudo. Pero últimamente tocaba con menos entusiasmo, como si estuviera triste. Jeffrey lo notó y le dijo a Grace que quizá estaba cansada de cuidar de Joan, tarea de la que se encargaba casi en exclusiva porque Mercy era poco fiable y las demás tenían hijos.

—Pero mamá se va a quedar a vivir con nosotros, y eso la libera de cualquier responsabilidad –le recordó Grace–. No te preocupes por mi querida Prudence. Estoy segura de que su actitud mejorara.

Por desgracia, Joan había empeorado mucho. Prácticamente no hablaba, así que la familia había decidido que se fuera a vivir a Blackwood Hall con la esperanza de que el aire del campo le sentara bien. Pero, a pesar de que Prudence ya no tenía que cuidar de ella, su humor no mejoró. Era evidente que estaba preocupada. Quizá porque ya tenía veintiún años y no había ningún hombre que se quisiera casar con ella.

Jeffrey, que la tenía en mucho afecto, habló con Sylvia y le preguntó si sabía algo. Le extrañaba que una muchacha bella y de buena familia no tuviera pretendientes. Y como Sylvia frecuentaba las fiestas de Londres, supuso que conocería el motivo.

–Demasiados escándalos, Jeffrey... –le contestó.

Un día, después de cenar, Prudence tocó un tema tan melancólico que todos se emocionaron. Y mientras George se servía un whisky para recuperar el aplomo, alguien mencionó que la señorita Amelia Hawthorne, una de las conocidas de las hermanas Cabot, iba a viajar a la India para reunirse con su hermano.

–¿Va a viajar sola a la India? –preguntó Mercy.

–No, claro que no –respondió Honor–. Irá con una acompañante.

Jeffrey se estremeció al imaginar a la joven y su institutriz, viajando solas. Ya no pensaba lascivamente en otras mujeres, pero su mente lo traicionaba a veces y, por supuesto, intentaba remediarlo con la manía de dar golpecitos.

Al darse cuenta, Grace le puso una mano en el brazo, y él se calmó al instante. Era una tontería, pero el contacto de su esposa lo tranquilizaba.

–No debería ir a ese lugar –intervino Sylvia–. Es

un viaje demasiado largo, y le pueden pasar muchas cosas. Pensad en George, que perdió un barco entero...

—Sí, es verdad —dijo George—. Pero hay cientos de barcos y van a la India constantemente y no les pasa nada.

—Pues a mí me gustaría —afirmó Prudence—. Tengo muchas ganas de viajar.

Honor la miró con extrañeza.

—¿A la India?

—¿Por qué no? Seguro que es tan interesante como Bath...

—No te lo tomes a broma, Pru —insistió su hermana mayor—. Piénsalo bien... Sylvia tiene razón. Es demasiado arriesgado.

—Oh, claro que sí —replicó Prudence con brusquedad—. ¡Que Dios me libre de correr algún peligro!

Prudence se levantó de repente y salió de la habitación.

—¿Qué he dicho? —preguntó Honor, sin entender nada.

—Hablar de riesgos —contestó Mercy.

—¿Y eso qué tiene de malo?

Mercy se encogió de hombros.

—Puede que Prudence quiera arriesgarse. Vivir aquí es aburridísimo.

Honor y Grace se miraron y rompieron a reír. Sin embargo, Jeffrey notó que Mercy no se reía, y llegó a la conclusión de que sabía algo sobre Prudence que no estaba dispuesta a compartir con nadie.

Al pensarlo, se acordó de su hijo de dos años y pensó en la larga vida que tenía por delante. ¿Qué haría cuando fuera mayor? ¿Cómo soportaría las tristezas del mundo? ¿Cómo se enfrentaría a sus temores? Eran preguntas inquietantes, y se preocupó un poco más cuando consideró la posibilidad de que el bebé que Grace estaba esperando no fuera un niño, sino una niña.

Justo entonces, Grace volvió a reír por algo que Mercy había dicho. Y la más pequeña de las Cabot se enfadó tanto que acabaron en una discusión.

Jeffrey olvidó sus sombríos pensamientos y se dijo que su familia era un verdadero caos. Pero un caos que amaba con toda su alma, y por el que se sentía profundamente agradecido. Un caos que se parecía mucho a la perfección.

ÚLTIMOS TÍTULOS PUBLICADOS EN HQN

Juego secreto de Julia London

Una chica de asfalto de Carla Crespo

Antes de besarnos de Susan Mallery

Magia en la nieve de Sarah Morgan

El susurro de las olas de Sherryl Woods

La doncella de las flores de Arlette Geneve

Vuelve a casa conmigo de Brenda Novak

Acariciando la oscuridad de Gena Showalter

La chica de las fotos de Mayte Esteban

Antes de abrazarnos de Susan Mallery

El jardín de Neve de Mar Carrión

Un amor entre las dunas de Carla Crespo

Siempre una dama de Delilah Marvelle

Las chicas buenas no... mienten de Victoria Dahl

Un viaje por tus sentidos de Megan Hart

www.ingramcontent.com/pod-product-compliance
Lightning Source LLC
LaVergne TN
LVHW030341070526
838199LV00067B/6391